シロクマ号となぞの鳥
上

アーサー・ランサム作
神宮輝夫訳

岩波少年文庫 192

GREAT NORTHERN?

by

Arthur Ransome

1947

This book is published in Japan by arrangement with
Jonathan Cape, an imprint of the Random House Group Limited, London.

シロクマ号《ごう》の船体掃除《せんたいそうじ》

もくじ

さし絵　アーサー・ランサム

下巻《げかん》もくじ

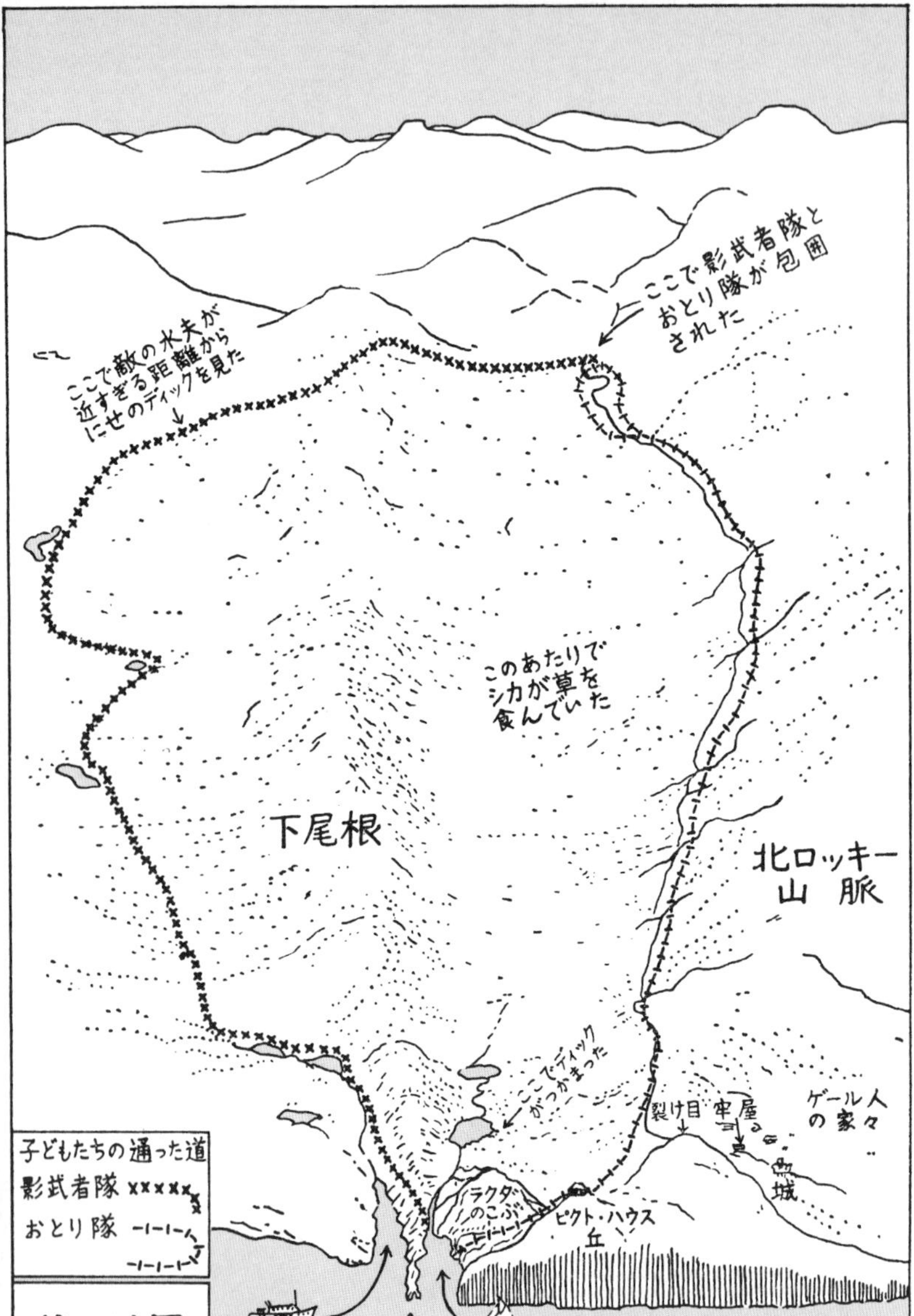
ここで敵の水夫が
近すぎる距離から
にせのディックを見た
ここで影武者隊と
おとり隊が包囲
された
このあたりで
シカが草を
食んでいた
下尾根
北ロッキー
山脈
ここでディック
がつかまった
裂け目
牢屋
ゲール人
の家々
城
ラクダ
のこぶ
ピクト・ハウス
丘
子どもたちの通った道
影武者隊
おとり隊
谷の地図
テロダクティル号
シロクマ号

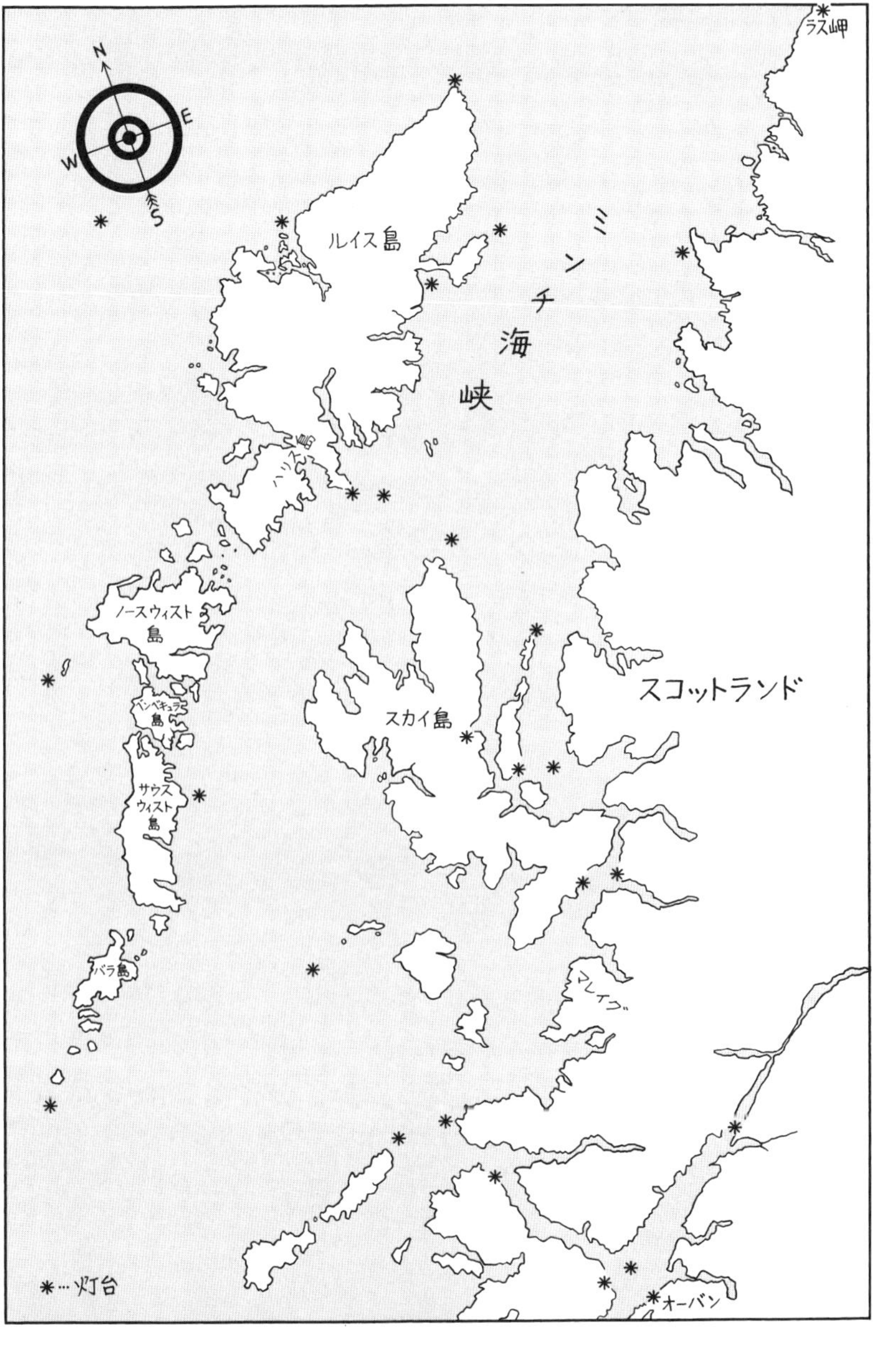
N
E
W
S
ラス岬
ルイス島
ミンチ海峡
ハリス島
ノースウィスト島
ベンベキュラ島
サウスウィスト島
バラ島
スカイ島
スコットランド
マレイグ
オーバン
✱…灯台

シロクマ号となぞの鳥　上

作者のまえがき

起こった事件《じけん》はそのまま書いたが、シロクマ号の船体を掃除《そうじ》し、船の博物学者《はくぶつがくしゃ》の発見がおこなわれた正確《せいかく》な場所は、せんさくずきな読者にわからないようにあらゆる努力《どりょく》をはらった。読者がこの本に書いてある以上《いじょう》のことを知りたいと作者をなやませても(そして、手紙に切手をはった返信用《へんしんよう》の封筒《ふうとう》を同封《どうふう》してきても)、それにお答えすることはできない。

それから、もしヘブリデス諸島《しょとう》をよく知っている人が、ハシグロアビの巣《す》がある湖を知って、鳥たちをさわがすようなことがあれば、その人は、ジョン、スーザン、ティティ、ロジャ、ナンシイ、ペギイ、ドロシア、ディックおよび作者から敵《てき》とみなされることになる。そんなことが起これば、作者はこのできごとの記録《きろく》を書いたことを悲しまねばならない。

1　シロクマ号

絶壁《ぜっぺき》の上の丘《おか》に、スコットランド高地の服をきた一人の少年がいた。少年が谷間のシカを見ていた目を、ふと海に向けると、はるかかなたに、白帆《しらほ》が一つ見えた。それは遠くはなれていて、白い点にしか見えなかった。少年は、すぐにまた白帆《しらほ》に背《せ》を向け、いっしんにシカを見まもりはじめた。

ナンシイが舵《かじ》をとるシロクマ号は、ヘブリデス諸島《しょとう》のとある島の、岩ばかりの海岸に向かって、明るい日の光をあびながら、のんびりと進んでいた。シロクマ号は、キャプテン・フリント(1)が、自分と、乗組員《クルー》であるブラケット、ウォーカー、カラムの三家族の子どもたちのためにかりた帆船《はんせん》で、むかしはノルウェーで水先案内《みずさきあんない》に使われた船だった。ミンチ海峡《かいきょう》はよく荒《あ》れる海なのだが、子どもたちは天候《てんこう》にめぐまれて、ほとんど毎晩《まいばん》、ちがう港に停泊《ていはく》しながら楽しい二週間の航海《こうかい》を終え、今、波風のない小さな湾《わん》に向かっていた。

これから、船を浅瀬《あさせ》に乗り入れて、フジツボや海草をかきとり、吃水線下《きっすいせんか》の船腹《せんぷく》のペンキをぬりなおし、すっかり整備《せいび》しなおしてから、航海《こうかい》をはじめた本土の港にもどり、いつでも航海《こうかい》に出られる状態《じょうたい》で持ち主にかえすわけだった。

「誰《だれ》だって、船は人にかしたがらない。」と、キャプテン・フリントはいった。「かりた時よりよい状態《じょうたい》でマックにかえしてやるのが、せめてものことなんだよ。」

「そうすれば、たぶんまたかしてくれるね。」と、ロジャがうなずいた。

ナンシイは舵《かじ》をにぎっていた。ナンシイの妹でいつも航海士《メイト》をつとめるペギイは、必要《ひつよう》とあればいつでも綱《ラダー》の操作《そうさ》を手つだえるように、操舵室《そうだしつ》のナンシイのそばにいた。キャプテン・フリントは、船室《キャビン》のあかりとりの上に腰《こし》をおろして、パイプをふかしながら、今、船が向かっている小さな湾《わん》への進路の目標《もくひょう》となる、四角山《しかくやま》が見えてくるのを待ちかまえていた。ロジャは前部《フォア》ハッチ(昇降口《しょうこうぐち》)のふたの上に腰《こし》かけて見張《みは》りしながら、風が弱くなりすぎたからエンジンを動かせと、いつになったらみんながいってくれるだろうかと考えていた。風の力は、朝早くから弱まりつづけていた。ほかの乗組員《クルー》は船室《キャビン》におりていた。しかし、スーザンだけは今までずっと時計をにらんでいて、たった今、お茶のしたくのために、プライマス・ストーブ(携帯用《けいたいよう》こんろ)に火をつけてやかんをかけようと、船首部屋《フォクスル》へ行ったところだった。

船室《キャビン》は、シロクマ号が現役《げんえき》の水先案内船《みずさきあんないせん》だったころと、ほとんど変《か》わっていなかった。あいかわらず、水先案内人用《パイロットよう》の六つの寝棚《バンク》が、船の壁《かべ》の中にはめこまれたようにならんでいて、その下に長いいすがおいてあった。ティティの言葉をかりれば、寝棚《バンク》はウサギ小屋に似《に》ていた。しかし、一度はいってしまえば、カーテンをひいて一人だけになることもできた。わずか一、二メートルはなれたところで、仲間《なかま》たちがランプをたよりにトランプをやっている時に、つかれきってここに寝《ね》ていた水先案内人《パイロット》も、たくさんいたにちがいなかった。船尾寄《せんびよ》りの階段《かいだん》のすぐそばには、両側《りょうがわ》に一つずつ、また別《べつ》の寝棚《バンク》があり、そこからはすぐデッキに出ることができた。かつては、港にはいる大船をむかえて水先案内人《パイロット》を乗りこませたり、出ていく大船の水先案内人《パイロット》を収容《しゅうよう》したりする役目の男たちが使っていた寝棚《バンク》だった。この二つには、ジョンとキャプテン・フリントが寝《ね》ていた。ナンシイ、ペギイ、スーザン、ティティ、ドロシア、ディックの六人は大きな船室《キャビン》の戸棚型《とだながた》の寝床《ねどこ》に寝《ね》ていた。ロジャは、いちばん小さいので、かつてはノルウェーのボーイが寝《ね》ていたにちがいない船首部屋《フォクスル》の寝棚《バンク》だった。

ジョンは、体がふらつかないように足を大きくひろげて、階段《かいだん》のそばの海図机《チャートテーブル》にかがみこみ、ミンチ海峡《かいきょう》をはさむスコットランドと外ヘブリデス諸島《しょとう》の海岸線を示《しめ》す大きな海図《チャート》や、今船がめざしている小さな湾《わん》がくわしくわかる海図《チャート》を見ていた。シロクマ号の持ち主のマックは、こういう小さな海図《チャート》をたくさん残《のこ》しておいてくれた。航海《こうかい》ちゅうジョンとナンシイは、海図《チャート》をくわしくしらべて楽しい時をすごした。だから、キャプテン・フリントが、船をかえすまえに船底《ふなぞこ》を掃除《そうじ》するつもりだといった時、ナンシイは、今ジョンが見ている海図《チャート》を目の前につきつけていった。「マックは掃除《そうじ》する時、船を港に入れるなんて、めんどうなことはしなかったわ。ほら、この錨《いかり》と×印《じるし》を見てごらんなさいよ。それに、はじっこに鉛筆《えんぴつ》の書きこみがあるでしょ……〈シロクマ号を掃除《そうじ》〉って。……私《わたし》たちもそうしましょうよ。シロクマ号には足がついてるでしょ。港に入れて桟橋《さんばし》にもたせかける必要《ひつよう》はないの。」キャプテン・フリントも、しぶしぶうなずいた。

ティティは、戸棚型《とだながた》の寝床《ねどこ》に腹這《はらば》いになって、鉛筆《えんぴつ》をなめながら、個人用《こじんよう》の航海日誌《こうかいにっし》のきょうの分を書いていた。それは、ジョンとナンシイが受けもって、帆走《はんそう》した航路《こうろ》や距離《きょり》や、風や天候《てんこう》の変化《へんか》などばかりを記録《きろく》している、ほんものの航海日誌《こうかいにっし》とはすこしちがったものだった。シロクマ号が風上に向かって波をけたてて進んでいる時には、寝棚《バンク》に腹這《はらば》って書くほうが、船室《キャビン》のテーブルに向かって書くより、ずっと楽だった。（今は船を進める風が落ちているので、あまり波をけたてているわけではなかったが、ほんとうにものすごく波をけたてた時があったので、ティティは、寝棚《バンク》で航海日誌《こうかいにっし》を書く習慣《しゅうかん》を身につけた。）ドロシアも字を書いていた。しかし、書いているのは船上のできごととは、全然関係《ぜんぜんかんけい》のないことだった。ドロシアは、マストのそばのすみに無理にはいりこんで、船室《キャビン》と船首部屋《フォクスル》の間の壁《かべ》に背《せ》をもたせながら、新しい物語の中の悪漢を、黒ひげでイヤリングをつけたほうにしようか、きれいにひげをそった、ほおにきずあとのあるほうにしようかと考えていた。

　船の博物学者《はくぶつがくしゃ》に任命《にんめい》されているディックは、片手《かたて》で鉛筆《えんぴつ》を持ち、片手《かたて》でテーブルの上の『鳥のポケットブック』と手帳がすべり落ちるのを押《お》さえながら、右舷側《うげんがわ》の長いすに腰《こし》かけていた。ディックは、今、とくに気をつけていた鳥が見られなかったのは残念《ざんねん》だけれど、この航海《こうかい》は成功《せいこう》だったと考えながら、航海《こうかい》ちゅうに見た鳥のリストをつくっていた。出航《しゅっこう》する北の港と、巡航《じゅんこう》予定の島々のことを最初《さいしょ》にきいた時、ディックはいった。「へーえ、じゃあ、水にもぐるやつが見られるよ。」「水にもぐる……って、あのしんちゅうのヘルメットをかぶって、海の底《そこ》にもぐって、難破船《なんぱせん》から金ののべ棒《ぼう》を持ってあがってくる人ね。」と、ドロシアがいった。

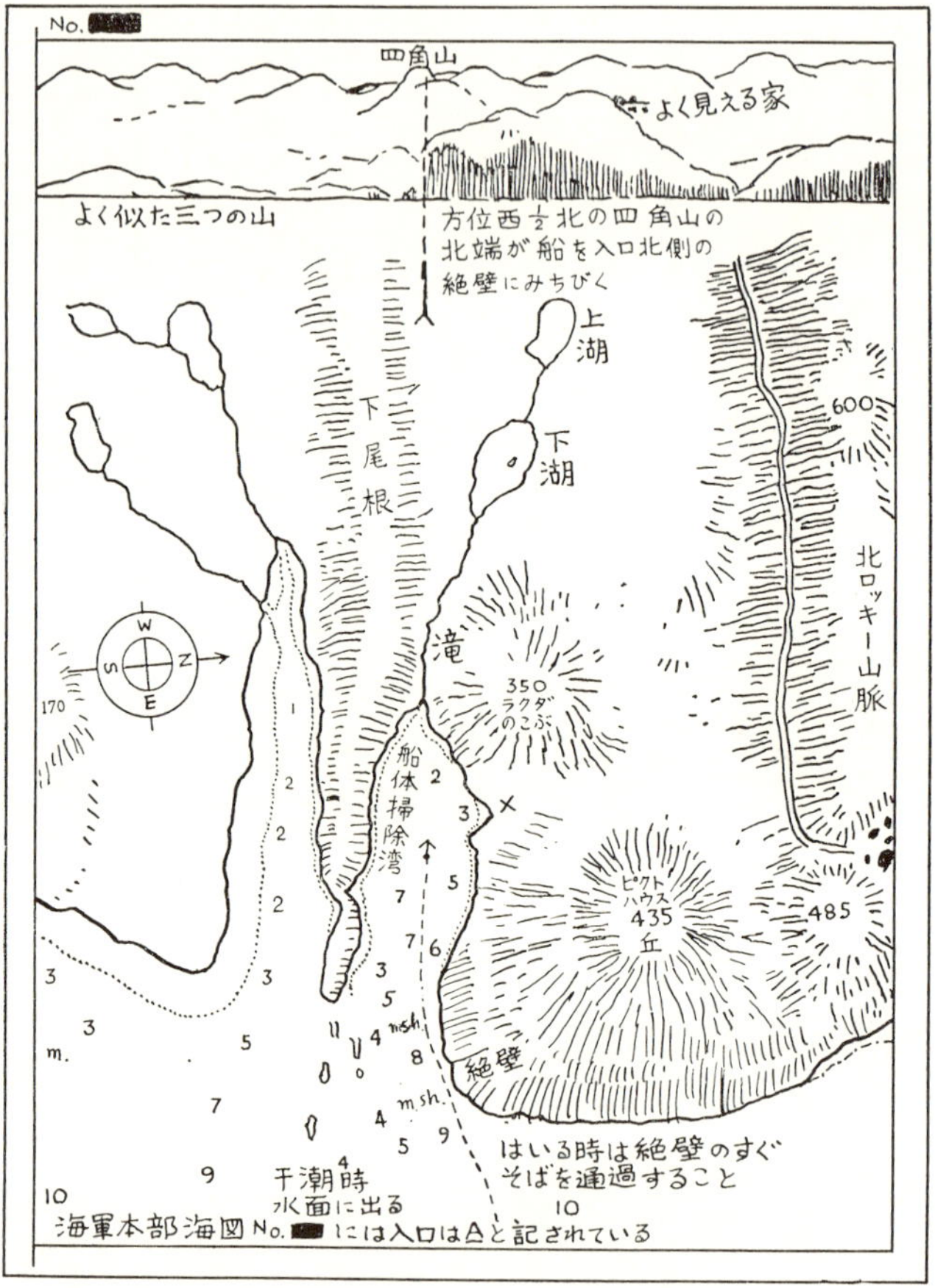

マックの船にあった小さな湾の海図《チャート》
私たちでいくつか名前を書きこんだ(あまりきれいにかけなくて失礼). ナンシイ・ブラケット

「ちがう、人間のほうじゃない。」と、ディックは説明《せつめい》した。「鳥だよ。オオハムや、アビなんていう、もぐり鳥だよ。ひょっとしたらハシグロアビだって見られるかもしれない。もっとも、今ごろは、ほとんどはアイスランドに行ってしまっているけれどね。」航海《こうかい》ちゅうずっと、ディックはアビ類《るい》の鳥をさがしていた。そして航海《こうかい》が終わりに近づいた今、ほかの鳥をとてもたくさんこの目で見て、リストにつけくわえることができたのだからと考えて、自分をなぐさめていた。カツオドリ、ウミガラス、アジサシ、ウミツバメ、フルマカモメ、ツノメドリ、ハシビロウミガラス、アイサなど、中にはすこしも人をおそれない鳥もいた。

何枚《なんまい》かの写真は、間違《まちが》いなくよくとれたはずだし、ウが魚を飲みこんだところも、遠くからだったが、たぶんうまくとれたはずだった。しかし、アビやオオハムは一羽《わ》も見られなかった。そして、あした、船の掃除《そうじ》でいそがしいことになれば、もう見るチャンスはない。

「ねえ、ジョン、」と、ディックはたずねた。「その海図《チャート》に湖が描《か》いてあるだろ？　船が停泊《ていはく》するところからその湖まで、どれくらいある？　ちょっと見せてくれないか？」

ジョンは、ディックといっしょに長いすにすわると、二人で見られるように海図《チャート》を持った。それには岬《みさき》とひとつながりの岩によって、二つに分かれている小さな湾《わん》の海岸線が描《か》いてあった。南にはなだらかな土地が、北には絶壁《ぜっぺき》や丘陵《きゅうりょう》が描《か》いてあり、内陸部《ないりくぶ》には小さな湖がたくさんある。そして、その中の二つをつなげて一本の川が流れ出て、岸辺《きしべ》に×印《じるし》が、海中に錨《いかり》が描《か》いてあるほうの湾《わん》に流れこんでいた。こういう湖なら、アビやオオハムが見られるかもしれない、とディックは考えていた。ジョンは、湖よりも、海図《チャート》のいちばん上に描《か》いてある簡単《かんたん》でわかりやすい略図《りゃくず》のほうに興味《きょうみ》を持っていた。それは、海岸のうしろの丘陵《きゅうりょう》の略図《りゃくず》で、てっぺんの四角い山の一角から、まっすぐ下に点線がひかれ、そのわきに「方位《ほうい》西1／2北《ウェスト・ハーフ・ノース》(2)の四角山《しかくやま》の北端《ほくたん》が船を入口北側《きたがわ》の絶壁《ぜっぺき》にみちびく」と説明書《せつめいが》きがあった。

ふいに前部《フォア》デッキで大きな足音がして、ロジャがかん高い声をはりあげた。「帆《ほ》が見えるぞ！……いや、帆《ほ》じゃなかった、モーターヨットだ……右舷《うげん》後方。」

それが、その日はじめて見る船だった。ジョンは海図《チャート》を手に持ったまま、すぐに階段《かいだん》をのぼっていった。ドロシアもよろよろしながらテーブルをまわって、ジョンにつづいた。ティティも寝棚《バンク》からころがり出て、ドロシアと先をあらそって階段《かいだん》をのぼっていった。スーザンまでが、用心ぶかくストーブを見て、焔《ほのお》のぐあいがちょうどよいことを確《たし》かめると、ロジャがのっているかもしれない前部《フォア》ハッチのふたをたたいてから、それを押《お》しあげてデッキに出た。ディックは、オオハムは海岸に近い山の湖で見つけられると書いてある鳥の本のページをまた見ていたが、本から目をあげると、船室《キャビン》には自分だけしかいないことに気がついた。ほかの子どもたちは、全員デッキだった。

デッキでは、みんなが、がやがやしゃべりながら、交替《こうたい》で双眼鏡《そうがんきょう》や望遠鏡《ぼうえんきょう》をのぞいていた。「おい、おい、もう、ぼくの番だよ。ぼくが最初《さいしょ》に見つけたんだぜ。」というのはロジャだった。「とにかく、ただのモーターヨットだよ。」これはジョンだった。「シロクマ号のすぐそばを通過《つうか》するわ。」というのがナンシイだった。「そのまま進めよ、ナンシイ。こっちに優先権《ゆうせんけん》があるんだ。なにも心配しなくていい。あいつは船尾《せんび》を通っていくよ。」というのはキャプテン・フリントだった。「すごいはやさで近づいてくるね。」と、ロジャがいった。「速達《そくたつ》を運んでるんじゃないかしら。」と、ティティがいった。「それとも、灯台《とうだい》にお医者さんを運んでいくのかしら。」と、ドロシアがいった。

ディックは、みんなのおしゃべりをほとんどきいていなかった。そして、まだ見たことのないアビやオオハムのカラーの絵がある鳥の本を見ていた。あしたがほんとうに最後《さいご》のチャンスだ。ディックには、デッキにいるみんなのおしゃべりなど、なんの意味もなかった。ところが、ふいに、おしゃべりの中に自分の名前が出た。

「あれ、ディックの船よ。」と、ペギイがいっている。「ディック！　見てごらんなさい。あらあら、どこにいるの？　ディック、ディック！」

ドロシアが階段《かいだん》から大声でよんだ。「ディック！　ディック！　はやくいらっしゃい。あの鳥の研究家《けんきゅうか》よ。目と鼻の先を通るわよ。」

ディックは、もう、傾《かたむ》く船室《キャビン》の床《ゆか》の上を、のろのろと階段《かいだん》まで歩いていた。デッキにあがると、ドロシアが、押《お》しつけるように望遠鏡《ぼうえんきょう》を渡《わた》してくれた。ディックは、それがなくてもあの鳥類研究家《ちょうるいけんきゅうか》のモーターヨットならすぐに見分けがつくので、見たとたんに、間違《まちが》いないとわかった。けれども、できるだけうまく体のバランスをとり、望遠鏡《ぼうえんきょう》を動かさないようにして、船名を示《しめ》すたくさんの文字のうち、すくなくともいくつかは読みとった。

「テ、ロ……」シロクマ号が、ふいに傾《かたむ》き、ディックの望遠鏡《ぼうえんきょう》は船からそれて空を向いた。

……ディックは、いそいで筒先《つつさき》をさげて、残《のこ》りの字を読んだ……「ダクティル。」うん、間違《まちが》いない。テロダクティル号がもどってきたのだ。航海《こうかい》のはじめのころ、子どもたちは、岬《みさき》の反対側《はんたいがわ》のあの港で、このモーターヨットを見た。その時ディックは、テロダクティルとは半分鳥で半分トカゲという先史時代《せんしじだい》の生物で、もちろん今は絶滅《ぜつめつ》していることを、みんなに教えてやった。そして、みんなが上陸《じょうりく》して、食糧《しょくりょう》をいっぱいかかえながら栈橋《さんばし》をもどってきた時、テロダクティル号が出航《しゅっこう》するのが見えたので、立ちどまって見送った。

「また、鳥さがしだよ。」と、港ではたらく男の一人がいっていた。「シェットランドだよ、行き先は。鳥をさがしに行くんだ。今年になって四度目だ。」

「なにをしてる人ですって？」と、ディックはきいてみた。

「ほら、鳥マニアの一人さ。めずらしい鳥のことをきいたら、千キロはなれていても出かけるそうだ。それに、めずらしい鳥のすみかを知らせてやれば、たっぷりお礼をくれるんだ。」

ディックは、大きなモーターヨットが栈橋《さんばし》の突端《とったん》をすべるようにはなれていくのをじっと見まもってから船にもどると、シュラウズ(3)をつたって、横木《クロスツリー》(4)までのぼり、港外に出たモーターヨットをやっとひと目だけ見ることができた。船体はもう見えず、小さな白いしぶきだけが、はるか北方の海鳥のすみかをめざしていた。将来《しょうらい》、ぼくもああいう船を持つようになるだろう。船の中に、鳥の本ばかりの図書室と、写真用の暗室と、近よりすぎて鳥たちをさわがすことなく写真がとれる、望遠《ぼうえん》レンズつきのカメラをそなえつけよう。ディックは、自分がやりたいことを今やっている、ほんとうの鳥類研究家《ちょうるいけんきゅうか》のテロダクティル号に乗船できて、持ち主と話しあえたら、なにをぎせいにしてもいいと思った。エンジンのすきなロジャ以外《いがい》は、みんなディックのことを笑《わら》い、とにかくあれはモーターヨットにすぎない、鳥さがしなら帆船《はんせん》で、帆走《はんそう》を楽しみながらもできるといった。それからは、モーター船を見るたびに、誰《だれ》かが「ほら、ディックの船がいる。」というのだったが、ディックはそんなからかいを気にしなかった。たとえモーターで動くとしても、テロダクティル号は鳥類研究家《ちょうるいけんきゅうか》の持ち船であり、その男は、ディックののぞみそのままに、いつも住んでいられるほどの大きな船を移動観測所《いどうかんそくじょ》として使っているのだ。あんな船を持っていたら、鳥といっしょに渡《わた》りができる。

テロダクティル号は、シロクマ号の二、三十メートル前を横ぎった。

「まったく失礼《しつれい》だわ。」と、ナンシイがいった。

「いや、あれで合法的《ごうほうてき》なんだ。」と、キャプテン・フリントがいった。「あのスピードで動いていると、こっちはとまってるのとおなじに思えるんだろう。しかし、やはり、あんなやり方はしないほうが礼儀正《れいぎただ》しい。」

ディックは望遠鏡《ぼうえんきょう》を使って、鳥類研究家《ちょうるいけんきゅうか》その人を一目見たいと思っていた。しかし、テロダクティル号は、甲板室《デッキハウス》の中で操縦《そうじゅう》するようになっていて、誰《だれ》が舵《かじ》をにぎっているのかわからなかった。波をけたてて進んでいく大きなモーターヨットのデッキには、誰《たれ》もいなかった。

「あの人は、ずいぶん見ただろうなあ。」と、ディックがひとりごとをいった。

「見たって、なにを?」と、ペギイがいった。

「ディックは、鳥のことを考えているの。」と、ドロシアがいった。

「アビやオオハムさ。」と、ディックがいった。

「あの船なら一時間で港にはいれる。」と、キャプテン・フリントが階段《かいだん》をのぞきこんで時計を見ながらいった。時計はデッキからすぐ見えるように、梁《はり》にねじでとめてあった。

「一時間で十分だよ。もっとも、あの船があそこへもどればの話だが……」(まことにもっともなわけがあって、この物語の中では、子どもたちが最初《さいしょ》にテロダクティル号を見た港の名前はいうことができない。)

「横断《おうだん》をはじめる前に、シロクマ号がガソリンを入れに港へはいれば、またあの船が見られるわよ。」と、ドロシアが弟のディックにいった。

「もちろん、あの船は、どこかほかへ行くんだよ。」

「エンジンを動かそうよ。」と、ロジャが船尾《せんび》までやってきていった。テロダクティル号がシロクマ号よりずっとはやいのが、がまんできないのだ。

「こりゃ、おどろいた。」と、ナンシイがいった。「あなた、ここでなにしてるの？ 見《み》張《は》りでしょ。エンジンのことなんかつべこべいってないで、とっとと船首《せんしゅ》へ行ってなさいよ。」

「見てろよ。すぐに君からエンジンを動かせっていいだすから。」いそいでまた船首《せんしゅ》のほうにもどりながら、ロジャがいった。

キャプテン・フリントがあたりを見まわしていった。「ロジャのいうとおりらしいな。天気が変《か》わるようだ。風がほとんどない。しかし、湾《わん》にはいる時に使うくらいしかガソリンはないよ。きのうのあのなぎで、タンクはほとんど空《から》っぽになってる。しかし、なんでもないさ。もう、あの山が見えてくるはずだ。」

ロジャは前部《フォア》デッキにもどっていた。スーザンはもう一度船首部屋《フォクスル》にはいり、湯気をたてはじめたやかんを見ていた。ディックは、点になって消えさろうとしている鳥類研究家《ちょうるいけんきゅうか》の船を見失《みうしな》うまいと一生けんめいだった。ナンシイはコンパスをのぞいたり、ちょうどよく風をはらむように帆《ほ》をみたりして、おいぼれ帆船《はんせん》からできるだけの力をひきだそうとしていた。キャプテン・フリント、ペギイ、ティティ、ドロシア、ジョンの五人は、前方の青い山々をじっと見ていた。

「四角山《しかくやま》だ。」と、突然《とつぜん》ロジャが、バウスプリット(5)とおなじ方向を指さしながらさけんだ。

「私《わたし》には見えないわ。」と、ティティがいった。

「どこ？」と、ドロシアがたずねた。

「あれかもしれないな。」と、ジョンがいった。「ほら、今、見えだしたやつ。」

前方に見える山々の輪郭《りんかく》が変《か》わってきた。海岸近くの山々がもりあがってきて、そのうしろにある大きな山々を隠《かく》しはじめた。ジョンは、小さい海図《チャート》をペギイに渡《わた》すと、もっと高いところから見ようと、左舷《さげん》のシュラウズをつたって、横木《クロスツリー》にのぼった。

「間違《まちが》いない。四角山《しかくやま》だ。」と、ジョンがさけんだ。

キャプテン・フリントがペギイから海図《チャート》を受けとった。

「船首右舷《せんしゅうげん》にはっきり見える。」と、ジョンが大声でいって、もう一度海図《チャート》を見ようと、すばやくおりてきた。

「あれらしいな。」と、キャプテン・フリントがいっていた。「その小さな略図《りゃくず》は、今ちょうどシロクマ号がいる位置《いち》あたりから見て描《か》いたんだよ。ナンシイ、船の進行方向は？」

「西1／2北《ウェスト・ハーフ・ノース》です。」と、ナンシイがいった。

「すると、正しい方位《ほうい》ではいっているわけだ。これ以上《いじょう》幸運な入港はないぜ。」

「よくやったわ、シロクマ号。」と、ティティがいった。

「現在《げんざい》の進路を維持《いじ》してくれ。」と、キャプテン・フリントがいった。「そうすれば、この一回のタッキング(6)で、入口のすぐそばまで行ける。」

スーザンの手が一本、階段《かいだん》からぬっと出て、小さな鐘《かね》の舌《した》にぶらさがっている、ロープの先端《せんたん》のばら結《むす》びをつかんだ。

カン……カン……

「二点鐘《てんしょう》！　五時だわ。お茶よ！」と、ナンシイがさけんだ。まるでみんなをせきたてて船内に入れたがっているようだ。

「よし、お茶をすませてしまおう。」と、キャプテン・フリントがいった。「この風さえつづいてくれれば、もう、すぐにも湾《わん》にはいれるんだ。」

ロジャは鐘《かね》が一つ鳴った時には、もう前部《フォア》ハッチのふたをあけて、さっさと船内に消えていた。スーザンの手が、こんどは操舵手《そうだしゅ》に飲ませるお茶を入れたマグを持って、また、階段《かいだん》にあらわれた。ペギイがそのマグを受けとり、船がゆれてもあちこちすべらない操舵《そうだ》室《しつ》の風下側《かざしもがわ》のすみにおいた。スーザンが砂糖《さとう》をまぶした大きな菓子《かし》パンを一つ渡《わた》してよこした。ペギイが、それをリレーした。

「私《わたし》も、デッキで食べましょうか?」と、ペギイがたずねた。

「必要《ひつよう》ない。」と、ナンシイがいった。

ティティとドロシアが、船内におりていき、ペギイもあとにつづいた。

「行きなさいよ、ジョン。」と、ナンシイがいった。「もうすこし近づいてからのほうがよく見えるわよ……ディック、あなたも行きなさい。あなたのテ、テ、テ、テ、テロダクティルはもう見えない。」

ディックは、南のほうを向いて、海岸線からつき出している長いこぶ状《じょう》のものにもう一度目をやった。それは、島と見まがう形をしていたが、ヘッドとよばれる岬《みさき》であることはわかっていた。ヘッド岬《みさき》は、ディックたちが最初《さいしょ》に鳥類研究家《ちょうるいけんきゅうか》のモーターヨットを見た港を隠《かく》していた。もう、あの船は見えなくなっていたので、ディックは、ジョンのあとについて階段《かいだん》をおりた。

デッキは、舵《かじ》をにぎるナンシイだけになった。マグと皿のふれ合う音が、足もとできこえた。ナンシイは、お茶をがぶりと一口飲み、菓子《かし》パンを大きく一かじりした。ブイや灯《とう》台《だい》や店や桟橋《さんばし》のある港にはいるより、このほうがずっとよかった。海岸線のわずかな切れ目をさがしながら、未知《みち》の海岸に向けて船をただ一人操縦《そうじゅう》しているナンシイは、船室《キャビン》のお茶が永久《えいきゅう》につづいてくれればいいと思った。

船室《キャビン》のテーブルについたディックは、自分のマグの中に、お茶の葉が二つ浮《う》いているのを見て、つまみだした。

「めずらしい誰《だれ》かさんに出あうわよ。」と、ティティがいった。

「アビじゃないかしら。」と、ドロシアがいった。「やっぱり見られるかもしれないわよ。」

科学者であるディックは、お茶の葉の占《うらな》いなど信《しん》じてはいなかったので、「もう、あまりのぞみはないよ。」といった。

「でも、わからないわよ。」と、ドロシアがいった。

船長《キャプテン》ではなく、水夫《すいふ》たちがえらんだ未知《みち》の投錨地《とうびょうち》がはっきり見えてきた。そういうところにはいろうという時、船内にいたい水夫《すいふ》など一人もいない。ナンシイが船を自分だけのものにしていた時間は、あまり長くなかった。みんなお茶などに時間をつぶさないで、すぐにまたデッキにあがり、どんどん近くなる海岸を見たり、てっぺんの四角い山を見たり、コンパスをのぞいたり、もうはっきりと見える絶壁《ぜっぺき》をマックの海図《チャート》にある略図《りゃくず》とくらべたりして、シロクマ号の掃除場所《そうじばしょ》である小さな湾《わん》が見えてくるのを、今か今かと待った。

「見えたぞ！」望遠鏡《ぼうえんきょう》を持って横木《クロスツリー》にのぼっていたジョンが、さけんだ。「絶壁《ぜっぺき》のすぐ左側《ひだりがわ》……湾《わん》の南側《みなみがわ》は低地《ていち》。バウスプリットのまっすぐ前方。」

まもなく、デッキにいる子どもたちにも、絶壁《ぜっぺき》のすぐ下にあるせまい湾《わん》が見えだした。絶壁《ぜっぺき》の上方の尾根《おね》は、そのまま山々につながっていき、尾根《おね》の北側《きたがわ》にはいくつかの小屋と、灰色《はいいろ》の家が一軒《けん》見えた。

「あれが〈よく見える家〉ね。」ペギイが海図《チャート》を見ながらいった。

「とにかく、私《わたし》たちがはいる湾《わん》からは、家なんて全然《ぜんぜん》見えないわよ。」と、ティティがいった。

「あの家なんて問題にならないわね。」と、ドロシアがいった。「あの尾根《おね》のてっぺんをこえた、別《べつ》の谷にあるんだもの。湾《わん》にはいったら見えもしないわよ。」

「今だって、ぼくにはよく見えない。」と、ロジャがいった。

海ほど不確《ふたし》かなものはない。目の前に湾《わん》があらわれたこの最後《さいご》の瞬間《しゅんかん》に、天気が急速に変《か》わりはじめた。ずっと南のヘッド岬《みさき》がどんどんぼやけはじめた。風が弱まってきた。シロクマ号の速度がどんどん落ちはじめた。日の光がうすれてきた。海岸のほうも、おかしなぐあいになっていた。内陸《ないりく》の山々の頂《いただ》きはまだくっきりと姿《すがた》を見せていたが、低《ひく》い斜面《しゃめん》は、まるで白いベールに包《つつ》まれているようだった。

「ほら、ぼくがいったとおりだ。エンジンを動かすべきなんだ。」と、ロジャがいった。キャプテン・フリントは、心配そうにあたりを見まわすと、ふいに「こりゃ、計画を変《か》えなくちゃならないかな。」といって、階段《かいだん》をおりていった。

子どもたちが船内をのぞきこむと、キャプテン・フリントが海軍本部《かいぐんほんぶ》の地図の上で、さかんに平行定規《へいこうじょうぎ》を使っているのが見えた。

「ねえ、ねえ、」と、ナンシイがいった。「まさか、彼《かれ》、湾《わん》にはいるのをあきらめやしないわね。」

「ええ、もう、ほとんどはいったようなものだもの。」と、ティティがいった。

突然《とつぜん》、帆《ほ》がバタバタした。また風をはらませるために、ナンシイは進路を変《か》えなくてはならなかった。大気がきゅうにつめたくなった。誰《だれ》かが太陽の光を消したような感じだった。

「ヘッド岬《みさき》が見えない。」と、ジョンがさけんだ。

船内でわめく声がきこえた。「おい、ナンシイ！　なんで進路を変《か》えたんだ？」キャプテン・フリントが船室《キャビン》のつりコンパスを海図机《チャートテーブル》のところから見あげていた。

「風が変《か》わったのよ。」と、ナンシイがいった。「もやか霧《きり》がかかるらしいわ。もう、ヘッドが見えない。」

キャプテン・フリントが階段《かいだん》をドカドカあがってくると、絶壁《ぜっぺき》をちらりと見て、右舷《うげん》のジブシート(7)にとびついた。

「転回用意《てんかいようい》！」と、キャプテン・フリントがさけんだ。「下《さ》げ舵《かじ》(8)！」

シロクマ号はごくゆっくりと、向きを変《か》えた。そよ風が北西から吹《ふ》いている。

「ヘッドまで追い風だよ。」と、キャプテン・フリントがいった。「きょうはこの風を利《り》用《よう》して、船の掃除《そうじ》はあすにしたらどうかな？」

「じゃ、入《い》り江《え》には全然《ぜんぜん》はいらないの？」と、ナンシイがいった。「でも、約束《やくそく》よ。」

「しかし、このありさまを見ろよ。」と、キャプテン・フリントがいった。

すでに、また天候《てんこう》は変《か》わっていた。てっぺんの四角い山は、低《ひく》い斜面《しゃめん》を隠《かく》している霧《きり》の海に浮《う》かんでいて、白い海に浮《う》かぶ孤島《ことう》のように見えた。その白い海が、シロクマ号のほうに移動《いどう》してくるところだった。もう低地《ていち》をすっかり覆《おお》ってしまい、今、絶壁《ぜっぺき》の足もとでうず巻《ま》いていた。

「ヘッドまで追い風だよ。」と、キャプテン・フリントが、またいった。「それに、ディックはもう一度、あのモーターヨットが見られるぜ……なあ、ディック？」

「でも、この湾《わん》が、アビやオオハムを見る最後《さいご》の最後《さいご》のチャンスなんです。」と、ディックがいった。

「ねえねえ、」と、ナンシイがいった。「ヘッドをまわると、この風は真向かいになるから、港にはいるには、両側《りょうがわ》に岩のあるところをタッキングしなくちゃならないわよ……」

「そのとおりだ。」と、キャプテン・フリントはいって、霧《きり》に隠《かく》れたヘッド岬《みさき》のある南のほうに目をやり、つづいて絶壁《ぜっぺき》を見た。すでに霧《きり》は、絶壁《ぜっぺき》のてっぺんをこえて、ぐんぐん近づいている。

「もうはいったもおなじじゃないの。」と、ナンシイがいった。

「時間も、ずいぶんおそくなってるわ。」と、スーザンがいった。

キャプテン・フリントは、かがんで時計を見て、「潮《しお》がよどむ時間だな。そうでなければやろうとは思わない。しかし、一分もすれば、船も霧《きり》にまかれるぜ。」といった。そして、ポケットコンパスをとりだすと、もう霧《きり》の海の上に灰色《はいいろ》のゆうれいのように浮《う》かんでいる四角山《しかくやま》の方位《ほうい》を、もう一度確《たし》かめた。「よし、ナンシイ、」と、彼《かれ》はいった。「君の勝ちだ。帆《ほ》を全部おろせ！　ロジャ、エンジン始動。はいれるだけのガソリンがあるかどうか、運を天にまかせよう。」

「わっ、うれしい！」と、ティティがいった。

「アイ・アイ・サー(かしこまりました)(9)。」と、ロジャがいった。そして、キャプテン・フリントについて船内にはいりながら、「エンジンが必要《ひつよう》になるっていっただろ。」と、つけくわえた。

船内でエンジンのまわりだす、ブーンという音がきこえたかと思うと、やがて勢《いきお》いがついて、規則的《きそくてき》なタッ、タッ、タッという音に変《か》わった。キャプテン・フリントは、すぐにまたデッキに出てきた。ステースル(10)はもうおろされていた。ペギイとスーザンが力を合わせてジブをおろしていた。キャプテン・フリントはトプスル(11)をおろすジョンに手をかして、ブーム(12)の先端《せんたん》の滑車《かっしゃ》を使ってブームをささえた。「君とスーザンはガフ(13)の先端《せんたん》のあげ綱《づな》を持ってくれ。」と、彼《かれ》はいった。「根もとのほうは私《わたし》がつかまえた。さ、おろせ。」こんなことは、シロクマ号の乗組員《クルー》たちにとって、十分練習ずみのことなので、何分かすると帆《ほ》は全部おろされてしまい、古い快速帆船《かいそくはんせん》は波のうねりを受けて不規則《ふきそく》にゆれていた。

「水深測鉛《すいしんそくえん》(14)の使い方はナンシイがいちばんだな。ジョンがかわりに舵《かじ》をとれ。ロジャ、微速《びそく》前進！」

「アイ・アイ・サー。」

シロクマ号は、エンジンの音を変《か》えて、また進みだした。

「進路は西1／2北《ウェスト・ハーフ・ノース》だ、ジョン。できるだけその進路を維持《いじ》してくれ。」

「西1／2北《ウェスト・ハーフ・ノース》です、船長《キャプテン》。」

「でも、いったいなにをするつもりなの？」と、ドロシアがいった。

「湾《わん》にはいるのよ。」と、ナンシイが、操舵室《そうだしつ》の戸棚《とだな》から水深測鉛《すいしんそくえん》とロープをとりだしながらいった。

「できたらだよ。」と、キャプテン・フリントがいった。

海岸は、すっかり霧《きり》に隠《かく》れていた。四角山《しかくやま》も霧《きり》にのみこまれてしまっている。シロクマ号は、タッ、タッ、タッ、タッとエンジンの音を響《ひび》かせながら、ゆっくりと白い羊毛の壁《かべ》のような霧《きり》の中に進んでいった。

絶壁《ぜっぺき》のずっと上のほうにいる少年も、霧《きり》の来るのを見ていた。霧《きり》は谷をうずめ、少年の見《み》張《は》っていたシカの群《む》れを隠《かく》してしまった。少年は、ひたいにつめたい空気のあたるのを感じた。風が変《か》わるのだ。日記もつけてしまったし、持ってきたケーキもきょうの分は食べてしまった。もどれという合図のバグパイプ(15)の音がかすかにきこえてきた。少年は、金庫に使っているビスケットの缶《かん》の中に日記とケーキの残《のこ》りを入れ、それを、誰《だれ》にも見えないひみつのかくれがの奥《おく》に押《お》しこむと、注意ぶかく、岩とヒースの中を、道をひろって歩きだした。陸《りく》の人間は、シロクマ号が帆《ほ》をおろしたことを、誰《だれ》も知らなかった。ゆっくりと絶壁《ぜっぺき》のほうへ進んでくるシロクマ号のエンジンのしずかな響《ひび》きをきいたものは一人もいなかった。

(1) キャプテン・フリント——ナンシイとペギイのおじさん、ジムのニックネーム。
(2) 西1/2北《ウェスト・ハーフ・ノース》——コンパスの目盛《めも》りのよみ方の一つ。円周《えんしゅう》三百六十度を三十二等分したものをワン・ポイント、それをさらに二等分したものをハーフ・ポイント、四等分したものをクォーター・ポイントという。
(3) シュラウズ——マストの頂《いただ》きから両船側《りょうせんそく》に張《は》った支索《しさく》。
(4) 横木《クロスツリー》——マストの頂部《ちょうぶ》に、マストと直角につけてある木。マストのてっぺんを支《ささ》え、支索《しさく》をひろげる。

(5) バウスプリット——帆船《はんせん》の船首《せんしゅ》からつき出ているマストのような円材《えんざい》。

(6) タッキング——帆船《はんせん》が風上に向かい左右ジグザグに進むこと。

(7) ジブシート——船首《せんしゅ》に張《は》る三角帆《ジブ》のすみについたロープで、ジブを制御《せいぎょ》する。

(8) 下《さ》げ舵《かじ》——舵《かじ》の柄《え》を風下にまわすこと。船首《せんしゅ》は風上に向く。

(9) アイ・アイ・サー(かしこまりました)——海員・航空機《こうくうき》乗組員《クルー》の上官《じょうかん》に対する返事。

(10) ステースル——支索《しさく》に張《は》った長い三角帆《ジブ》。

(11) トプスル——いちばん大きい帆《ほ》のすぐ上の帆《ほ》。

(12) ブーム——帆《ほ》のすそを張《は》る円材《えんざい》。

(13) ガフ——帆《ほ》の上ぶちを張《は》る円材《えんざい》。

(14) 水深測鉛《すいしんそくえん》——水の深さをはかるために先端《せんたん》に鉛《なまり》をつけたひも。むかしはこの鉛《なまり》を底《そこ》までおろしてはかったが、現在《げんざい》は、音の反響《はんきょう》ではかるから、船をとめずにはかれる。四十四ページのカット参照《さんしょう》。

(15) バグパイプ——袋《ふくろ》に吹《ふ》きこんだ空気で鳴らす、音のかん高いスコットランドの楽器《がっき》。百九ページのカット参照《さんしょう》。

2　手さぐりで進む

　その日のようすは、すっかり変《か》わってしまった。これはもう、のんびりした夏の日の航《こう》海《かい》ではなかった。霧《きり》の壁《かべ》がシロクマ号をむかえるように移動《いどう》してきた。舵《かじ》をにぎっているジョンは、自分の命を、針《はり》を固定《こてい》させることにかけているような意気ごみで、コンパスをにらんでいた。みんな緊張《きんちょう》して、命令《めいれい》を待っていた。ぜったいに間違《まちが》いをしてはならないし、なすべきことはすぐにしなくてはならないことを知っていたからだ。機関室《エンジンルーム》のハッチはあけてあった。ロジャが目をきらきらさせながら、操縦装置《そうじゅうそうち》の上に手をうろうろさせて、命令《めいれい》を待っていた。霧《きり》は、シロクマ号の上をくるくるまわりながら流れていた。操舵《そうだ》室《しつ》からは、マストのてっぺんにある小旗《こばた》も見えないほどだった。鉄のカチャカチャいう音がするので、灰色《はいいろ》のゆうれいのように見える前部《フォア》デッキのナンシイとキャプテン・フリントが、錨《いかり》の準備《じゅんび》をしていることがわかった。

　そのキャプテン・フリントが、船尾《せんび》へやってきて、コンパスをちらりとのぞき、「このまま進めてくれ、ジョン。」といった。

「西《ウェスト》1／2北《ハーフ・ノース》に進めます。」と、ジョンがいった。

「誰《だれ》か、横木《クロスツリー》にのぼってくれ……ディック……いや、だめだな……君がめがねをかけてるのを忘《わす》れていた。（ディックはちょうど、くもったためがねを拭《ふ》いているところだった。）じゃ、ペギイだ。スーザンには錨《いかり》をおろす時に手つだってもらうし、ナンシイはこれからいそがしくてだめなんだ。残《のこ》りの人は、ゆだんなく見張《みは》っていて、なにかが見えたら、すぐにさけんで知らせてくれ。なにが見えてもだ。いいか、正体を確《たし》かめようとしてぐずぐずしちゃいけない。ロジャは、私《わたし》がさけんだらすぐにエンジンをとめて、船尾《せんび》に行けるようにしていてくれ。」

「アイ・アイ・サー。」と、ロジャがいった。

「ティティ、大いそぎで船内へ行って、測鉛《そくえん》にぬるあのグリースの缶《かん》を持ってきてくれ。船首部屋《フォクスル》だ。右舷《うげん》のいちばん上のたなにある。」

「アイ・アイ・サー。」ティティが船内に消えた。

タッ、タッ、タッ、タッ、タッ……

シロクマ号は、自分だけの白い世界を進んでいた。

「まゆの中のカイコになったみたいだな。」と、ディックは考えながら、いそいでめがねを拭《ふ》いてかけなおし、あたりを見ようとした。体をとりまいている霧《きり》が、めがねにもつくのかどうか、どうもよくわからなかった。

右舷《うげん》のシュラウズのところにいるナンシイは、両手を使っても海に落ちる心配がないように、索具《さくぐ》にしっかり結《むす》びつけた命綱《いのちづな》を体に巻《ま》いて、水深測鉛《すいしんそくえん》をなげる準備《じゅんび》をしていた。さあ、これでいい……ナンシイは一尋《ひろ》(1)ごとにしるしがつけてあるロープを大きな輪《わ》に巻《ま》いて左手に持ち、そのロープの先端《せんたん》から一メートルほどのところを右手に持って、先端《せんたん》についている測鉛《そくえん》をぶらさげた。それから、測鉛《そくえん》を前後にふりはじめ、だんだんにふりを大きくしていき、つづいて、頭上でぶんぶんまわしはじめ……パッとはなすと、測鉛《そくえん》は、船の前方にとんでいった。シロクマ号ではナンシイほど、これが上手にやれるものはいなかった。船が測鉛《そくえん》のしずんだところまで進んだ時、ディックは、ナンシイが手づり糸でつりをするように、測鉛《そくえん》を水中で上下させて、手ごたえを確《たし》かめているのを見た。

「十二尋《ひろ》で海底《かいてい》にとどきません。」と、ナンシイがさけんだ。

「つづけてくれ。」と、キャプテン・フリントがさけんだ。

ティティは、前部《フォア》ハッチのはしごからでなく、後部《アフター》ハッチの階段《かいだん》からデッキにあがってきた。前部《フォア》ハッチはすでにふさいであった。錨《いかり》をおろした時、ならべてある鎖《くさり》がすぐにフェアリード(2)をすべり出せるように、場所をひろくあけておくのだ。ティティは片手《かたて》に缶《かん》を持っていた。そして、必要《ひつよう》になったらすぐにグリースが出せるように、マストのそばにうずくまった。ディックは、こんなにたくさんの熟練《じゅくれん》船乗りたちの中にいると、自分とドロシアはただのお客にすぎないなと思っていた。それは、今まで何度となく感じたことだった。ディックもドロシアも、自分たちの小帆船《しょうはんせん》スカラブ号を走らすことはこころえていた。

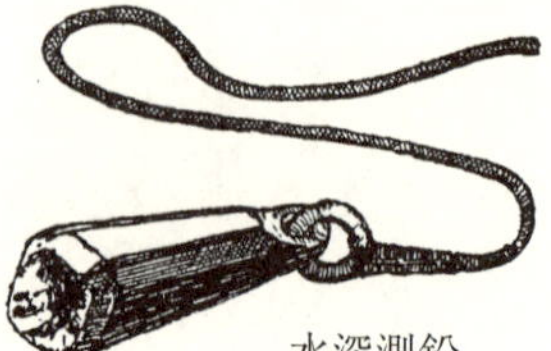
水深測鉛

しかし、海へ出たのはこんどがはじめてだった。だから二人は、ほかの人たちのじゃまにならないようにしていて、誰《だれ》かがなにかをやらせてみたらと考えた時、すぐ命令《めいれい》にしたがえるように待っている以外《いがい》、なにもできなかった。

パシャッ。ナンシイが前方になげた測鉛《そくえん》がまた海中に落ちた。ナンシイはふたたび水中のロープを上下させ、また、ロープをたぐりあげた。

「十二尋《ひろ》で海底《かいてい》にとどきません。」

突然《とつぜん》、カモメがするどい声で鳴いた。小さな海図《チャート》を見ていたキャプテン・フリントが、まるで、さしせまった問題の答えを待つように、海図《チャート》から目をあげて、ナンシイを見た。

パシャッ。

「十二尋《ひろ》で底《そこ》にとどきません。」

「だいたいはいりこんだにちがいない。」と、キャプテン・フリントがジョンにいった。

「もう底《そこ》につくはずだ。」

パシャッ。

ロープをたぐり寄《よ》せたり、水中で上下させたりしていたナンシイが、ふいにうしろをふり向いてさけんだ。

「測鉛《そくえん》に油《あぶら》をつけろ。」と、キャプテン・フリントがいった。「海底《かいてい》まで十二尋《ひろ》。」

ディックは、ティティが缶《かん》の中からなにかを指ですくいとって、測鉛《そくえん》の底《そこ》の穴《あな》につめるのを見た。ディックも、その穴《あな》のことは今まで何度も気づいていた。

「いそげ。」と、キャプテン・フリントが、ティティやナンシイにきかせるというより、自分に向かって低《ひく》い声でいっていた。誰《だれ》が見ても、ナンシイやティティは、せいいっぱい、いそいでいた。

パシャッ。

ナンシイはロープをたぐりこみ、海中で測鉛《そくえん》を上下させた。そして、「十一尋《ひろ》。」とさけんでから、またたぐって巻《ま》き、手がとどくところまで測鉛《そくえん》があがってくると、すぐにつかんで底《そこ》を見た。「海底《かいてい》、十一尋《ひろ》でやわらかい泥《どろ》。」と、ナンシイが大声でいった。

そうか、ああやってしらべるんだな、とディックは思った。測鉛《そくえん》の底《そこ》につけたグリースが海底《かいてい》の見本をもってあがってきて、手さぐりで船を入れる船長《キャプテン》の判断《はんだん》をたすけてくれるのだ。海図《チャート》に点々と書きこまれている符号《ふごう》がどんなはたらきをするのかが、今ようやく、ディックにもわかった……〈s《エス》〉は砂《すな》、〈m《エム》〉は泥《どろ》、〈sh《エスエイチ》〉は貝がらといったように、海底《かいてい》の状態《じょうたい》をあらわしているのだった。ナンシイたちが、測鉛《そくえん》の底《そこ》にグリースまでつめるのはこれがはじめてだった。今までも、錨《いかり》をおろそうとする時、確《たし》かめるために、よく水深《すいしん》ははかった。こんどは、それ以上《いじょう》のことを知ろうとしているのだ。この白い霧《きり》に目《め》隠《かく》しされているので、たすけになりそうなことなら、どんなに小さいことでも知りたがっているのだ。

パシャッ。

「九・五尋《ひろ》……海底《かいてい》は泥《どろ》と貝がら……」

「ぼくたち……？」

霧《きり》の中へ

「しっ、」と、キャプテン・フリントがいった。「しずかに!」

右舷《うげん》のどこか高いところで、カモメの群《む》れが鳴き立てている。

「絶壁《ぜっぺき》か?」と、キャプテン・フリントがつぶやいた。

かたい道路から木の橋にうつった時の足音のように、エンジンの音がふいに変《か》わった。

「進路西。」と、キャプテン・フリントがジョンにいった。

「進路西です、船長《キャプテン》。」と、ジョンが落ちついた声でいった。

「もし、カモメがいるところが、湾《わん》の北側《きたがわ》なら、湾《わん》の入口を流れている潮《しお》は、もうつき抜《ぬ》けたにちがいないよ。」

「キャプテン・フリントはとってもよろこんでるわ。」と、ドロシアがディックにささやいた。

「九尋《ひろ》……海底《かいてい》は泥《どろ》と貝がら。」

一羽《わ》の鳥が、船尾《せんび》のすぐそばをとんだ。

「ウミガラス。」と、ディックがいった。「確《たし》かじゃないけど。」

「えっ! なんだって?」

「すみません。」と、ディックがいった。「鳥を見ただけです。」

「右舷《うげん》に、なにかが見えます。」と、ペギイが高い霧《きり》の中からさけんだ。「いいえ……見えなくなった。もうなにも見えない。でも、なにかがあります。」

「絶壁《ぜっぺき》がちらっと見えた、のかもしれないな。」と、キャプテン・フリントがジョンにいった。「もう、すぐそこだよ。おっと、ごめん、ごめん。私《わたし》の話なんかきかないでくれ。」

そういって、キャプテン・フリントはディックに笑《わら》ってみせた。「舵《かじ》に気をくばってくれ。」

「進路西。」と、ジョンがいった。

つぎの瞬間《しゅんかん》、みんなが、海とはなんのかかわりもない物音に、ぎょっとなった。「かえれ、かえれ、かえれ！」と、一羽《わ》のライチョウが舞《ま》いおりてきながらさけんだのだ。

「かえるもんか。」と、ロジャがいって、スーザンにこわい顔をされた。

キャプテン・フリントは、ディックに海図《チャート》を渡《わた》し、「これをしっかり持っていてくれ。」といって、前部《フォア》デッキのぼやっとした人影《ひとかげ》のところまで進んでいった。

「八尋《ひろ》。」と、ナンシイが大きな声でいった。「八尋《ひろ》……海底《かいてい》は泥《どろ》。」

「七尋《ひろ》。」といって、ナンシイがあたりを見まわし、キャプテン・フリントがすぐそばにいるのに気がついた。

「停船《ていせん》。」と、キャプテン・フリントが大声でいった。すると、すぐにロジャが連動装置《れんどうそうち》をはずしたので、ちょっとの間、エンジンの鼓動《こどう》がたかまった。

「面舵《おもかじ》いっぱい！」

「面舵《おもかじ》いっぱい。」と、ジョンがくりかえして、舵《かじ》をぐっとまわした。

「錨《いかり》おろせ！」と、キャプテン・フリントがさけび、自分の命令《めいれい》に自分でしたがった。船首《せんしゅ》で大きな水しぶきの音がきこえ、つづいて鎖《くさり》がフェアリードをすべる、ガラガラガラガラという音がした。

「エンジンとまりました。」

エンジン音が、せきをするような音に変《か》わって、とまった。シロクマ号は、錨《いかり》をおろした。ディックが舷側《げんそく》からのぞくと、船がゆれるにつれて、小さなあわがゆっくりと流れていくのが見えた。船から目をはなすと、白い霧《きり》のほか、なにも見えなかった。

「はいれた？」と、ナンシイがたずねている。

「はいった。」と、キャプテン・フリントがいった。「しかし、予定したところへちゃんとはいったとはいい切れない。あのボートをおろすから手をかしてくれ。」

みんながダビット(3)を立てるために、どっとかけより、四、五分でボートがつりさげられ、海面までおろされた。

「ジョンが、船の責任者《せきにんしゃ》だ。」と、キャプテン・フリントがいった。「ナンシイはボートに乗ってくれ。測鉛《そくえん》を持ってこいよ。それから、誰《だれ》かが鐘《かね》を鳴らしつづけてくれ……休みなくだ。遠くへは行かないが、鐘《かね》が鳴っていれば、まいごにならなくてすむからな。」

キャプテン・フリントは、ボートを漕《こ》ぎ出《だ》していった。ナンシイは、ボートの船尾《せんび》にすわって、測鉛《そくえん》のロープを足もとで輪《わ》にしていた。キャプテン・フリントとナンシイを乗せたボートは、ちょっとの間、霧《きり》の中に黒い点となって見えたが、たちまちすっかり見えなくなった。船に残《のこ》った子どもたちは、しずかなオールの音に耳をすませながら、つぎになにが起こるかをたずねるように、顔を見合わせていた。

「とにかく、岸近くまでは行ってるよ。」と、ジョンがいった。「また、あのライチョウがきこえるかな?」

「それに、錨《いかり》をおろしてる。」と、スーザンがいった。「まあ、霧《きり》にまかれて海の中にいるより、このほうがずっといいわ。」

「また、移動《いどう》しなくちゃならないかもしれないぜ。」と、ジョンがいった。「近よりすぎてるかもしれないんだ。」

「それをしらべるために、あの二人が出ていったの？」と、ドロシアがいった。

「ペギイはどうしてる？」と、スーザンがいった。「船長《キャプテン》ったら、ペギイのこと忘《わす》れたわよ。もう上にあがっていなくたっていいのに。」

「ペギイ、おりてこいよ。」と、ジョンが大きな声でよんだ。

「鐘《かね》を鳴らせ！」というさけび声が霧《きり》の中からきこえてきた。

カン……カン……カン……カン……カン……と、すぐにこたえがあった。ガソリンをとめ、油のしみたぼろきれでエンジンをふいて、機関室《エンジンルーム》から楽しそうな顔であがってきたロジャが、さけび声をちょうどききつけたのだった。

「ぼくが鳴らす。」そういってロジャは、鐘《かね》を鳴らしつづけた。カン……カン……カン……カン……

「ちょっと、とめてくれ。」と、船尾《せんび》へもどってきたジョンがいった。ジョンは、すぐにまたあげられるように前部《フォア》デッキのステースルをきちんとたたんできたのだった。「ほら、きいてごらん！」

「七尋《ひろ》。」というナンシイの声が遠くの霧《きり》の中からきこえてきた。

カン……カン……カン……

「もう一度。」という声は、キャプテン・フリントだった。

「八尋《ひろ》。」

シロクマ号にいる子どもたちは、オールの音に耳をすまして、ボートがどこにいるかを知ろうとした。

「七尋《ひろ》。」

「今、どこにいるの?」と、ティティがいった。「なんだか、ナンシイがすぐそばにいるようにきこえるわ。」

「船のうしろのどこかよ。」と、ペギイがいった。「そっちのほうにまわっていたのよ。ああ、やれやれ、マストの上はしめっぽかった。」

「なにか見えた?」と、ドロシアがたずねた。

「全然《ぜんぜん》なんにも。」と、ペギイがいった。「でも、耳があるから。」

「うんと長いのがね。」と、ロジャがいった。

「私《わたし》に、そのボーイをなぐらせてよ。」と、ペギイがいった。

「およそ西に向かってるぞ。」と、ジョンがいった。

「鐘《かね》鳴らせ!」

カン……カン……

「ペギイ、だまってろよ。ぼくは鐘《かね》を鳴らさなきゃならないんだから。」

カン……カン……カン……

「八尋《ひろ》。」

「こんどは左舷《さげん》前方にきこえる。」と、ジョンがいった。

カン……カン……カン……

「七尋《ひろ》。」

「こんどは船の真横あたりだ。」と、ジョンがいった。「おかしいなあ。どこにいるのか、なかなかわからない。」

「ほらほら、あそこ。」と、ティティがさけんだ。一瞬《いっしゅん》、ボートの影《かげ》がぼうっとあらわれた。

「そいつは、ちょっと近すぎる。」というキャプテン・フリントの声がきこえた。「ちょっと待った……よし、もう一度やってごらん。」

「七・五尋《ひろ》。」

カン……カン……カン……

「ジョン！」

「はい、船長《キャプテン》！」と、ジョンは、まっ白な霧《きり》に向かってさけびかえした。

「小錨《ケッチ》を用意してくれ。」

「アイ・アイ・サー……来てくれ、スーザン。」と、ジョンがいって、前のほうへ走っていった。

「つまり、船はこれでいい、ってわけよ。」と、ティティがいった。

「そうなの？」と、ドロシアがいった。

「もちろん。」と、ペギイがいった。「船長《キャプテン》は、もう一つ錨《いかり》をおろすつもりなの。今いるところで、夜をすごすんだわ。」

ボートの影《かげ》が、もう一度、こんどははっきり見えて、すぐに船に横づけになった。

「ナンシイ、はやくあがれ。そして、みんなが小錨《ケッチ》のロープを出すのに手をかしてやってくれ。」

「小錨準備《ケッチじゅんび》よし。」と、ジョンがさけんだ。

ナンシイが、測鉛《そくえん》を使ったためにびしょぬれになって、船にあがってきた。

キャプテン・フリントは、ボートを船首《せんしゅ》の下にまわした。ジョンが小さいほうの錨《いかり》をさげた。

「ボートの中におろさないでくれ。ちょっと待った。そのまま持っててくれ。その間に私《わたし》がボートの船尾《せんび》にぶらさげるようにするから。うまい、うまい。それでいい。さあ、ロープをくりだしてくれ。ロープが終わりそうになったらどなってくれよ。しっかり結《むす》びつけてあるだろうね?」

「今、結《むす》びつけてるところです。」と、ジョンがいった。

「こいつをなくすと、どうもぐあいがよくないんだよ。」と、キャプテン・フリントがいった。「いっぺんなくしたことがあるから、わかるんだ。」

キャプテン・フリントは、ジョンとナンシイとスーザンが、するするのびるように気をつけてくりだす、草でつくった小錨《ケッチ》のロープを引《ひ》っ張《ぱ》りながら、シロクマ号の船腹《せんぷく》からはなれ、船にそって進み、船尾《せんび》に消えていった。操舵室《そうだしつ》のディックとドロシアは、ロープがヘビのように水面をすべり、船から四、五メートルはなれるといっさいをのみこむ霧《きり》の中に、消えてしまうのを見た。

「あと三尋《ひろ》。」と、ジョンがさけんだ。ずっとうしろのほうで、ドブンという音がして、まもなく船長《キャプテン》が漕《こ》ぎもどってくると、船に乗りこみ、船首《せんしゅ》に行って、大錨《だいびょう》の鎖《くさり》に小錨《ケッチ》のロープをしっかりゆわえつけ、残《のこ》りの二尋《ひろ》もくりだした。

「これで十分に、しかも本式に船をつないだわけさ。」と、キャプテン・フリントは船尾《せんび》にやってきていった。「もう、船がこわれる心配はない。」

「岸はどんなようすですか？」と、ディックがたずねた。「すぐ近くでしょう？　ライチョウが鳴いてましたから。」

「全然《ぜんぜん》見えなかったよ。」と、キャプテン・フリントはいった。「船のまわりを一まわりしたんだが、なにも見えなかった。しかし、深さは十分だし、底《そこ》の状態《じょうたい》もいいし、横に動いても、大丈夫《だいじょうぶ》なひろさもある。」

「私《わたし》たち、どこにいるの？」と、ドロシアがたずねた。

「霧《きり》が晴れればわかるよ。それもまもなくだ。陸《りく》から風が吹《ふ》きだすから。朝になればよく晴れる。」

「私《わたし》たち、ここにずっと停泊《ていはく》するのね？」と、スーザンがいった。

「じつにぐあいよく停泊《ていはく》するのよ。」と、ナンシイがいった。「ええい、骨《ほね》がガタガタだい。この霧《きり》のやつ、つめたいなあ。」

「歯がガチガチだい、っていったほうがいいよ。」と、ロジャがいった。

「でも、歯は、ことわらなくてもガチガチいってるわよ。」と、ナンシイがいった。

「私《わたし》のも、そう。」と、ペギイがいった。「船室《キャビン》で火をたきましょうよ。」

「そいつはいい考えだ。」と、キャプテン・フリントがいった。

どどっとハッチの階段《かいだん》をふみならす音がした。三十分後、船室《キャビン》のストーブがあかあかと燃《も》え、乗組員《クルー》全員が、ぬくぬくとあたたまってすわっていた。わずか四、五時間前まで、きらきら輝《かがや》く太陽をあびて航海《こうかい》していたのが、まるでうそのようだった。船室《キャビン》のランプがともされていた。ドロシアは、今書いている『ヘブリデス諸島《しょとう》のロマンス』に霧《きり》の章があってもいいなと考えていた。ジョンは、航海日誌《こうかいにっし》をつけていた……「海岸に接近《せっきん》。濃霧《のうむ》。七尋《ひろ》で投錨《とうびょう》。海底《かいてい》は泥《どろ》。小錨《ケッチ》をおろす。北に陸地《りくち》。」キャプテン・フリントは、帆走航海《はんそうこうかい》法《ほう》の本を読みふけっていた。ナンシイはシロクマ号の持ち主が船を海底《かいてい》につけて掃除《そうじ》をした場所が描《か》きこんである、小さな海図《チャート》をまた見ていた。ディックは、海岸からさほど遠くないところに、たくさんの小さな湖が描《か》きこんである大きな海軍本部《かいぐんほんぶ》海図《チャート》を見ていた。上《じょう》陸《りく》して見にいけさえすれば、アビのいそうな場所だ。ペギイとスーザンは夕食について話しあい、マカロニとトマトとポーチド・エッグを出すことにきめていた。ティティは、また個人用《こじんよう》の航海日誌《こうかいにっし》にもどっていた……「白い霧《きり》の中で投錨《とうびょう》。どこにいると考えてもいい。」ロジャは、なにからまい曲を思いつこうとして、おもちゃの笛を鳴らしていたが、ひそかににやっと笑《わら》ってから、すごいはやさで、「わしらは朝までかえらない」をピイピイ吹《ふ》きはじめて、みんなをびっくりさせた。

「おい、やめろ。」と、ジョンがいった。「そいつを鳴らしたかったら、ボートに長いロープをつけて、ロープがのびきるまで漕《こ》いでいって、霧《きり》の中で鳴らしてろ。」

ロジャは、自分だけの音楽会を終えるしるしに、イギリス国歌を一、二節《せつ》鳴らしてからいった。「へーえ、ジョンはほんとうの音楽がきらいなのか。だったらキャプテン・フリントにアコーディオンをブカブカやってもらったらいいや。」

「よしきた、ロジャ。」と、キャプテン・フリントがいった。「われわれで二重奏《にじゅうそう》をやって、みんなを元気づけよう。」

「私《わたし》たちなら、元気づけてもらわなくていいわ。」と、ナンシイがいった。「こんどの航《こう》海《かい》、とにかくしずかでよかったわねえ。でも、お二人がやかましい音を立てたいのなら、お手つだいしてもかまわない。」

「ちょうど北極《ほっきょく》にいるみたいじゃないの。」と、ティティがいった。「ナンセン(4)は氷の中を漂流《ひょうりゅう》しながら、いくらだってうるさい音が立てられたわよ。シロクマしかきいてなかったんだから。」

「ぼくら自身がシロクマだよ。」と、ロジャがいった。「だから、すきなだけ音が立てられるんだ。きき手なんて一人もいない。ナンセンだっていないんだから。」

キャプテン・フリントは声を立てて笑《わら》い、ペギイが押《お》しつけてよこしたアコーディオンをとった。そしてまもなく、船室《キャビン》は、天井《てんじょう》がぬけるほどのさわぎとなった。みんなは、足をふみならし、テーブルをたたいて、湖のハウスボートでうたった古なじみの歌をうたった。調理室でいそがしくはたらいているペギイとスーザンは、一生けんめいたまごとマカロニを料理《りょうり》しながらうたっていた。しかし、ナンシイはときどき疑《うたが》わしげな目でキャプテン・フリントを見ていた。彼《かれ》が心から楽しんでいないことが、よくわかっていたからだ。

「これでいいのよ、ジムおじさん。」と、ナンシイはいった。「これがいちばん正しいやり方だったの。マックだってよろこんでくれるわよ。私《わたし》たちはマックの湾《わん》にいるの。はいりたいと思っていた湾《わん》の中に。」

「ほんとにそうかな?」と、キャプテン・フリントがいった。「そいつがわかったらなあ。このくそいまいましい霧《きり》さえ晴れてくれればわかるんだが。今のところ、船は安全なんだ。しかし、アンカー・ワッチはおかなくちゃならんな。」

「それ、なんなの?」と、ドロシアがたずねた。

「私《わたし》たちが眠《ねむ》っている間、誰《だれ》かがデッキにいることよ。」と、ティティがいった。「なにかよくないことが起こったら、寝《ね》ている人たちを起こすの。」

夕食後も、歌はさらにつづいた。それから、ベッドへはいる前に、全員がもう一度あたりを見ようと、デッキに出た。霧《きり》はあいかわらず濃《こ》かった。たたんだメンスル(5)から、水滴《すいてき》がしたたり落ちていた。デッキもぬれていた。船室《キャビン》のあかりとりからもれる光が、頭上の白い霧《きり》を照らした。ひっそりした中に、遠くの波の音だけがきこえた。シロクマ号は、波一つない湾内《わんない》にとまっている。あの波は、湾外《わんがい》のどこかでさわいでいるにちがいない。

「ほんとうの港の中だって、これほどしずかに停泊《ていはく》しちゃいられないわ。」と、ナンシイがいった。「おじさんもいっしょに寝《ね》ないわけがわからない。」

「おい、おい、」と、キャプテン・フリントがいった。「こいつは私《わたし》の船じゃないんだぜ。私《わたし》は君たち全員をおぼれさせたって、ちっともかまやしない。しかし、できればマックの船でめんどうを起こしたくないんだ。」

「一晩《ひとばん》じゅう起きてはいられないわよ。」

「起きてるつもりもない。めざまし時計を三時にかけておいてくれ。その時になってもまだ霧《きり》が濃《こ》かったら、君とジョンに当直をたのむ。しかし、それまでには霧《きり》も晴れるはずだよ。」

乗組員《クルー》たちは、寝棚《バンク》にもぐりこんだ。誰《だれ》もいないように見える船室《キャビン》で、ランプが燃《も》えつづけていた。しかし、階段《かいだん》のそばに大きな足が二つ見えていた。心の落ちつかないシロクマ号の船長《キャプテン》が、そこにすわってタバコをふかしながら、ときどき、なにも見えない夜の霧《きり》を見まわしているのだった。

（1） 一尋《ひろ》――一メートル八十二センチ。水深《すいしん》の測定《そくてい》や、鉱山《こうざん》で使われる長さの単位《たんい》。
（2） フェアリード――ロープがひっかからずに目的《もくてき》の方向にいくようにした金具や、穴《あな》のあいた板。
（3） ダビット――舷側《げんそく》からつき出ている、ボートをあげおろしするための小さなクレーン。
（4） ナンセン――ノルウェーの北極探検家《ほっきょくたんけんか》（一八六一〜一九三〇年）。
（5） メンスル――主帆《しゅはん》。

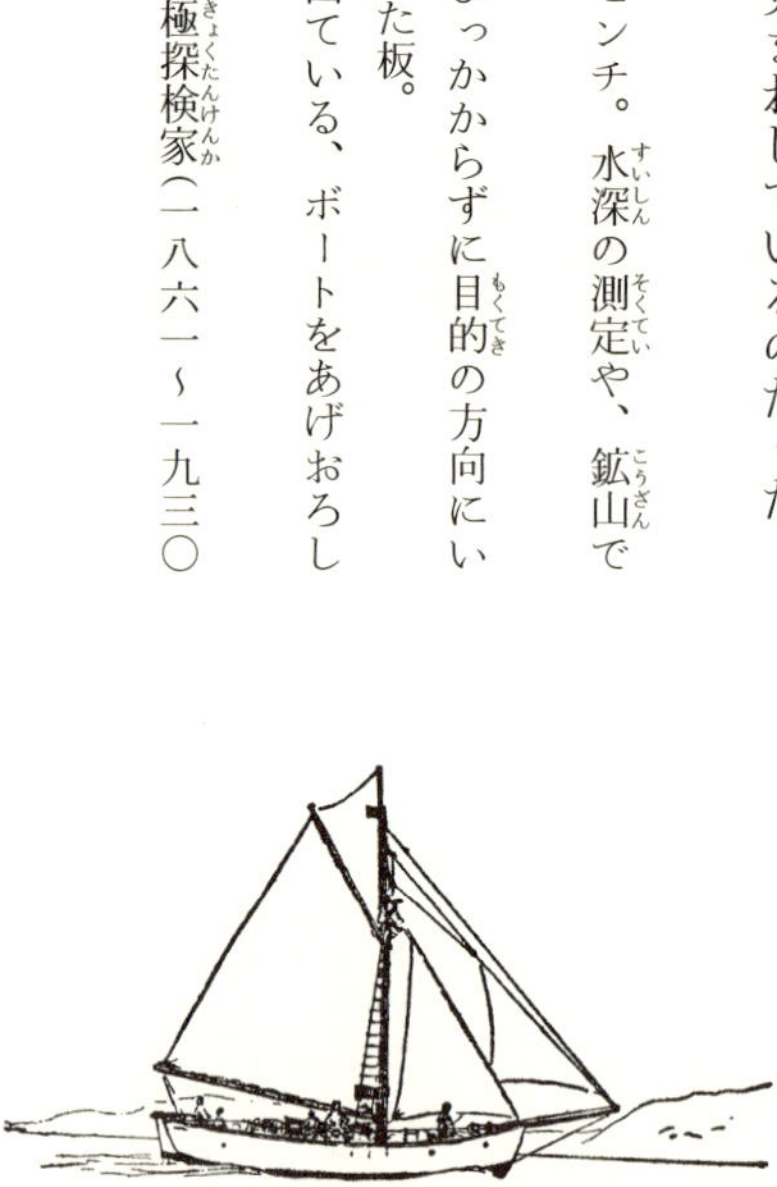

3　船が足で立つ

シロクマ号は、落ちつかない夜をすごしていた。足音がデッキに響《ひび》いて、寝棚《バンク》にいる子どもたちは目をさました。寝《ね》がえりをうってまた眠《ねむ》りこんだかと思うと、めざまし時計が鳴りだし、すぐにとめても、やはり目はさめた。ディックは横になったまま、海図《チャート》にあった小さな湖のことを考え、船の掃除《そうじ》にかかる時間や、帰航《きこう》する前に岸に上陸《じょうりく》して、アビやオオハムを見る最後《さいご》のチャンスがあるかどうかなどを、知りたいと思っていた。船室《キャビン》で人の動く音がしていた。そして、誰《だれ》かが階段《かいだん》をあがりながらすべった音。「おどろき、もものき、さんしょのき！　すねが鉄だったらなあ。」すべったのは、ナンシイにちがいなかった。デッキでは、ひとしきり熱《ねっ》のこもった、てきぱきした会話がかわされた。「ほら！　ほら！　あそこがその場所よ。」「どなるんじゃない。」「はい、はい。でもみんな泥《どろ》のように寝《ね》てるわ。」やがて、船腹《せんぷく》にボートがかるくぶつかる音がきこえ、つづいて、オール受けのきしみがきこえた。そして、シーンとしずかになった……すると、また、「船長《キャプテン》はなにしてるの？　体がこごえないように足ぶみしてるの？」「船をひきあげるのにいちばんいい場所をさがしてるんだよ。」「なんで、あの石を動かしてるの？」「満《み》ち潮《しお》になってもボートをつけるところがわかるように、目じるしをつくってるんだよ。」「あっ、もどってくる。」それっきり、長い間なにもきこえなくなった。ドシン。そして、外でキャプテン・フリントの声がした。「なかなかの上陸場所《じょうりくばしょ》だよ。マックは自分の仕事をこころえてるな。干満《かんまん》の差《さ》は三メートルだ……干潮《かんちょう》の水位《すいい》は三十センチ……あそこへ船を入れれば、ゆっくりとフジツボをとって、付着物《ふちゃくぶつ》よけのペンキがぬれるよ。」船室《キャビン》でさらに音がした。ディックが、くるりと寝《ね》がえって寝棚《バンク》から出てみると、ほかの子どもたちもみんな、自分とおなじことを考えているとわかった。ティティとドロシアとペギイとスーザンが、なにがはじまったかを見にあがっていくところだった。ディックもあわててあとを追ったが、やっと階段《かいだん》を半分ほどあがった時、「寝床《ねどこ》へもどれ、ぼんくらども！　あと四、五時間しか眠《ねむ》れないんだ。そのあとは一日、つらい仕事が待ってるんだぞ！」というどなり声がきこえた。霧《きり》は晴れ、高い雲が足ばやに流れ、空はいっぱいの光だった。

「霧《きり》がなくても、これ以上《いじょう》うまくはいることなんてできなかったわよ。」と、ティティがいった。

「湾《わん》のまんまん中に錨《いかり》をおろしたのね。」と、ドロシアがいった。

「ほんとうに、もう一度寝《ね》たほうがいいわよ。」と、スーザンがいった。

「キャプテン・フリントは上陸《じょうりく》して、船を足で立たせる場所を見てきたのよ。」と、ペギイがいった。

「足で立たせる……」ディックはそのやり方が見たかった。それに、船を足で立たすには、おそらく全員の手が必要《ひつよう》だろう。しかし、一日じゅう必要《ひつよう》ではないかもしれないし、もし、船の博物学者《はくぶつがくしゃ》を仕事から免除《めんじょ》してくれたら……ディックは寝棚《バンク》に這《は》いあがって、また眠《ねむ》った。ジョンとナンシイとキャプテン・フリントが船室《キャビン》におりてきたのも知らなかった。一、二時間、船はシーンとしずかになった。そしてまたさわがしくなった。船首部屋《フォクスル》で大きくズシンと音がした。デッキでドンと音がした。誰《だれ》かがデッキの下の高いところにあるものに手をのばそうと、ディックの寝棚《バンク》にあがってきた。ウィンチがガチャガチャ音を立てていた。プライマス・ストーブに新しく火がついて、ふいにゴウゴウ燃《も》えだした。ロジャの「うるさいよ！」という声がした。誰《だれ》かが「エンジン！」といいかえした。ロジャが寝棚《バンク》からはねおきて「行くよ、行く！　ぼくが行くまでエンジンを動かすなよ。」とこたえていた。ディックは、それを夢《ゆめ》うつつにききながら、また、うとうとと眠《ねむ》りこんだ。

その直後だと思いながらディックが目をさますと、船内にいるのは彼《かれ》だけだった。明るい日光が、船室《キャビン》をてらしていた。エンジンが鼓動《こどう》している。ディックが目をこすって、めがねをひっつかみ、あわてて寝棚《バンク》をおりて階段《かいだん》をのぼっていくと、もうみんなデッキにいて、シロクマ号はきのう霧《きり》に目隠《めかく》しされたまま停船《ていせん》した湾《わん》の、日に輝《かがや》くなめらかな水面を、ごくゆっくり進んでいることがわかった。

船が向かっている湾《わん》の北側《きたがわ》は、岩ばかりの急斜面《きゅうしゃめん》だった。一か所、土地がこぶのように盛《も》りあがってヒースに覆《おお》われているところがあり、そこが海図《チャート》にある谷を隠《かく》していた。湾《わん》の入口に目をやると、きのう霧《きり》の中で船がすぐ下を通った時、エンジンの音をこだまさせた絶壁《ぜっぺき》のまわりを、カモメがとんでいるのが見えた。絶壁《ぜっぺき》のてっぺんからは、ちょっとした丘《おか》まで斜面《しゃめん》がつづき、丘《おか》のうしろは高い尾根《おね》があって、沖合《おきあい》で見た建物《たてもの》をそのうしろに隠《かく》していた。

ディックが船尾《せんび》に目をやると、ひとつながりの岩がだんだんに大きくなって、この湾《わん》と南側《みなみがわ》の湾《わん》を分ける岬《みさき》になっているのが見えた。湾《わん》のいちばん奥《おく》には、滝《たき》から流れ落ちる一本の川が見えた。シロクマ号は両側《りょうがわ》に岩のある小さな入《い》り江《え》に向かって進んでいた。上空では、小さな白雲が海に向かって走っていたし、絶壁《ぜっぺき》の向こうの外海《そとうみ》では、勢《いきお》いのよい波が白い波頭《なみがしら》を立てていたが、シロクマ号は、完全《かんぜん》な避難所《ひなんじょ》にはいっていた。

「ほんのちょっとエンジンを動かせばいいんだ。」と、キャプテン・フリントがいっていた。「岸にぶつける必要《ひつよう》はないんだから。」

「アイ・アイ・サー。」と、ロジャがいった。

タッ、タッ、タッ、タッ……

朝早く霧《きり》が晴れてから今までに、もうたくさんの仕事がしてあった。小錨《ケッチ》はひきあげられていた。そしてこんどは船首《せんしゅ》からでなく、船尾《せんび》からおろせるように、後部《アフター》デッキの操舵《そうだ》室《しつ》のそばに、錨綱《いかりづな》が大きな輪《わ》に巻《ま》きおさめてあった。前部《フォア》デッキにはもっとたくさんロープの輪《わ》があり、その一方の端《はし》がボートまでさがっていた。そしてボートは、船尾《せんび》からついてくるのではなく、錨《いかり》を積《つ》んで右舷《うげん》のシュラウズにつながれていた。舵《かじ》はスーザンがにぎっていた。ジョンとナンシイとキャプテン・フリントは、すぐになにかほかのことをするつもりにちがいなかった。

「うまいぞ、スーザン。」と、キャプテン・フリントがいった。「今、ちょうど目じるしの線の上にいる。二つの白い石が重なって見えてる……この状態《じょうたい》をたもってくれ。」

「ディック、」と、ドロシアがいった。「パジャマでデッキに出てきちゃ寒いわよ。」

「十分あったかいよ。」と、ディックはいった。「あとで着がえる。」

「すてきな浜《はま》よ。」と、ナンシイがいった。「霧《きり》が晴れるとすぐ見えたわ。そして、キャプテン・フリントが上陸《じょうりく》して目じるしをつくったのよ。」

「でも、船の足はどこにあるの?」と、ディックがいった。

「ほら、船腹《せんぷく》を見て。」と、ナンシイがいった。「あなた、私《わたし》たちがボールトを通す音をきかなかったの?」

ディックが体をのりだして見ると、右舷《うげん》と左舷《さげん》に一本ずつ、前端《ぜんたん》をシュラウズのそばのボールトでとめた太い柱がつってあった。

「すてきな場所じゃない?」と、ティティがいった。「どの港よりいいわ。」

「物語には、おあつらえむきの場所だわ。」と、ドロシアは、はるか内陸部《ないりくぶ》に青くかすむ山々や、湾《わん》の北側《きたがわ》をまもっている絶壁《ぜっぺき》を見ながらいった。

「どの港よりいいわ。」と、ティティがもう一度いった。「なにかが起こらないはずはないって場所よ。」

「まっぴら、まっぴら。」と、前部《フォア》デッキの準備《じゅんび》を確《たし》かめたキャプテン・フリントが、いそいでそばを通りすぎながらいった。「こいつは大きな船だから、ぜったいに事件《じけん》を起こしちゃならないんだ。」

「そういう種類《しゅるい》の事件《じけん》じゃないの。」と、ティティがいったが、キャプテン・フリントにはきこえなかった。もう船尾《せんび》に行って、距離《きょり》でもはかるように、あちこち見ていた。

「小錨《ケッチ》おろせ。」と、キャプテン・フリントがいった。

バシャッと水しぶきがあがると、キャプテン・フリントはゆっくりとした船の動きにあわせて、錨綱《いかりづな》をくりだした。

「ジョン、」と、キャプテン・フリントがよぶと、ジョンがすぐにやってきた。「錨綱《いかりづな》を見張《みは》ってくれ。するする出るように気をつけてもらいたいんだが、船が後退《こうたい》しなくちゃならん時は、すぐにおさえて、手ばやくたぐりこむようにしてくれ。プロペラにひっかけたくないんだ。」

「アイ・アイ・サー。」と、ジョンがいった。

「私《わたし》が舵《かじ》をにぎって浅《あさ》いところにのりあげる。」と、キャプテン・フリントがいった。「それでいいんだ、スーザン。また交替《こうたい》できるように待機《たいき》してててくれ。おーい、ナンシイ。船首《せんしゅ》の引《ひ》き綱《づな》は用意できたか？」

「準備完了《じゅんびかんりょう》！」と、ナンシイがさけんだ。

タッ……タッ……タッ……タッ……

ごくゆっくりと、シロクマ号は、岸に向かって進んでいた。

「停船《ていせん》！」

「とめました。」と、変速《へんそく》レバーをなかばひきもどして、ロジャがいった。プロペラをまわさなくなったエンジンは、きゅうに鼓動《こどう》をはやめた。

シロクマ号は、ますます速度を落としながら、湾《わん》の中の小さな入《い》り江《え》にはいっていった。船のすぐ前は左も右も岩だった。右側《みぎがわ》の岩は、すでに、湾《わん》の入口とその向こうの外海をさえぎりだしていた。あと二十メートルほど進めば、シロクマ号のバウスプリットが、湾曲《わんきょく》したせまい岸の、もっとたくさんある岩にぶつかってしまう。

「もう、ころあいだ。」と、キャプテン・フリントが落ちついた声でいった。

みんな息をつめた。

ズズズズ……

つぎの瞬間《しゅんかん》、キャプテン・フリントは舵《かじ》をはなれて、ボートに乗り、ナンシイがくりだす引《ひ》き綱《づな》を引《ひ》っ張《ぱ》って岸に向かっていった。

ズズズズ……

「キャプテン・フリントが岸についたわ。」と、ティティがさけんだ。

キャプテン・フリントがボートから出て、船体を五、六十センチほど岸にひきあげると、錨《いかり》を持ってよろめきながらあがっていって、その錨《いかり》を、岩の間におろすのが見えた。

「船首《せんしゅ》の引《ひ》き綱《づな》をたぐりこんで、しっかりしばれ。」と、キャプテン・フリントがさけんだ。すると、すぐにナンシイが、引《ひ》き綱《づな》をぴんと張《は》った。

「船尾《せんび》の引《ひ》き綱《づな》だ、ジョン！　たぐりこんでしっかりととめろ！」

「アイ・アイ・サー。」

「左舷《さげん》の引《ひ》き綱《づな》だ、ナンシイ。」

キャプテン・フリントが、ボートでまたもどってくるところだった。ナンシイがロープの端《はし》を渡《わた》すと、キャプテン・フリントは、それを岸までひいていって、岩の一つに巻《ま》きつけてしばった。

「右舷《うげん》の引《ひ》き綱《づな》！」

ほんの四、五分で、シロクマ号は、前後に錨《いかり》をおろし、左右から岸辺《きしべ》までロープをひいてつながれた。

ズズ。ズズズ。

「また浮《う》かんだな。」と、ロジャが大きな声を出した。「エンジンを動かして、もう一押《ひとお》ししようか？」

「エンジンをとめろ。」

ロジャが船内に消えた。エンジンの音がとまり、ロジャが油のしみたぼろきれで手をふきながら、この上なくうれしそうな顔をして、また、ぴょこんとデッキにとびだしてきた。

キャプテン・フリントが、汗《あせ》みずくになって息を切らしながら、船にあがってきた。

ズズ、ズズ……こんどの音はごくかすかだった。

「海底《かいてい》をくすぐってるわ。」と、ティティがいった。

「これでいいんだよ。」と、キャプテン・フリントが息をはずませながらいった。「潮《しお》が、あと五、六センチあがる。さあ、こんどは足をさげよう。右舷《うげん》が先。船が底《そこ》に落ちつくまでに、両方ともおろす時間は十分ある。」

これ以上簡単《いじょうかんたん》なことはないくらいだった。右舷《うげん》につってあった長い支柱《しちゅう》の後端《こうたん》がおろされた。支柱《しちゅう》がまっすぐに立つまで、ナンシイが船首《せんしゅ》でロープをひき、ジョンが船尾《せんび》でロープをくりだした。キャプテン・フリントがよくしらべてから、前とうしろのロープの端《はし》が、しっかり結《むす》びつけられた。支柱《しちゅう》の上端《じょうたん》は、シュラウズにしばりつけられた。左舷《さげん》の支柱《しちゅう》も

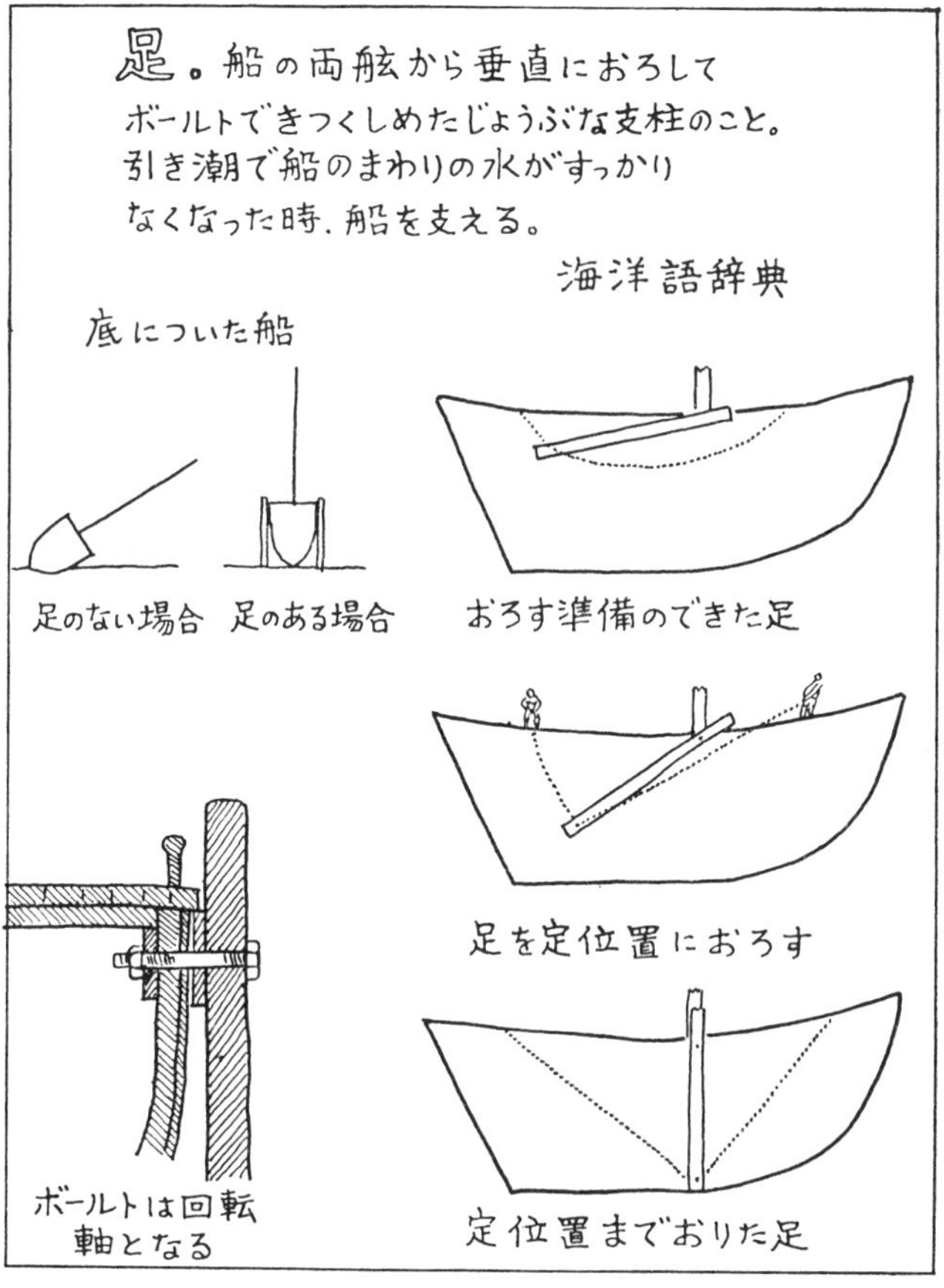
足。船の両舷から垂直におろして
ボールトできつくしめたじょうぶな支柱のこと。
引き潮で船のまわりの水がすっかり
なくなった時、船を支える。
海洋語辞典
底についた船
足のない場合
足のある場合
おろす準備のできた足
足を定位置におろす
ボールトは回転
軸となる
定位置までおりた足

足のすえつけ方

おなじようにして立った。これでもう、潮《しお》がひけばすぐに、シロクマ号は竜骨《キール》と左右の足で地面に立てるようになったのだ。

「服を着たほうがいいわよ。」と、ドロシアがディックにいうと、ディックは船内にとびこんでいった。もう、すぐにでも、仕事をはなれて上陸《じょうりく》できるかどうかがわかるのだ。

「今はまだ、これだけしかすることがない。」ほどなく、キャプテン・フリントがいった。

「みんな、よくやった。朝めしはどうだね？」

「ポリッジ(1)はさめちゃったでしょうね。」と、スーザンがいった。

「かまわないわよ。」と、ナンシイがいった。

「とにかく、あついコーヒーは出るわ。」と、ペギイがいった。「みんなが足を固定《こてい》させている間に、私《わたし》がまた、プライマス・ストーブを燃《も》やしたから。」

みんながポリッジを食べはじめたとたん、船がまた海底《かいてい》にぶつかるのが感じられたので、最初《さいしょ》海底《かいてい》にぶつかってから船をもちあげていた潮《しお》がひきはじめたのがわかった。前部《フォア》デッキのはしごと後部《アフター》デッキの階段《かいだん》をドカドカのぼって、全員がデッキに出た。

「とてもうまくすわっているよ。」と、キャプテン・フリントがいった。

「足はどうかな？」と、ジョンがいった。

「あと一分もすれば役目を果たす。」

「とにかく、こっちの足は底《そこ》についてる。」と、ロジャがいった。「魚が、まわりに寄《よ》ってきてる。」

「船の吃水線《きっすいせん》が見えてきた。」と、一、二分してからナンシイがいった。

「あと二時間たてば、作業ができるよ。」

「さあ、朝ごはんをちゃんと食べてしまいましょうよ。」と、スーザンがいった。

みんながまた船室《キャビン》にもどった時、ディックは海図《チャート》にあった、岸の近くの湖のことをまだ考えていて、質問《しつもん》した。

「船の掃除《そうじ》には全員が必要《ひつよう》なの？」

「ええ、全員。」と、ナンシイがいった。

「そう考えるなよ。」と、キャプテン・フリントがいった。「第一、ブラシもへらも十分にないからな。力のあるもの四人だけが必要《ひつよう》だ。ジョンとナンシイの二人にスーザンとペギイが手をかしてやってくれ。あとの四人は、じゃまにならないようにしていてくれ。岸を走らせとくほうがいい。」

「私《わたし》たち、探検《たんけん》するわ。」と、ティティがうれしそうにいった。

「もちろんよ。ほんとうに私《わたし》たちが必要《ひつよう》でなければ。」と、ドロシアがいった。やはり、陸《りく》の冒険《ぼうけん》のことを考えていたのだ。

「しめた。」と、ロジャがいった。

アビやオオハムのことを考えていたディックは、あんまりうれしくて、なんにもいえなかった。

「食べものを片《かた》づけちゃって。」と、ペギイがいった。「そしたら、スーザンと私《わたし》で上陸《じょうりく》組《ぐみ》が出かけられるように、サンドイッチをつくるから。」

「上陸組《じょうりくぐみ》！」ティティとドロシアとロジャは、計画をいっぱい秘《ひ》めたまなざしで、顔を見合わせた。ディックは、船の博物学者《はくぶつがくしゃ》として、忘《わす》れずに持っていかなくてはならないものを、頭の中でざっとならべてみた。

「小さい海図《チャート》を持っていってもいい？」と、ティティがたずねた。

「地名なんか一つも書いてないんだぜ。」と、ジョンがいった。

「ますますけっこうだわ。」と、ティティがいった。「自分たちの名前を書き入れるわ
……まず第一に船体掃除湾《スクラバーズ・ベイ》。」

「それからカモメ絶壁《ガル・クリフ》。」と、ドロシアがいった。

「マックも気にしないだろう。」と、キャプテン・フリントがいった。

シロクマ号は、竜骨《キール》と足でしっかりと地面につこうとしていた。みんな、いつもよりちょっと小声で話をした。航海《こうかい》の間じゅう、子どもたちは、足の下のシロクマ号が生きているのを知っていた。風上に向かってゆれながらタッキングする時、逆波《さかなみ》につっこむ時、船はいつも生きていた。港に停泊《ていはく》する時ですら生きていた。それが、今、突然《とつぜん》、死んでしまった。誰《だれ》もそのことを口にしなかったが、ほかの人もおなじように感じているかどうかと、おたがいの顔に目を走らせてばかりいた。

「船の下のほうは、どんな形かしら？」と、ナンシイがふいにいった。

「すぐにわかるよ。」と、ジョンがいった。

「こういう旧式《きゅうしき》の水先案内船《みずさきあんないせん》は、たいていおなじなんだ。」と、キャプテン・フリントがいった。「末端《まったん》の吃水線《きっすいせん》がいちばんふかい。」

「先端《せんたん》がさがっていちゃ、底《そこ》についた時、前のめりにならないかな？」と、ジョンがよく考えてからいった。

「平らなところではそうなるね。」と、キャプテン・フリントがいった。「しかし、この海岸は傾斜《けいしゃ》しているから、ほとんど水平になる。それにもう、かなりしっかりと、足がくいこんでいるはずだ。」

「私《わたし》、もう十分に食べたわ。」と、ナンシイがいった。「上へ行って見てみる。」

キャプテン・フリントも、パイプにタバコをつめながら、あとからついていった。ジョンは、マーマレードをぬったパンの大きな残《のこ》りをほおばり、コーヒーの残《のこ》りをひと息にのんで、船室《キャビン》から出ていった。ティティとドロシアが、いそいでジョンについていった。ディックはもう食事をすませて、必要《ひつよう》なものをとりだし、それを自分の寝棚《バンク》の下の長いすにきちんとならべていた。カメラ。望遠鏡《ぼうえんきょう》。鉛筆《えんぴつ》。なに一つ忘《わす》れてはならないのだ。ロジャは立ちあがって、ちらっとハッチの階段《かいだん》を見たが、またテーブルにもどった。それからまたいすに腰《こし》かけて、空《から》のマグをスーザンに渡《わた》した。ロジャは機関士《エンジニア》なので、今のところ仕事はなかった。そこで、手をのばして、もう一切れパンをとった。スーザンが吹《ふ》き出《だ》していった。

「まだおなかがすいてるの?」

「あたりまえだろ?」と、ロジャがいった。「知りたければ申しあげますけど、すいてますよ。」

「今食べといたほうがいいわね。」と、スーザンがいった。「そうすれば、上陸《じょうりく》する時、あまりたくさん食糧《しょくりょう》を持っていかなくてすむ。」

ロジャは、ちょっと疑《うたが》わしげにスーザンを見た。スーザンは、笑《わら》っているのかな？

「遠くまで行けば、またおなかがすくさ。」と、ロジャがいった。

「うえ死にさせやしないわよ。」と、ペギイがいった。

ディックは、忘《わす》れものはないと確信《かくしん》した。小さなものはポケットに入れ、カメラはぜったいにぬれないようにナップザックに入れ、そのナップザックを手まわしよく背中《せなか》に背負って、デッキにあがった。

「船べりからのぞいてごらんなさい。」と、ドロシアがいった。「もうずいぶん潮《しお》がひいてる。」

ディックはのぞいてみた。シロクマ号の船腹《せんぷく》は、水面にしずんでいた黒緑の部分が、はばひろくあらわれていた。

「みんなの上陸《じょうりく》がはやければ、はやいほどいいの。」と、ナンシイがいった。「行きましょうよ、ジョン。積《つ》み荷《に》はペンキとブラシとへらよ。船のまわりに水がなくなって高くなってからより、今のほうがずっと楽だから。」

「へらって？」と、ドロシアがいった。

「フジツボをはぎとるへら。」と、ナンシイがいった。「ずいぶんたくさん船についているの。それに海草もついて、つるつるしてるわ。」

「折りたたみ式ボートをおろしたらどうかな?」と、ジョンがいった。

「いらないだろう。」と、キャプテン・フリントがいった。「またしまいこむために、おろすようなもんだ。」

「でも、やっぱりおろしましょうよ。」ほとんどぺちゃんこにたたみこまれて、船室《キャビン》のあかりとりのところにしばりつけてあるので、おかしな形に見える折りたたみ式ボートを見ながら、ナンシイがいった。「今まで一度も使わなかったんだもの。きょうが最後《さいご》のチャンスよ。」

「掃除《そうじ》をすませてしまえよ。掃除《そうじ》がすんで、シロクマ号がまた浮《う》かびあがったら、夕方、そのボートであそんでもいい。」

「よし、」と、ナンシイがいった。「約束《やくそく》したわよ。」

万事《ばんじ》がうまく運んでいた。そして、誰《だれ》にもそれがわかった。船室《キャビン》のあかりとりのところに腰《こし》かけてパイプをふかしているキャプテン・フリントを見ただけで、彼《かれ》が夜から早朝にかけて心をなやましていた船長《キャプテン》とは別人《べつじん》になっていることがわかった。ジョンとナンシイが、モップ、長柄《ながえ》のへら、「水夫印《すいふじるし》・最上品質《さいじょうひんしつ》・付着物《ふちゃくぶつ》よけ金メダルペンキ」の大缶《おおかん》二つを船首部屋《フォクスル》から出し、第一番に上陸《じょうりく》したくてすでにボートに乗っているティティとドロシアに手渡《てわた》したが、キャプテン・フリントは特別《とくべつ》に注意などしなかった。

ペギイが前部《フォア》ハッチから頭を出した。「スーザンがね、上陸組《じょうりくぐみ》だけじゃなく、掃除組《そうじぐみ》にも、今、おべんとうをつくっといたほうがいいかってきいてるけど。」

「そのほうがずっといい。おひるを食べに、また船に這《は》いのぼるのは、おっそろしく大《たい》変《へん》なんだ。」

渡《わた》し船《ぶね》作業がはじまった。そして、それが終わるずっと前に、潮《しお》は、縄《なわ》ばしごを使っても、船からボートまでおりるのがむずかしいほどひいていた。

「キャプテン・フリントは上陸《じょうりく》しないの？」と、ティティがたずねた。

「船長《キャプテン》は、かならずいちばん後に船をはなれるのよ。」と、ドロシアがいった。

「でも、シロクマ号は難破船《なんばせん》じゃないでしょ。」と、ティティがいった。

「とにかく、彼《かれ》はいちばん最後《さいご》になりたいんだわ。」と、ドロシアがいった。

ナンシイがもう一度、キャプテン・フリントを連《つ》れにもどっていった。そして、ロジャが、「キャプテン・フリントはボートの中へ落っこちるつもりだよ。」といった瞬間《しゅんかん》、みんながが、わっとさけんだ。キャプテン・フリントが船首《せんしゅ》のバウスプリットから水切りまで張《は》ったロープをつたって、どさりとボートの中へおりたのだ。ボートの船尾《せんび》にすわった彼《かれ》は、まっすぐに岸に漕《こ》ぎ寄《よ》せずに、ナンシイに船のまわりを漕《こ》ぎまわらせた。

「長靴《ながぐつ》はいてるよ、船長《キャプテン》は。」と、ロジャがいった。

「あれが必要《ひつよう》なんだろうな。」と、ジョンがいった。「あれをはいてれば、ぼくらよりずっとはやく仕事がはじめられる。」


陸あげした品物があるやら、船のまわりの潮《しお》がぐんぐんひくのを見まもる、シロクマ号の水夫《すいふ》たちがいるやら、岸辺《きしべ》は、まるでキャンプのようだった。太陽は、小さな入《い》り江《え》にさんさんと日光を降《ふ》りそそいでいた。空は青かった。流れる雲は、綿《わた》を小さくちぎったようだった。「ものがよくかわく日だよ。」と、キャプテン・フリントがいった。

「シロクマ号の右舷《うげん》が、先にかわくな。」と、ジョンが太陽の方向を見ながらいった。

「じゃ、右舷《うげん》からはじめるのね。」と、ナンシイがいった。「すごいなあ！　港にはいるのなんてまったく時間の浪費《ろうひ》じゃない。ここのほうが十倍もいい。」

「探検隊《たんけんたい》は出発したほうがいいんじゃない？」と、ドロシアがいった。

「シロクマ号がすっかり水の中から抜《ぬ》け出《で》てしまうまで、ちょっと待ってましょうよ。」と、ティティがいった。

「行きたくなければ、無理に行かなくてもいいのよ。」と、ナンシイがいった。

「でも、行きたい。」と、ティティがいった。ディックが、ティティに感謝《かんしゃ》の日を向けた。

「内陸部《ないりくぶ》へはいってなにを見つけたって、船の掃除《そうじ》の半分も、おもしろかないわよ。」と、ナンシイがいった。

「ちがう、ぜったい、そんなことはない。」と、ロジャがいった。

「未知《みち》の国よ。」と、ティティがいった。

「ほんとうの探検《たんけん》よ。」と、ドロシアがいった。

「ただボートを漕《こ》ぎまわったり、船底《ふなぞこ》をひっかいたりするんじゃないんだ。」と、ロジャがいった。

「じゃあ、でかけなさいよ。」と、ナンシイがいった。

しかし、船の足が水の中からどんどん高くあらわれ、長靴《ながぐつ》をはいたキャプテン・フリントが、こするのに使う毛のかたいブラシを持って水の中に出ていき、シロクマ号の船首《せんしゅ》で仕事をはじめるのを見ると、探検隊《たんけんたい》も出発しかねた。船首付近《せんしゅふきん》の水がようやく立っていられるほどあさくなると、ジョンとナンシイが、水中を歩いてキャプテン・フリントのところへ行き、いっしょに仕事をやりだした。

その時までみんなといっしょに待っていたディックは、ますますいらいらして、「さあ、もう出発しようよ。」といった。

「何時に帰ってくればいいの?」と、ドロシアがたずねると、スーザンがその質問《しつもん》をくりかえして、「この人たち、何時に帰ってくればいいのかしら?」といった。

「ああ、七時ごろだな。」と、キャプテン・フリントがいった。「船が浮《う》かんだら、すぐに霧笛《むてき》を鳴らして知らせる。」

「さあ、行きましょう。」と、ドロシアがいった。

「原住民《げんじゅうみん》とさわぎを起こしちゃだめよ。」と、スーザンがいった。

「原住民《げんじゅうみん》なんていないわよ。」と、ティティがいった。「まったくの無人地帯《むじんちたい》よ。」

「あの山の向こう側《がわ》に家があるわよ。」と、ナンシイがいった。

「こっち側《がわ》にはないわ。」と、ティティがいった。「とにかく、海図《チャート》には書きこんでないわ。」

「さよなら、掃除屋《そうじや》さんたち。」と、ロジャが大きな声でいった。そして上陸組《じょうりくぐみ》はシロクマ号に背《せ》を向けると、未知《みち》の国の探検隊《たんけんたい》となって、岸から奥《おく》へとのぼっていった。

(1)　ポリッジ――オートミールでつくった粥《かゆ》。

4　最初《さいしょ》の発見

小さな入《い》り江《え》の上にのぼった上陸組《じょうりくぐみ》は、ほんのしばらく、シロクマ号や、海水にひざまでつかって船を掃除《そうじ》している人たちを見おろしていた。それから、短いヒースや岩の間のしめっぽい泥炭《でいたん》をふんで、ぐんぐん前進した。

「ほら！」と、ティティがいった。

「ほら、なに？」と、ドロシアがいった。

「キャプテン・フリントたちが見えなくなった。」と、ティティがいった。

「そうね。」と、ドロシアがいった。「もう、いつなん時、なにが起こるかわからないわよ。」

「今、何時？」と、ロジャがたずねた。

「ディック、」と、ドロシアがいった。「今、何時？」

ディックは、海図《チャート》にあった湖が見えるかと、起伏《きふく》が多くて荒涼《こうりょう》とした高原の西のほうを眺《なが》めていたが、湖はまだ、盛《も》りあがった丘《おか》に隠《かく》されて見えなかった。

「ディック、」と、ドロシアがもう一度くりかえした。「時間は？」

ディックはびくっとしたが、すぐに落ちついて時計を見た。

「七分……十二時七分三十秒前だよ。すでにずいぶん時間をむだにしてる。」

「すくなくとも、あと六時間はあるよ。」と、ロジャがいった。「六十分間に起こる事件《じけん》の六倍は事件《じけん》が起こる。三百六十のちがった事件《じけん》が。」

「一つでたくさん。」と、ティティがいった。「ちゃんとした事件《じけん》なら。そして、こんな場所なら、それが起こるはず。」

「あの湖は、だいたい真西にあるにちがいない。」と、ディックがいった。

「もっと高くのぼれば、見えるわ。」と、ドロシアがいった。

「この丘《おか》のてっぺんへのぼりましょうよ。」と、ティティが北側《きたがわ》にある丘《おか》を指さしていった。「あそこへのぼれば、一度に八方が見《み》渡《わた》せるわ。」

「北西に向かったらどうかな。」と、ディックがいった。

「だめだよ。」と、ロジャがいった。「まっすぐにのぼって、八方を見《み》渡《わた》せるほうがずっといい。」

「きょうは、こんどの航海《こうかい》でいちばんよい日。」と、ティティはいって、のぼりつづけた。

「私《わたし》、そのわけ、知ってるわ。」と、ドロシアがいった。「予定になかった日だからよ。」

そのとおりだった。ナンシイやジョンにも、四人のAB船員《エイブルシーマン》(1)にも、こんどの航海《こうかい》はうまくいきすぎた航海《こうかい》だった。港から港へ、有名な停泊地《ていはくち》から停泊地《ていはくち》へと航海《こうかい》するシロクマ号は、定期船のように規則的《きそくてき》だった。なにもかも、予定どおりに進み、その予定には、年長者《ねんちょうしゃ》たちがいそがしすぎたため、四人のAB船員《エイブルシーマン》が、年長組《ねんちょうぐみ》にじゃまされることなく、自分たちだけで探検《たんけん》する、きょうのような日ははいっていなかった。

「あら、インディアンの通路。」と、一、二分たった時、ドロシアがさけんで、ぴたっと立ちどまり、ヒースの茂《しげ》みの間に見える、ふみかためられたほそい道を見つめた。ほかの三人もいっしょに見た。

「足あとがないわね。」と、ティティがいった。

「ヒツジの通り道だよ。」と、ロジャがいった。

「ちがう、シカだよ。」と、ディックがいった。「その足あとを見てごらん。ひづめがヒツジよりずっと大きい。」

「けさはやく、霧《きり》が晴れた時、雄《お》ジカを一頭見たように思うって、ジョンがいってた。」

「夕方になったら、シカたちが腹《はら》いっぱい水を飲むのが見られるわね。」と、ティティがいった。

「たぶん、湖で飲むんだろうね。」と、ディックがいった。「海図《チャート》の間違《まちが》いで、湖なんかがなければ別《べつ》だけど。」

「海図《チャート》に描《か》きこんであるなら、あると思う。」と、ティティがいった。「もうすこしのぼれば、すぐに見えるわよ。」

四人はのぼりつづけた。のぼるにつれて、まわりの世界がどんどんひろがってきた。南のほうに目をやると、海岸がまがりながら、遠くのヘッド岬《みさき》に向かってのびていくようすが見えた。青い海の上では、白くあわだつ波頭《なみがしら》が、まだら模様《もよう》をえがいていた。

「私《わたし》たちの湾《わん》にいれば、風がこんなに強いなんて、全然《ぜんぜん》わからないわよ。」と、ティティは、髪《かみ》の毛《け》をほおにうるさくまつわらせて、うしろに吹《ふ》きなびかす強い風に向かって、身をかがめるようにしながらいった。「ドットはおさげだから、とってもとくよ。」

「ぼくのほうがもっととくしてるよ。」と、ロジャがいった。「ディックだって、めがねを別《べつ》にすりゃ、ぼくとおなじさ。」とくに強い風が吹《ふ》く時には、ディックはめがねを手でおさえていた。めがねが風のためにゆれるので、ものを見るのがむずかしかった。「行こう、ディック。てっぺんまで、とまらないで行こうよ。」

「今、行く。」と、ディックがいった。ディックは、二つの湖のありかをもとめて、谷間の見えるところはすっかりさがしてみたが、めがねがやっかいな上に、望遠鏡《ぼうえんきょう》を固定《こてい》するのがむずかしいことに気づいていた。

「シカが見える。」と、ディックがだしぬけにいった。

「どこ、どこ?」と、ドロシアがいった。

「群《む》れ全部だよ。牝牛《めうし》のように草を食《は》んでる。」

「高いところのほうが、よく見えるよ。」と、ロジャがいった。「頂上《ちょうじょう》まで競走《きょうそう》しよう。」走ったのは、ロジャだけだった。あとの三人は、こつこつとのぼった。ドロシアは、小さな紫色《むらさきいろ》の花をつんで、ディックに見せていた。

「これは、ムシトリスミレだと思うな。」と、ディックがいった。「しかし、確《たし》かとはいえないよ。」

「葉っぱが、ねばつく。」と、ドロシアがいった。

「それでハエをつかまえるんだよ。」ディックが、小さな花の群《む》れの上にかがみこんでいった。

「ロジャ、」と、ティティが大きな声でよんだ。「ちょっと待ってよ。私《わたし》たち、いっしょにいなくちゃいけないわ。」それから、ディックとドロシアに、「知らない土地にいるんだし、なにが起こるかわからないものね。」といった。

「それがもう、起こってるわよ。」と、ドロシアがいった。「ロジャを見てごらんなさい。」

ロジャは、もう頂上《ちょうじょう》についていた。そしてしきりに手まねきをして、すぐそばのなにかを指さしては、また手まねきをしている。どなってはいない。それだけでも、ロジャがただみんなをせかしているのではないことが、よくわかった。

「敵《てき》が見えたのかもしれない。」と、ティティがいった。

「なにをしてるのかしら？」と、ドロシアがいった。

ロジャは、またひとしきり手まねきをしてから、地面に伏《ふ》せた。そして、あっというまに姿《すがた》を消してしまった。頂上《ちょうじょう》の向こう側《がわ》へ這《は》いおりたようではなかった。移動《いどう》するのは見えなかった。一瞬《いっしゅん》、ロジャが背中《せなか》を三人のほうに向けて地面にかがむのが見えたと思ったら、つぎの瞬間《しゅんかん》、姿《すがた》が消えた。まったく消えてしまったのだ。

「行きましょう。」と、ティティはいって、丘《おか》の急な斜面《しゃめん》をかけのぼった。「洞穴《ほらあな》を見つけたのにちがいないわ。いらっしゃいよ。」

「頂上《ちょうじょう》はおかしな形をしてる。」と、ディックがいった。

「似《に》てるわ……ディック……私《わたし》、なんだかわかる。」と、ドロシアがあえぎながらいった。

丘《おか》のちょうどてっぺんに、緑の芝《しば》に覆《おお》われた塚《つか》があるのが、もう、三人にも見えた。そして、ティティが息をきらしながら、そこまでのぼると、ロジャが塚《つか》の中から這《は》い出《だ》してきた。

「これはどうだい?」と、ロジャがいった。

「ピクト人の家ね。」と、ドロシアがいった。「ほんものよ。スカイ島で見せてもらったのとおなじようだわ。先史時代《せんしじだい》のものよ。」

「でも、これは、誰《だれ》かに見せてもらったんじゃない。」と、ロジャがいった。「ぼくが自分で発見したんだ。」あのスカイ島の一日は、むだにすごした一日だった。原住民《げんじゅうみん》たちがもてなしのつもりでいろいろなものを見せてくれたので、子どもたちは、探検家《たんけんか》というより観光客《かんこうきゃく》の気分になってしまった。

「中はどんなふう?」と、ティティがロジャの這《は》い出《だ》してきた穴《あな》を、身をかがめてのぞきこみながらいった。

「穴《あな》は、あまりふかくないんだ。」と、ロジャがいった。「だいたい四角なトンネルで、壁《かべ》は石だよ。ものすごく暗い。」

「ねえ、ねえ、」と、ドロシアがいった。「私《わたし》の盗賊《とうぞく》の頭《かしら》を、先史時代《せんしじだい》の人間にしたらどうかしら？　彼《かれ》はけものの皮を着ていて、ここに住んでいるの。そして、バイキングの船が、私《わたし》たちの湾《わん》へはいってくるのを見ることにするの。」

ディックは、トンネルをちらっと見ただけで、塚《つか》の急斜面《きゅうしゃめん》をのぼった。

「やっぱり思ったとおりだ。」と、ディックはいった。「屋根が陥没《かんぼっ》してる。スカイ島にあったのとそっくりだ。まん中に部屋があり、出入りするトンネルが一本あって……」ディックは途中《とちゅう》でふいに話をやめたが、すぐにまた、「湖がある！」といった。そして、アビやオオハムのことを考えて、まっすぐに荒野《こうや》をつっきって湖に向かいたがった。

「おとうさんが、この塚《つか》のことを知りたがると思うわ。」と、ドロシアがいった。

ディックは、もう一度谷間の湖に目をやってから、手帳をとりだした。

ドロシアもティティもロジャも、ディックのそばにのぼってきていた。陥没《かんぼっ》している塚《つか》のまん中は、底《そこ》のあさい皿のようだった。たぶん何世紀《なんせいき》も前に落ちこんだのだろう。四人

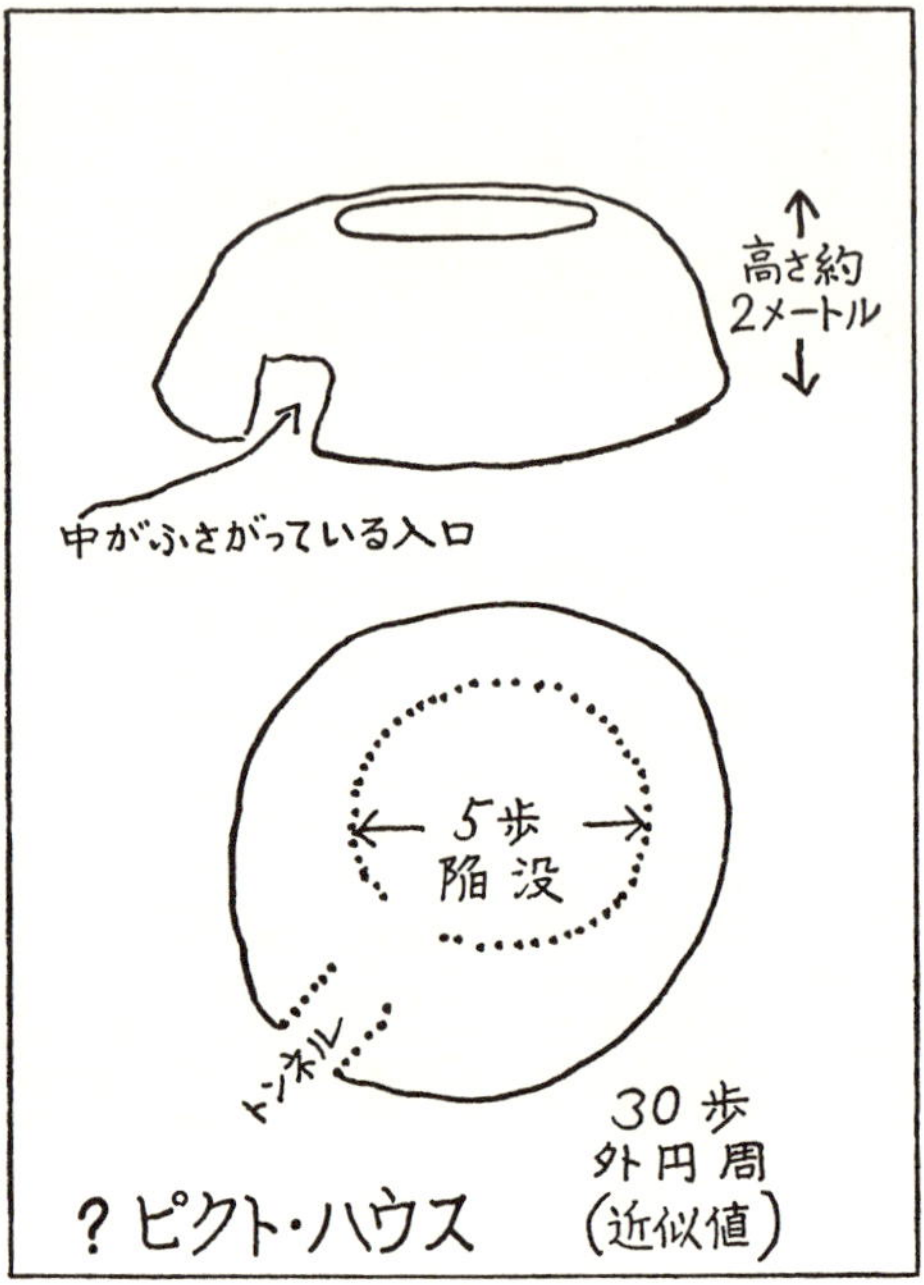

ディックの手帳から
「ピクト・ハウス」の形

は、そのへこんだところに立って、塚《つか》のへりごしにあたりを見まわした。

「世界のてっぺんにいるみたいね。」と、ティティがいった。

一方に目をやれば、海のかなたにスコットランドが見え、南にはヘッド岬《みさき》が、北には、もう一つの大きな岬《みさき》がつき出して見えた。はるか沖合《おきあい》には、二隻《せき》の漁船《ぎょせん》が黒い点となって、二条《じょう》の黒煙《こくえん》をあげているのが見えた。今、シロクマ号がいる小さな湾《わん》には、マストのてっぺんが見えた。マスト以外《いがい》は、船がのぼりの急な岸のすぐそばまではいってきているので、隠《かく》れて見えなかった。一列にならぶ岩で分けられている二つの湾《わん》も見えたし、灰色《はいいろ》の大きな山々までうねるようにひろがる荒野《こうや》も見えた。あちこちに小さな湖があった。ディックが鳥を見る望《のぞ》みを持った湖の一つは、姿《すがた》全部が、別《べつ》のもう一つは一部分が見えた。谷間に目をやると、その南側《みなみがわ》に尾根《おね》が走り、北側《きたがわ》にもゆるやかに傾斜《けいしゃ》しながら山々に通ずる尾根《おね》が見えた。北の尾根《おね》の斜面《しゃめん》に、一本の車道が見えた。それは谷間の奥《おく》からつづいているらしく、四人のいるところからあまり遠くないところで、急にまがって、稜線《りょうせん》の裂《さ》け目《め》にはいりこんでいた。

「しゃがんでごらんなさい。」と、ティティがいった。「くぼみの底《そこ》にはいると、空しか見えないわよ。山だって見えない。私《わたし》たちがここに隠《かく》れたら、誰《だれ》かがここまでのぼってきて塚《つか》のへりごしにのぞきこまないかぎり、ぜったい見つからないね。」

ほかの三人も、ティティのそばにしゃがんでみた。たしかにそうだった。風が一片《いっぺん》もあまさず白雲を吹《ふ》きはらってしまった大きな青空の輪《わ》が、頭上に見えるだけだった。

「ノスリだ。」と、ディックがいった。はるか頭上を黒い点がさっと横ぎって飛んだ。

「鳥の巣《す》の中にいるみたいね。」と、ティティがいった。

「英雄《えいゆう》なら、ここにひそんで笑《わら》っていられるわね。」と、ドロシアがいった。「悪漢《あっかん》どもがあたりいったいをさがしまわっている間だって。」

「ちょっとイグルー(2)に似《に》てるね。」と、ロジャがいった。「ナンシイとペギイを連《つ》れてくるべきだな。もどったら教えてやろう。でも、まあ、来ないだろうな。」そして、「ひっかいたり、こすったりの最中《さいちゅう》だったら来ないよ。ねえ、ねえ、あの海図《チャート》を持ってこなかったのがまったく残念《ざんねん》だね。正確《せいかく》な場所が書きこめるのにさ。」と、つけくわえた。

「あら、私《わたし》が持ってきたわよ。」といって、ティティはナップザックから小さな海図《チャート》をとりだし、平らにのばした。

「ピクト・ハウス丘《おか》。」と、ロジャがいった。「鉛筆《えんぴつ》でそう書きこんでくれよ。あとでインクで書きなおせばいいだろ。」

「とにかく、それはいい名前よ。」といってドロシアは立ちあがり、あたりを見まわした。「あの長い尾根《おね》は、北ロッキー山脈《さんみゃく》でいいわね。南側《みなみがわ》の尾根《おね》は下尾根《しもおね》よ。あれはどんどん低《ひく》くなって、おしまいは、私《わたし》たちが霧《きり》の中で衝突《しょうとつ》するのを心配した、海中の岩になっているのよ。」

「ディックの湖は、なんとよぶの？」と、ティティがいった。

「上湖《かみこ》と下湖《しもこ》。」と、ドロシアがいった。「でも小湖じゃなくて湖《ロッホ》(3)ね。」

「ここへのぼるまで湖の眺《なが》めをさえぎっていたあのこぶはどうよぶ？　小川はまださえぎられてるけれど……」

「渓流《バーン》ね。」とドロシアがいった。

「ここがベックフットなら渓流《ベック》だね。」とロジャがいった。

「丘《おか》とよぶほど大きくないわね。」と、ティティがいった。

「ラクダのこぶってよぼうよ。」と、ロジャがいった。「よく似《に》てるじゃないか。」

こういう名前を五つか六つ海図《チャート》に書きこむと、それだけで谷間がまるで自分たちのものになった気がするのだった。

「あした出航《しゅっこう》するのでなかったら、いいのにねえ。」と、ドロシアがいった。

「ぼく、もう一ぺんはいってみる。」と、ロジャがいった。「どのくらいまではいれるかしらべてみる。」

「気をつけてよ。」と、ティティがいった。「カンチェンジュンガのトンネル(4)を忘《わす》れちゃだめよ。この塚《つか》だって、あなたの頭の上にまたくずれ落ちるかもしれないわよ。」

「大丈夫《だいじょうぶ》。」といって、ロジャは急傾斜《きゅうけいしゃ》の塚《つか》をすべりおりた。ディックも下におりて、おとうさんに見せようと、塚《つか》の入口をスケッチした。湖まで行きたくてたまらなかったが、ディックは、カラム教授《きょうじゅ》のむすこだった。今は鳥から古代の遺跡《いせき》へ関心《かんしん》を向けかえなくてはならなかった。

ティティとドロシアだけが、ずっとむかしに落ちこんで緑の芝《しば》に覆《おお》われている屋根のあさいくぼみにいた。

「ここは、とびきりすてきなところね。」と、ティティがいった。「そして、むだになってるのよ。ね、私《わたし》たち以外《いがい》は、誰《だれ》も知らないのよ。」

「海の向こうの外国人が、船からどっと攻《せ》め寄《よ》せてきた時、ここを守ってたたかったピクト人の最後《さいご》の一人が死んでから、今まで誰《だれ》も来なかったのかもしれないわ。」と、ドロシアがいった。

ロジャが、さっきよりずっとよごれて、塚《つか》のへりをよじのぼってきた。そして、「誰《だれ》かが、この塚《つか》を使ってるよ。」といって、その誰《だれ》かがすぐ近くで見つかるかのように、荒涼《こうりょう》とした高原を見渡《みわた》し、それから、ビスケットの缶《かん》をさし出した。「行けるところまで行ってみたんだよ。そしてトンネルが終わったところで手さぐりしたら、これが見つかった。

誰《だれ》かの食糧《しょくりょう》だよ。」

ロジャが缶《かん》をゆすると、中でなにかがすべって動く音がした。悲しいかな、古代ピクト人が残《のこ》したものでないことは間違《まちが》いなかった。紙のレッテルがまだかなりはげずに残《のこ》っていて、グラスゴーの有名なビスケット製造会社《せいぞうがいしゃ》の商標《しょうひょう》と名前が読めた。

「まあ、いいわ。」と、ティティがいった。「しかたがないわよ……それに、そんなの、ほんとうは問題じゃないわよ。私《わたし》たち、もう一度ここに来られるわけじゃないんだもの。」

「なにがはいってるか、あけてみるよ。」と、ロジャがいった。

「でも、私《わたし》たちのものじゃないでしょ。」

「地中の宝《たから》よ。」と、ドロシアがいった。「ロジャが発見したものよ。見るだけなら、こわしたりしないでしょ。」

ドロシアは、中身を見たがっていた。ティティも良心《りょうしん》のとがめを感じながら、やはり見たいのだった。

「もちろん、この中に通信《つうしん》がはいってることだって考えられるんだぜ。ほら、ぼくらだって山で石塚《いしづか》の中に入れたじゃないか。」

「至急《しきゅう》の通信《つうしん》、かもしれない。」と、ドロシアがいった。「岸辺《きしべ》に打ち上げられたびんを、自分のものでないからって、あけなかったら、どうなると思う？」

「とにかく、ぼくはあけてみるよ。」と、ロジャがいった。

ロジャは缶《かん》を地面において、ふたをとった。中で動いたものが紙包《かみづつ》みだったことはすぐにわかった。

「食糧《しょくりょう》だよ。」と、ロジャがいった。「思ったとおりだ。パンかな……ちがうな……一種《いっしゅ》のケーキだ……」ロジャが包《つつ》みをあけると、クリスマスのプディングのような、とても黒くて大きいケーキのかたまりが一つ出てきた。

「古くない。」ドロシアが、指でそっとつついてみていった。「やわらかいし、まだねばつくから。その下にあるもの、なに？　あら、この持ち主は物語を書いてるのかもしれないわ。」ドロシアは、缶《かん》の底《そこ》から、ふつうの学校用ノートをとりだした。

「フランス語の動詞《どうし》らしいわね。」と、ティティがいった。「私《わたし》も、ツバメの谷を発見した夏休みに、ノート一冊《さつ》フランス語の動詞《どうし》を書かされたわ。」

「このケーキを、味見したほうがいいと思うかい？」と、ロジャがたずねた。

「とんでもない。」と、ティティがいった。「また包《つつ》んで、しまっとくの。」

「うん。」と、ロジャがいった。「あぶないからな。毒《どく》がはいっているかもしれないね。」

ドロシアはノートをひらいていた。「これ、全部外国語で書いてあるわ。」

「見せて。」と、ティティがいった。「フランス語なら……ちがうわね。ラテン語でもない。たぶん暗号よ。」

「どうも日記らしいわ。」と、ドロシアがいった。「この数字は日付《ひづけ》にちがいない。」そして、ティティといっしょにノートをのぞきこんだ。そう、ページの片端《かたはし》の数字はどうも日付《ひづけ》のように見える。しかし、文字は全然《ぜんぜん》わからない。「ダ、フィアド、デューグ……ダム、ア、フィレアック……」というような字がずっとつづいて、一つのまとまった記事になり、それぞれの記事のわきに数字がついていた。「ダム、イズ、エイルディーン。」ところどころに、英語《えいご》で〈です〉をあらわす〈イズ〉とおなじつづりの短い言葉があり、〈一つの〉をあらわす〈ア〉一つだけの場合もあった。しかし、ほかの言葉は、彼《かれ》らの知っているどの言葉でもなかった。そして、もしこれが暗号で書いてあるとしたら、〈イズ〉も〈ア〉も、英語《えいご》とおなじ意味で使っていないわけだ。

「わかった、これ。」と、ふいにティティがいった。「これ、ゲール語(5)よ。このノートはゲール人のものだわ。原始的《げんしてき》なゲール人よ。ねえねえ、ロジャ、これ、見つけたところへ返しときなさい。」

三人は、目の前の尾根《おね》を見、長い荒涼《こうりょう》とした谷へと視線を移し、ふたたび目を落として、はるか下の湾《わん》を見た。そこには、シロクマ号のマストが見えて、友であり同盟軍《どうめいぐん》である人たちのいることを語っていた。ゲール人は一人も見えなかった。

海を見渡《みわた》すこの丘《おか》にのぼり、一千年も前に死んでしまったピクト人の古い住居《じゅうきょ》のてっぺんにいると、まるで、世界じゅうに自分たちしかいないような気がするのだった。しかしビスケットの缶《かん》とその中身は、この古代ピクト人の住居《じゅうきょ》を自分のものと考え、安心して持ち物を入れている誰《だれ》かがいることの証拠《しょうこ》だった。

「ディック、」と、ドロシアがいった。「ロジャがビスケットの缶《かん》をもとの場所にもどす前に、ぜひ見ておきなさいよ。」

しかし、ディックは、ビスケットの缶《かん》とノートとケーキのかたまりには、礼儀上《れいぎじょう》ちょっと興味《きょうみ》をみせただけだった。ディックは、しなくてはならないことがほとんど片《かた》づいたので、湖へ行きたくて、うずうずしていた。塚《つか》のおよその形を示《しめ》す側面図《そくめんず》はもうできていた。そして、今、それがどんなつくりになっているかを示《しめ》す略図《りゃくず》をできるだけ上手に描《か》こうとしていた。塚《つか》は円で示《しめ》され、その中に屋根が落ちてできたくぼみをあらわす小さな円があり、トンネルのありかは点線で描《か》いてあった。

「誰《だれ》だか知らないけど、こりゃやっかいだな。」ロジャが、トンネルにもどす缶《かん》を持って、塚《つか》のへりからすべりおりながらいった。

「おとうさんは、円の大きさを知りたがるわよ。」と、ドロシアが肩《かた》ごしにディックのスケッチを見ていった時、手の泥《どろ》をこすりおとしながら、ロジャがまたのぼってきた。「これ、おとうさんに見せるの。」と、ドロシアが説明《せつめい》した。「うちのおとうさんは、誰《だれ》が見つけた遺物《いぶつ》でも、かならず大きさと形を知りたがるの。」

「うちのおやじが、かならずはかるのは、船だけど。」と、ロジャがいった。

ディックは、いっしんにくぼみの直径《ちょっけい》を歩測《ほそく》していた。そして、「五歩ある。」と、伝えた。「それから、塚《つか》のまわりは約《やく》三十歩だよ。壁《かべ》はひじょうに厚《あつ》い。そして、くぼみは正《せい》確《かく》に塚《つか》のまん中じゃない。つまり、トンネルのあるところの壁《かべ》が、いちばん厚《あつ》いってことだ。」そして、略図《りゃくず》に数字を書きこんだ。

「さあ、これでよし。」と、ディックがいった。「ぼくは出かけるよ。」

「私《わたし》たちといっしょにいなさいよ。そのほうがずっといいわ。」と、ティティがいった。

「ぼくは、あの二つの湖までくだらなくちゃならないんだよ。」と、ディックがいった。

「これが、アビやオオハムを見る、最後《さいご》の最後《さいご》のチャンスなんだ。」

「行かせてやって。おねがい。」と、ドロシアがいった。

「私《わたし》たちは、北ロッキー山脈《さんみゃく》の斜面《しゃめん》ぞいに探検《たんけん》しましょうよ。」と、ティティがいった。そして、谷をちらりと見てから、海図《チャート》に目をおとした。「それから、上湖《かみこ》と下湖《しもこ》を通って帰路につくのよ。湖へいけば小川がわかるでしょ。その小川にそって、ラクダのこぶの向こう側《がわ》を通り、滝《たき》をこえて湾《わん》に出るの。」

「ディック、」と、ドロシアがいった。「あなた、ずっと湖にいるつもり？」

「そのつもりだけど。」と、ディックがいった。「何羽か鳥がいることは間違《まちが》いないよ。アビやオオハムはいないとしても。」

「よかった。」と、ティティがいった。「私《わたし》たち、船へかえる途中《とちゅう》であなたをひろうことにするわ。」

「でも、霧笛《むてき》が鳴ったら、私《わたし》たちを待っていないで、まっすぐにシロクマ号へもどってね。」と、ドロシアがいった。「ただ、おねがいだから、霧笛《むてき》に気をつけててよ……ディックが鳥を観察《かんさつ》しはじめたら、わかるでしょ……」ドロシアがティティとロジャを見た。二人は笑《わら》いだした。毛虫のようなものでも、いったんディックが観察《かんさつ》しはじめたら、すぐそばでどなったってディックにはきこえないことを、二人も知っていた。

「ちゃんときくよ。」ディックは、ポケットに手帳をしまいながらいった。「さよなら。」

「ねえ、ねえ、」と、ロジャがいった。「誰《だれ》かほかのやつが、使っているかもしれないけど、べんとうを食べるのに、こんないい場所はないぜ。」

「ディック、あなたもいっしょに食べてしまいなさい。」と、ドロシアがいった。

「歩きながら食べられる。」

「食べわすれたら、スーザンが、かんかんになるわよ。」と、ティティがいった。

「やっかいな鳥だな。」と、ロジャがいった。「冒険《ぼうけん》のほうが、ずっといいのにな。」

しかし、ディックはすでに塚《つか》のへりをこえて、今までにむだにしてしまった時間のことを考えながら、湖へいそいでいた。

ドロシアは、ディックを見送っていた。ディックは、谷間の北側《きたがわ》をさえぎっている長い尾根《おね》の斜面《しゃめん》を、のめるようにしていそぎ足にくだっていたが、ときどき、でこぼこの地面のくぼみにはいると見えなくなり、その向こう側《がわ》をのぼりきると、また見えるのだった。

ドロシアがふりかえると、あと二人の探検家《たんけんか》たちは、ナップザックを空《から》にして、サンドイッチの包《つつ》みをひらいているところだった。

ディックが湖に向かって出かけていく

「ロジャのいうとおりだわ。」と、ティティがいった。「長道中《ながどうちゅう》の時は、食べものは体の中に入れて運ぶほうが楽ね。」

ドロシアは、苦心してナップザックの背負《せお》いひもから腕《うで》を抜《ぬ》くと、二人のそばにすわった。大むかしのピクト人の家のてっぺんにあるこのくぼみにはいれば、逃《に》げた捕虜《ほりょ》だって、追っ手から隠《かく》れていられる、とドロシアは考えた。腰《こし》をおろそうとする瞬間《しゅんかん》に、海や山につづく谷間が、何キロにもわたって見えた。そして、腰《こし》をおろしたとたん、見えるものは、青空と、頭のちょっと上のところで青空を背景《はいけい》に風にゆれる短い草だけになってしまった。

「タカ以外《いがい》のなにものにも見られず、逃亡者《とうぼうしゃ》は安全に休息した。」と、ドロシアは小声でひとりごとをいった。

「なに？」サンドイッチにかぶりつきながら、ロジャがいった。

ドロシアは、はっと、われにかえっていった。「なんでもないの。私《わたし》、ただ、ここはほんとうに人目につかないなって考えていたの。」

「しっ！」と、ティティがいった。「ほら、あの音！」

「バグパイプだ！」と、ロジャがいった。

かすかに、遠くから、バグパイプの音が風にのってきこえてきた。

三人は、ぴくっと立ちあがった。

「人間よ……とても近い……」と、ティティがいった。

「誰《だれ》も見えないけれど。」と、ドロシアがいった。

「わかったもんじゃないわよ。」と、ティティがいった。「誰《だれ》かがあなたを見てるかもしれない。」

「すわろう。」と、ロジャがいった。「すわれよ。すわってれば、たとえ監視《かんし》されていたって、見えなくなる。」

三人は腰《こし》をおろして、ちょっとの間おしだまったまま、バグパイプの音に耳をすました。音はまだきこえていた。

「北ロッキー山脈《さんみゃく》の向こう側《がわ》よ。」と、ティティがいった。「尾根《おね》に裂《さ》け目《め》があるでしょ。あそこを道が通ってるの。」

「尾根《おね》の頂上《ちょうじょう》をちょっとこえたところに、盗賊《とうぞく》のお城《しろ》があるんだわ。」と、ドロシアがいった。

「〈よく見える家〉よ。海図《チャート》では。」と、ティティが小さな海図《チャート》にあるスケッチを見ていった。

「とにかく、ずっと遠くだよ。」と、ロジャはいって、またサンドイッチをひとかみした。

(1) AB船員《エイブルシーマン》――一人前の甲板員《かんぱんいん》のこと。
(2) イグルー――エスキモー人の氷の家。ランサムの作品『長い冬休み』に子どもたちがイグルーをつくってあそぶ場面がある。
(3) 湖《ロッホ》――ドロシアは、スコットランドの言葉(ゲール語)をあえて使っている。渓流《バーン》も同じ。
(4) カンチェンジュンガのトンネル――『ツバメ号の伝書《でんしょ》バト』24章に、カンチェンジュンガと名づけた山のトンネルで、ロジャとティティとディックとドロシアが生《い》き埋《う》めになりそうになった話がある。
(5) ゲール語――ケルト語派の言葉の一つ。アイルランド語、スコットランド・ゲール語などをふくむ。

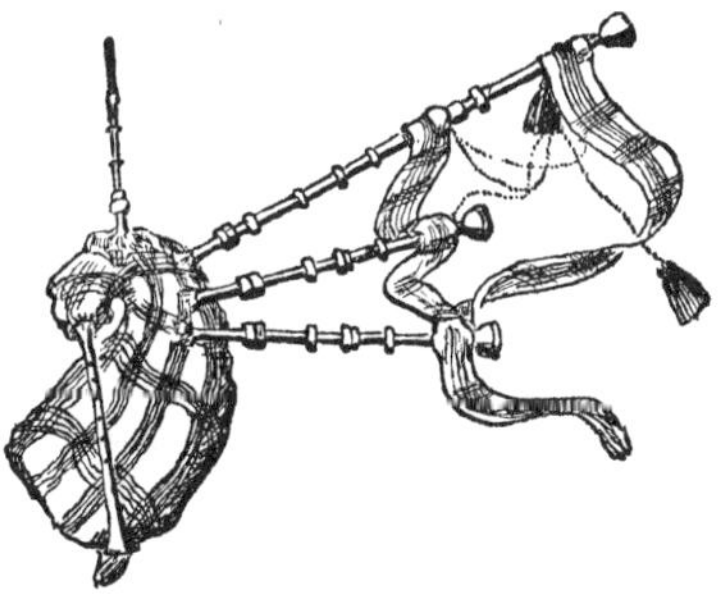

5 誰《だれ》かにつけられている

遠くからきこえてきた、あのバグパイプの音がやんだ。

ナップザックの中が、レモネードのあきびんと固形食糧《こけいしょくりょう》――チョコレートは運びやすいようにおなかの中にうつされた――のほか、ほとんど空《から》になると、三人の探検家《たんけんか》は、ピクト人の大むかしの家のてっぺんから、目の前にひろがる尾根《おね》と空の接線《せっせん》をひとわたりしらべてみた。岩山と空がつくる長い線に一か所裂《さ》け目《め》があって、ヒースの中をまがりくねってその裂《さ》け目《め》に通じる一本の車道がところどころ見えるので、きのうシロクマ号が海岸に向かって進んでいた時、遠くに見えた家がどこにあるかがわかった。

「どんな家だか見たいわ。」と、ドロシアがいった。「きっとお城《しろ》になってるわよ。」

「あのビスケットの缶《かん》は、その家のものにちがいないよ。」と、ロジャがいった。

「いちばんいやなことだって知ってなくちゃならないわね。」と、ティティがいった。

「それに、あの裂《さ》け目《め》まで用心してのぼれば、私《わたし》たちは見つからずに調査できると思うわ。」

三人は、尾根《おね》と空とが接《せっ》しているのをじっと見て、塚《つか》のてっぺんからすばやくおりると、また斜面《しゃめん》をのぼりはじめた。

「あまり使われていないらしいね。」と、車道へ出た時、ロジャがいった。

「存在《そんざい》しないと考えてもいいくらいね。」と、ティティがいった。

「いいえ、」と、ドロシアがいった。「草木も眠《ねむ》るような真夜中、音がしないように乗馬のひづめをつつんだ密輪業者《みつゆぎょうしゃ》たちが、丘《おか》をこえてこの道にやってくるのよ。海にはあかりが一つまたたいている。ボートが岸につき、夜明け前にまた漕《こ》ぎ去《さ》り、朝日がのぼった時には、密輪業者《みつゆぎょうしゃ》たちはすでに遠くにいて、ここは、なにもかも、いつもと変《か》わりない。」

「とにかく、」と、ロジャがいった。「道を歩くほうがずっと楽だよ。さ、行こう。」

「あそこになにがあるかを確《たし》かめずに、もどるわけにはいかないわ。」ティティが、自分にとも、ほかの子どもたちにともなくいった。

確《たし》かめることは、ほとんどすぐにできた。左右をヒースに覆《おお》われた斜面《しゃめん》にはさまれている、尾根《おね》の裂《さ》け目《め》についたとたん、向こう側《がわ》の土地が見おろせた。

「古代人の砦《とりで》だわ。」と、ティティがすぐにいった。

「ね、私《わたし》がお城《しろ》にちがいないっていったでしょ。」と、ドロシアがいった。

「こっちの姿《すがた》を見せちゃいけないよ。」と、ロジャがいった。

三人の目の前には、低《ひく》い草ぶき屋根の家や小屋や納屋《なや》や物置《ものおき》などがひとかたまりになって見えていた。その向こうに、海図《チャート》に記載《きさい》されている〈よく見える家〉があった。それは城《しろ》といえるほど大きくはなかったが、ロジャもティティも、そういってドロシアといい合いする気持ちはなかった。それは湾《わん》を見おろす丘《おか》の、急な斜面《しゃめん》にたててあった。家の正面には、岩の斜面《しゃめん》から三、四メートルばかり積《つ》みあげて、家の床《ゆか》とおなじ高さにした石のテラスがあった。二階家だったが、てっぺんにのこぎりの歯に似《に》た胸壁《きょうへき》のある小さな塔《とう》が、急《きゅう》勾配《こうばい》な屋根の上ににょっきり立っているので、誰《だれ》が見ても城《しろ》らしいものになっていた。

「伏《ふ》せ。」と、ロジャがいって地面に伏《ふ》せた。

ところが、ティティとドロシアは立ったまま、今のぼってきた荒涼《こうりょう》たる谷間とは、まったくちがう世界を尾根《おね》の裂《さ》け目《め》から見ていた。そのちがいは、こっちの谷間に人が住んでいるからだった。ずっとはなれた、いくつかの丘《おか》の、海にくだる斜面《しゃめん》には、屋根をざっと草でふき、その上にロープを張《は》って、大きな石をのせた、背《せ》の低《ひく》いおかしな小屋がもっとたくさん、まるで百メートルほど前にあるように、よく見えた。黒い斜面《しゃめん》のあちこちで、男や女が数人ずつ集まって、泥炭《でいたん》を切っていた。

「望遠鏡《ぼうえんきょう》かしてちょうだい。」と、ドロシアがいった。「塔《とう》の上に見張《みは》りが一人いるわ。」

「姉のアーヌよ。」と、ティティがいった。「『青ひげ』(1)にぴったりじゃないの。」

「女の子だよ。」と、二人の足もとに腹這《はらば》って、地面にひじを立てて、望遠鏡《ぼうえんきょう》をのぞきながら、ロジャがいった。「伏《ふ》せろよ。見つかっちゃうぞ。まっすぐ、ぼくらのほうを見てる。」

ティティとドロシアも伏《ふ》せたが、あまりすばやくはなかった。突然《とつぜん》、ひとかたまりの建物《たてもの》のどこかから、おどすように犬がほえるのがきこえてきた。
「ほら、君たちのせいだぞ。」と、ロジャがあわてて地面を這《は》いずってさがりながらいった。「あの女の子がぼくたちを見なかったとしても、あのいまいましい犬のやつのおかげで、みんながさわぎだすよ。犬がなにに向かってほえてるのかを見に、どっととびだしてくる。そして、ぼくらの谷ももう無人《むじん》じゃ

なくなる。なんだなんだという人間でいっぱいになっちまって、ぼくらは船にもどらなくちゃならないんだ。」

「あれは、女の子じゃなかったわ。」と、ドロシアが、塔《とう》の上から見られることなく頭があげられるところまで這《は》いもどると、すぐにいった。「キルト(2)をはいてる男の子よ。若《わか》い氏族《しぞく》の頭《かしら》が、胸壁《きょうへき》から四方八方を見渡《みわた》しているんだわ。」

「四方八方じゃない。」と、ロジャがいった。「まっすぐ、ぼくらをにらんでた。」

「でも、物語にはまったくおあつらえ向きの場所よ。」と、ドロシアがいった。「密輸業《みつゆぎょう》者《しゃ》か、やぶれた王党派《おうとうは》が出る……とりこを塔《とう》にとじこめておく、ただの悪漢《あっかん》としたっていいわ。かたい岩を切った土牢《つちろう》なんてすぐにできるでしょ、あそこなら。」

「とにかく、氏族《しぞく》とかよ。」と、ティティがいった。「できるだけはやく、ここから立ち去らなくちゃ。」

「犬が鳴きやんだぜ。」と、ロジャがいった。

三人は、できるだけはやく裂《さ》け目《め》からしりぞき、のぼってきた車道をくだっていた。すでに、ピクト・ハウスのある丘《おか》のそばを通って湾《わん》にくだる、急な斜面《しゃめん》が見えていた。湾内《わんない》に見えているシロクマ号のマストは、年上の乗組員《クルー》全員がはたらいている場所のしるしだった。

「ぼくのピクト・ハウスへもどろうよ。」と、ロジャがいった。「そうすれば、裂《さ》け目《め》から彼《かれ》らがどっと出てくるのが見えたって、すぐ丘《おか》をくだって逃《に》げられる。」

「でも、谷間の上のほうを探検《たんけん》するんでしょ。」と、ティティがいった。

「ピクト・ハウス以上《いじょう》のものなんて、なにも見つかりゃしないよ。」と、ロジャがいった。

「ちょっと止まって、耳をすませてみて。」と、ドロシアがいった。

追いかけてくる音は、全然《ぜんぜん》きこえなかった。

「よし、ぼくのピクト・ハウスにもどらないんなら、裂《さ》け目《め》までもう一度這《は》いのぼって、偵察《ていさつ》してみようじゃないか。ぼくは、塔《とう》の上にいたのが男の子だとは思えないんだ。どう見ても女の子だった。」

ティティとドロシアは、ちょっとためらった。この二人も、あしたが出航《しゅっこう》だと知っていなかったら、たぶん、すこし時間をおいてから、また裂《さ》け目《め》まで這《は》いのぼり、尾根《おね》の向こうの古代人の砦《とりで》を見にいったと思う。しかし、二人とも、夕方には船にもどらなければならないこと、この谷間を見る機《き》会《かい》は二度とないことを知っていた。

「だめだめ、ロジャ、」と、ティティがいった。「探検《たんけん》はぜったいにやめられないわ。チャンスは二度とないの。とにかく、この谷間の探検《たんけん》は二度とできないわ。」

「それに、ディックのこともあるでしょ。」と、ドロシアがいった。「帰り道でひろっていくっていってあるのよ。」

そこで、ロジャは心残《こころのこ》りがあるように尾根《おね》の裂《さ》け目《め》を見あげ、つづいて、小さな丘《おか》のてっぺんのあの緑の塚《つか》を見あげたが、まもなく三人は西に方向を変《か》え、谷間の奥《おく》に通ずる車道を進んだ。左の下のほうに、湖が二つ見えたが、ディックの姿《すがた》は全然《ぜんぜん》見えなかった。

「できるだけ姿《すがた》が見えないようにしてるのよ。」と、ドロシアがいった。「鳥を観察《かんさつ》する時は、いつもそうなの。」

三人のはるか前方には、青い丘陵《きゅうりょう》が、ぎざぎざした城壁《じょうへき》のように立ち、その右上には、北ロッキー山脈《さんみゃく》が大空にくっきりした輪郭《りんかく》をえがいていた。人影《ひとかげ》はまったくなかった。

三人は歩きつづけた。はじめは車道を歩いたが、そうすると、自分たちが谷間の最初《さいしょ》の発見者でないことが頭からはなれないので、まもなく道をはなれた。しかし、ヒースや岩や、ぼこぼこしてこけむした泥炭《でいたん》の間はひじょうにのろのろとしか進めないので、また道にもどった。とにかく、ロジャの指摘《してき》どおり、あのピクト・ハウスをつくった人たちは、世界がはじまってまもなく、この谷間を発見したわけだった。それに、その後の居住者《きょじゅうしゃ》たちも、冬の燃料《ねんりょう》に泥炭《でいたん》を切ったので、深いみぞが残《のこ》り、そのいくつかは、とびこせないほど幅《はば》がひろかった。隠《かく》れるにはよい場所だが、まっすぐ進めず、迂回《うかい》しなくてはならないので、たいへん手間《てま》がかかると三人は思った。

三人は、ずいぶん長い間歩いていた。谷底《たにそこ》の平地を動きまわっているシカの群《む》れが、尾根《おね》の向こう側《がわ》の古代人の砦《とりで》のことを忘《わす》れさせた。ロジャが先頭を歩いていた。ドロシアがロジャのすぐ後を歩いていた。ロジャが、ディックのために探検《たんけん》がだめになったようなことをいったのに対し、ドロシアが、探検《たんけん》の種類《しゅるい》は一つではなく、ディックにとっては鳥のこともほんとうにたいせつな探検《たんけん》の一部であり、ディックも今までロジャにおとらない探《たん》険家《けんか》であったことを説明《せつめい》していた。「いちばんはじめに北極《ほっきょく》まで行ったのは誰《だれ》なのよ？」(3)と、ドロシアがいうのがティティにもきこえた。それからもドロシアとロジャは話をつづけていたが、ティティは、もう一言もきいてはいなかった。突然《とつぜん》、誰《だれ》かほかの人がいるという、世にも奇妙《きみょう》な感じにおそわれたからだ。

今はずっとうしろになっている、谷底《たにそこ》の湖のほとりのどこかに、ディックがいることはわかっていた。湖のもっと向こうには、キャプテン・フリントと四人の掃除係《そうじがかり》が、潮《しお》が満《み》ちてきて船を浮上《ふじょう》させる前に、シロクマ号の船腹《せんぷく》を掃除《そうじ》してペンキをぬるためにはたらいていた。谷間はどこを見ても、斜面《しゃめん》に自分たち三人の探検家《たんけんか》がいるだけで、ほかには誰《だれ》も見えなかった。それにもかかわらず、突然《とつぜん》、ティティは、自分たちがじっと見られている、それも、すぐ近くから見られているという感じにおそわれた。ティティは、あたりを見まわした。しかし、目にうつるのは、岩の多い斜面《しゃめん》と、点々と群生《ぐんせい》しているヒースやコケばかり。木もやぶもなかった。ティティは頭をふって、いそいで前の二人を追い、さまざまな種類《しゅるい》の探検家《たんけんか》について、ドロシアの意見をきこうとした。もちろん、ここには自分たちのほかは、誰《だれ》もいない。ひろびろした青空の下で、夏の日をあびながら丘陵《きゅうりょう》の斜面《しゃめん》を歩いているのは、自分たち三人だけ。

しかし、それからすこしして、ティティは、また、おなじ感じにおそわれた。それはまるで、本を読んでいると、誰《だれ》かが見られないように近よってきて、肩《かた》ごしに本をのぞきこんでいるような感じだった。

「ドット！」と、ティティはいった。

「なあに。」と、ドロシアがいった。「休みたいの？」

「おいおい、まだだめだよ。」と、ロジャがいった。

「どうしたの？」と、ドロシアがいった。

「ううん、ごめん。なんでもない。」と、ティティがいった。ロジャもドロシアも、あの感じを持たなかったのは確《たし》かだった。こうして今、ロジャとドロシアが立ちどまってふりかえると、ティティからも、あの感じは消えうせていた。

「シカがもっといる。」と、ロジャがいった。「ドット、ぼくの望遠鏡《ぼうえんきょう》、君が持っていたね。」

眼下《がんか》の谷底《たにぞこ》の広い平地で、一群《ぐん》の雌《め》ジカが、牛の群《む》れのように草を食《は》んでいた。

「すっかり飼《か》いならされているみたいだね。」と、ロジャがいった。

「私《わたし》たちを、寄《よ》せつけやしないわよ。」と、ドロシアがいった。

「ためしてみよう。」と、ロジャがいった。「……忍《しの》び寄《よ》りだよ……」

「だめだめ、」と、ティティがいった。「まだ予定の半分も歩いてないのよ。今、下へおりちゃったら、なんにも見られやしないわ。帰る時までは、下へおりずに、このまま進みましょうよ。」

「私《わたし》、シカって、今まで動物園で見ただけだわ。」と、ドロシアがいった。

「このシカ、あの原住民《げんじゅうみん》たちが飼《か》ってるんだと思うな。」と、ティティがいった。

「冬になると、」と、ドロシアがいった。「あの人たちは、トナカイみたいにあのシカに手綱《たづな》をつけて、雪の上をとぶように走るのよ。」

「そんなことするもんか。」と、ロジャがいった。「あっ！」

百メートルたらず前方の、一群《ひとむ》れのヒースの中から、一頭の大きな雄《お》ジカが立ちあがり、大きくとびながら、斜面《しゃめん》をくだって、谷間の奥《おく》に姿《すがた》を消した。下のほうで草を食《は》んでいた雌《め》ジカ全部が、食べるのをやめて移動《いどう》しはじめた。

「動いちゃだめ。」と、ティティがいった。

「あのシカがこっちへ突進《とっしん》してこなくてよかったよ。」と、ロジャがいった。「でも、あの角がこわいとは思わなかった。君たち、どうだった？」

「あれ、たぶん、もっと大きくなると思うわ。」と、ドロシアがいった。

まもなく、谷底《たにそこ》のシカたちも移動《いどう》をやめて、また草を食《は》みはじめた。

「行こう。」と、ロジャがいった。探検家《たんけんか》たちは、また進みはじめた。

「シカが私《わたし》たちを見たわ。」と、ドロシアがいった。「またすぐに移動《いどう》するわよ。」

「しかたがないわよ。」と、ティティがいった。「進みつづけていれば、私《わたし》たちがそばに近づこうとしないことくらいわかるわよ。」

「近づくのは、相当むずかしいな。」と、ロジャがいった。「しょっちゅうやられてるから、どうしたらいいかをちゃんと知ってるらしい。」

上の斜面《しゃめん》を進む探検家《たんけんか》がいることを、たしかに、シカはよく知っていた。たえず頭をあげては、三、四百メートル移動《いどう》してから立ちどまり、また移動《いどう》するのだった。

「近くへはぜったいに、人を寄《よ》せつけないわね。」と、ドロシアがいった。「あとをつけられることがいやなんだと思うわ。私《わたし》だって、いやだな。」

ティティは、もう一度、あの奇妙《きみょう》な感じにおそわれた。そこで、ふいに、ふりかえって尾根《おね》の頂上《ちょうじょう》を見た。ほんの一瞬《いっしゅん》、輪郭線《りんかくせん》のすぐ下にある岩のそばで、なにかが動いたように思った。しかし、そこに向かって目をこらしても、岩のほかにはなにも見えなかった。

「ドット、」と、ティティはいった。「あそこを見て。ほら、ヒースの中から大きな岩がぬっとつき出てるところ。」

「なんなの？　また別《べつ》の雄《お》ジカ？」

「ちがう。」と、ティティがいった。「私《わたし》たちのほうが、誰《だれ》かにつけられてると思うの。」

「ほんとうじゃないでしょ？」と、ドロシアがいった。

「ううん、ほんとう。」と、ティティがいった。「間違《まちが》いない。」

「じっとしてろよ。」と、ロジャがいった。「そして、耳をすますんだ。それから、頭をぐっともち上げる。シカみたいに風のにおいをかがなきゃいけない。おあつらえ向きに向かい風だから。尾根《おね》から吹《ふ》いてくるだろ。」

一、二分間、三人の探検家《たんけんか》は、危険《きけん》をかぎつけながら、まだそのありかがわからない時のウサギのように、じっと立ちどまっていた。三人の目は、尾根《おね》のあちこちを見まわしていた。

「ごっこあそびもわるくないわね。」と、ドロシアがいった。「私《わたし》たち、お城《しろ》から逃《に》げ出《だ》したとりこのつもりになれるわ。殺《ころ》そうとする悪漢《あっかん》どもに、かりたてられてるのよ。」

「私《わたし》は、ごっこあそびをしたんじゃない。」と、ティティがいった。

ロジャが、ティティの顔を見た。ドロシアも見た。ほんとう。ティティは空想してるんじゃない。あの荒涼《こうりょう》とした頭上の斜面《しゃめん》に、誰《だれ》かが身を隠《かく》しながら三人を見ていると、ほんとうに信《しん》じきっている。

「私《わたし》、さっきもそう思った。」と、ティティがいった。「でも、確信《かくしん》が持てなかった。」

「もし、ほんとうにつけられているなら、」と、ドロシアがいった。「気がつかないふりをすることだわ。つけられているなんて、知らないふりして、ただ進みつづけなくちゃいけないのよ。そして、どんどんはなれてしまうの。」

「そうすれば、つけてるやつも、ちょっとゆだんして、姿《すがた》を見せてしまうね。」と、ロジャがいった。「そうすれば、あいての正体といる場所がわかるから、つぎの手段《しゅだん》が考えられる。」

「立ちどまらなければよかったわね。」と、ドロシアがいった。

「花をつむまねをすればいい。」といって、ティティがあたりを見まわしたが、運わるく、花はなかった。

「化石《かせき》がいいわ。」と、ドロシアがいった。「石ならたくさんあるから。ディックが、ほんとうに化石《かせき》を見つけそうなところだわ、ここは。」

三人の探検家《たんけんか》は、地面にかがみこんで、石をひろい、熱心《ねっしん》に見せあった。

「おいでよ。」ロジャが、百メートル以内《いない》に誰《だれ》かがひそんでいれば、かならずきこえるような大声でいった。「もっと向こうへ行こうよ。化石《かせき》がうんとある……アンモナイトだぞ。」おしまいはさけび声になった。

「あ、矢石《やいし》よ。」と、ドロシアもさけんだが、つづいて、ふだんの落ちついた声で説明《せつめい》した。「矢石《やいし》って、先のとがっているまっすぐな石のこと。そうよ、それ。私《わたし》たち、地質学《ちしつがく》者《しゃ》よ。かなづちで石をたたいたほうがいいんだけど。」

「音ならうまく立てられるさ。」と、ロジャが石をひとつひろっていった。「石を二つたたきあわせれば、つけてるやつは、かなづちの音だと思うよ。」

ロジャとドロシアが歩きだした。ティティは、あとからついていった。ロジャもドロシアも、すすんで石をしらべるふりをしてくれてはいるが、思いすごしだと考えていることがティティにはよくわかった。自分でも確信《かくしん》は持てなかった。しかし、どちらが正しいか、つけている人がいるかいないかに関係《かんけい》なく、ドロシアのプランはよいものだった。つけてくる人がいなくても、やって別《べつ》に損《そん》はないし、いるとしたら、これ以上《いじょう》うまいやり方はない。いずれにしても、三人は、谷のずいぶん奥《おく》まで行ってしまっていた。ディックの湖はずっとうしろだった。ラクダのこぶの向こうに隠《かく》れて見えないシロクマ号は、湖よりさらに遠くなっていた。ティティは、向きを変《か》えてひきかえせばよかったと思った。

つけているかもしれない人間にたいして地質学者《ちしつがくしゃ》をよそおっている三人の探検家《たんけんか》は、頭をうつむけて地面をにらみながら、歩きつづけた。かがんでは石をひろい、またなげすてた。かなづちの代わりになるとてもよい石を見つけたロジャは、岩のところを通るたびに、それをたたいては大きな音を立てた。谷底《たにぞこ》のシカの群《む》れは、もうほんとうに不安《ふあん》にかられて、落ちつきなく動きまわっていた。しかし地質学者《ちしつがくしゃ》たちは、ほとんど気にもかけなかった。三人は、地面にかがむたびに、つけている人間(もしいればの話だが)に気づかれずに、その姿《すがた》を見たいと思い、尾根《おね》のてっぺんを横目で見あげた。

「チョコレートを食べようじゃないか?」と、ロジャがとうとういった。

「いいわ。」と、ティティがいった。「この岩に腰《こし》をおろせば見張《みは》りもできるもの。誰《だれ》かがいて動けば、かならず目につくわよ。」

「ディックは、チョコレート食べるのを忘《わす》れてるんじゃないかしら?」と、ドロシアがいった。

「まもなくひきかえして、ディックをさがさなくちゃいけないわね。」と、ティティがいった。

三人は、岩に腰《こし》かけてチョコレートを食べながら、気持ちよく休み、尾根《おね》の斜面《しゃめん》を見ていたが、動くものはなにも見えなかった。ティティすら、尾行者《びこうしゃ》がいるという確信《かくしん》を失《うしな》っていた。そして、はじめから信《しん》じていないロジャとドロシアが、もうあまり関心《かんしん》を持っていないこともわかった。

その二人のうち、はじめに考えを変《か》えたのは、ドロシアだった。ドロシアもロジャも、ティティがうそをついているのではなく、誰《だれ》かがヒースの中に隠《かく》れていて、遠くから自分たちをじっと見ているのだと、ほんとうに信《しん》じていることを知っていた。しかし、二人とも、ティティが間違《まちが》っていると思い、それでもこの思いつきをできるだけ楽しむことに協《きょう》力《りょく》する気持ちだった。ところがチョコレートを食べ終わった三人が、また谷間の上手《かみて》に向かって出発したとたん、ふいに、ドロシアが鼻をくんくんいわせて、空気のにおいをかいだ。ドロシアは、立ちどまった。すぐうしろを歩いていたティティが、あやうくぶつかりそうになった。「どうしたの?」と、ティティがいった。

「タバコの煙《けむり》。」と、ドロシアがいった。「においがした。ほら、またにおう。」

「やっぱり、誰《だれ》かがいたのね。」と、ティティがいった。「でも、私《わたし》には、なにもにおわないわ。」

「もう一度、かいでみて。」と、ドロシアがいった。「もっとつよく。かなりほのかなにおいだから。でも、鉄道の客車みたいなにおいがするものなんて、ここに生えているはずがないもの。」

「ぼくにもにおう。」と、ロジャがいった。「鼻をならしてごらんよ。」

「私《わたし》には、におわない。」と、ティティがいった。「でも、二人がそういうんだから、風にのってくだってくるにちがいないわね。風は真正面から吹《ふ》きおりてくるから、もし誰《だれ》かがタバコをすっているとしたら、だいたいこの真上の尾根《おね》にいるわよ。間違《まちが》いなく。でも、煙《けむり》は全然《ぜんぜん》見えない。」

「ぼくは、まっすぐ突進《とっしん》する。」と、ロジャがいってかけだした。

「そんなことしないほうがいい。」と、ティティがいった。「誰《だれ》かがいても、おどして追いはらえやしないから。ロジャ！　ロジャ！　もどるの！」

「誰《だれ》もいないよ。」と、ロジャがさけんだ。「のぼってきて、見てごらん。」

「確《たし》かめたほうがいいわね。」と、ドロシアがいった。

二人は道からはなれて、ロジャを追って急な斜面《しゃめん》を一生けんめいのぼっていった。ヒースをわけ、岩やごろごろした石の上をこえていくので、それはたいへんな仕事だった。ロジャが苦労《くろう》して上のほうにのぼり、やや大きめの石を動かすと、石は、ティティとドロシアのそばをころがり落ちた。ころがってはとびあがり、スピードをまして、ポンポンとびはねるように谷間へ落ちていった。

ロジャが立ちどまって見ていると、石は、とびはねる距離《きょり》をますます大きくしていき、ついに、はるか下のほうで、ピシャッという音を立てて見えなくなった。沼《ぬま》のようなところに落ちたにちがいない。

「シカにあたっていたかもしれないじゃないの。」ロジャのそばまでのぼって、ティティがいった。

「わざと落としたんじゃない。」と、ロジャが息を切らしながらいった。「とにかく、ここには誰《だれ》もいないよ。」

「いないわね。」と、ドロシアがいった。「変《へん》だわ。私《わたし》、たしかにタバコのにおいをかいだのに。」

「ここからおりて、船にもどらない？」と、ティティがいった。

「どうして？」と、ロジャがいった。

「もうそろそろ時間よ。」と、ティティがいった。「太陽の位置《いち》をごらんなさいよ。」

「もうちょっと進もうよ。」と、ロジャがいった。「ほんとうに、どこかに尾行者《びこうしゃ》がいるとしたら、ぼくらが気にしてないことを、ぜひ、そいつに知らせてやらなくちゃ。」

三人はもう、地質学者《ちしつがくしゃ》のふりをすることなどに気をつかわずに、斜面《しゃめん》をななめにくだりはじめた。タバコの煙《けむり》という間違《まちが》った警報《けいほう》で斜面《しゃめん》をかけのぼってみたら、そこが、この上なく人気《ひとけ》のない斜面《しゃめん》だったので、地質学《ちしつがく》も前ほど勉強するねうちがなくなったように思われたのだ。

斜面《しゃめん》のずっと上のほうで、びっくりしたライチョウの鳴き声がきこえると、三人はまた地質学《ちしつがく》のことを考えた。

「誰《だれ》かがいるにちがいない。」と、ティティがいった。「あのライチョウは、私《わたし》たちにおどろいたんじゃないもの。」

ロジャが石を一つひろって、岩をたたきはじめた。そして、ドロシアに向かってにやっと笑《わら》った。ティティは、ロジャの地質学《ちしつがく》が、姿《すがた》の見えない尾行者《びこうしゃ》向けではなく、自分のためにやってくれていることを知った。

つぎの瞬間《しゅんかん》、尾根《おね》の斜面《しゃめん》の上のほうで、かん高いホイッスルがきこえた。ロジャの顔から笑《わら》いが消えた。

「とにかく、こんどは間違《まちが》いないわ。」と、ティティがいった。「三人ともきいたんだから。」

「でも、いったい、どこできこえた？」と、ロジャがいった。

また、ホイッスルがきこえた。三人は、目を皿のようにして、尾根《おね》のてっぺんを見あげた。

「さっきとおなじ場所じゃなかったわ。」と、ドロシアがいった。「はじめの音は、あそこからだった。」

「ホイッスルの音色もちがっていたよ。」と、ロジャがいった。

ティティは、ふりかえって谷間を見た。ほかの乗組員《クルー》たちが、シロクマ号の船腹掃除《せんぷくそうじ》をしている湾《わん》からは、もうずいぶんはなれてしまっている。これでは、助けが必要《ひつよう》になっても、あの四人の助けはのぞめない。

「今からすぐ、もどりましょう。」と、ティティがいった。

「やつらを狩《か》りださなくちゃだめだよ。」と、ロジャがいった。「ぼくは、このまま進む。」そして、岩を一回石でたたくと、五、六歩進みだした。

ティティとドロシアも後にしたがった。結局《けっきょく》、あのホイッスルも、すぐそばで鳴ったわけではない。空と尾根《おね》の接線《せっせん》の向こう、つまり、尾根《おね》の向こう側《がわ》で鳴ったのかもしれないのだ。

ドロシアが金切り声をあげた。とうとう、なにかが尾根《おね》の斜面《しゃめん》で動きだしたのだ。二匹《ひき》の犬が、ヒースの中をとびはねてきた。ヒースをこえた犬は、岩の多い斜面《しゃめん》をかけくだってくる。

ロジャが、ちょっと不安《ふあん》げに、うしろをふりむいた。ティティは、ドロシアの前に走り出て、ロジャといっしょになった。犬は、ものすごい速度でかけくだってくる。

「どうしたらいい？」と、ドロシアがあえぐようにいった。

「じっとしてるの。」と、ティティがいった。「それしか手はない。」

「じっと目を見るんだよ。」と、ロジャがいった。

「でも、二匹《ひき》よ。」と、ドロシアがいった。

もう一度、尾根《おね》の斜面《しゃめん》でホイッスルが鳴った。それをきいて、探検家《たんけんか》たちはられしくなった。その時なら、どんな尾行者《びこうしゃ》だって、よろこんでむかえただろう。二匹《ひき》の犬は、いかにもしぶしぶと立ちどまった。そして、地面にうずくまったが、なおも、一度にすこしずつ、じりじりと進みつづけてくる。一匹《ぴき》が立ちあがって、おそろしいうなり声をあげた。

「あいつが来るぞ。」と、ロジャがいって、地質学《ちしつがく》のかなづちがわりにひろった石に目をやった。

「その石、すてなさい。」と、ティティがいった。「ぶつけるつもりだって、犬が思うかもしれないから。」

ロジャが石をすてた。立ちあがった犬がうしろをふりむいた。そしてまた突進《とっしん》してきた。

もう一匹《ぴき》もとびあがって、先頭の後を追ってきた。

また、ホイッスルがもう一度、こんどは二回鳴った。二匹《ひき》の犬は、ピタリととまり、いかにもしぶしぶと向きを変《か》え、最初《さいしょ》はのろのろと、それからどんどんはやさをまして、出てきたヒースの茂《しげ》みめざして、斜面《しゃめん》をかけのぼっていった。

「ああ、よかった!」と、ロジャがいった。「来られたら、まずお手あげだったよ。ライオンを待ってる殉教者《じゅんきょうしゃ》みたいだった。」

「でも、誰《だれ》が、犬をよびもどしたのかしら?」と、ドロシアがいった。「誰《だれ》も見えないわ。」

その時、頭上の尾根《おね》に、はじめて人間が姿《すがた》をあらわした。

「男の子よ。」と、ティティがいった。「キルトをはいてる。塔《とう》の上にいたあの男の子。」

「野蛮《やばん》なゲール人。」と、ドロシアがいった。

「あいつ。」と、ロジャがいった。「犬なんか、けしかけやがって。」

「あの子がよびもどしたのよ。」と、ティティがいった。

それ以上《いじょう》話をせずに、三人は道からはなれ、まっすぐ谷間にくだった。原住民《げんじゅうみん》と騒動《そうどう》を起こしても、なんの得《とく》もない。

ところが、もっとわるいことが待っていた。三人は、急ながけのふちから、谷底《たにぞこ》の平地にとびおりて、上から見えないところでしずかに草を食《は》んでいた、別《べつ》のシカの群《む》れをまたさわがしてしまったのだ。雌《め》ジカの群《む》れは、全速力で谷の奥《おく》めざして走っていった。探検家《たんけんか》たちのうしろの尾根《おね》で、ものすごいわめき声がきこえた。誰《だれ》かが、三人に向かってか、ほかの誰《だれ》かに向かってか、わけのわからない言葉でどなったのだ。誰《だれ》かが、さけびかえしている。

「ゲール語よ。」と、ドロシアがいった。「ゲール語で話しあってるんだわ。」

「私《わたし》たちに向かって、どなってるのよ。」と、ティティがいった。また、だしぬけに、怒《おこ》ったどなり声がきこえてきた。あの少年の姿《すがた》は見えなかったが、ふりかえると、一人の男が、谷間のもっと奥《おく》の尾根《おね》からおりてくるのが見えた。男は、もう一度どなってげんこつをふってみせ、移動《いどう》するシカの群《む》れに先まわりするように向きを変《か》えたが、思いなおして、探検家《たんけんか》たちのほうにかけくだってきた。

それでたくさんだった。探検家《たんけんか》たちは向きを変《か》えて走りだした。そして、その瞬間《しゅんかん》に、遠くのほうで、シロクマ号の長く引《ひ》っ張《ば》る霧笛《むてき》がきこえた。

「シロクマ号が浮《う》かんだ。」と、ティティがいった。「もっとずっと前に、ひきかえさなきゃいけなかったんだわ。」

「もうだめ。」と、ドロシアがいった。「あそこへ行きつく前に、あのゲール人につかまってしまう。ディックが、もう、もどっててくれたらいいんだけど。」

「霧笛《むてき》がきこえたわよ。」と、ティティがいった。

「鳥を見てる時は、だめなの。」と、ドロシアが息を切らしながらいった。

「あの男、走るのをやめたよ。」と、ロジャがいった。

三人は立ちどまってふりむいた。男は、ほんとうに走るのをやめていたが、ゲール語でなにかさけんだ。そして、三人には見えない誰《だれ》かが、それに答えている。

「ぼくらのほうにげんこつをふってる。」と、ロジャがいった。

「とまっちゃだめ。」と、ティティがいった。「また追いかけてくるわよ。」

「それに、ディックも見つけなくちゃならないわ。」と、ドロシアがいった。

三人の探検家《たんけんか》は大いそぎで湖まで谷をくだり、まもなく、岩の多い岸辺《きしべ》でディックをさがしていた。

「連中《れんちゅう》につかまっていたら、どうなっただろうね?」と、ロジャがいった。

「原住民《げんじゅうみん》のごたごた。」と、ティティがいった。「私《わたし》たちがぜったいさけなくちゃならないこと。でも、とにかく、うまくあとをつけられたものね。」

（1）『青ひげ』――シャルル・ペローによる童話。

（2）キルト――スコットランド高地の男子がはく縦《たて》ひだの短いスカート。

（3）「いちばんはじめに北極《ほっきょく》までいったのは誰《だれ》なのよ？」――『長い冬休み』の中で、北極探検《ほっきょくたんけん》ごっこをした時、ディックが一番に北極《ほっきょく》についたことをさしている。

6　はじめて、アビを見る

ディックは、片手《かたて》に手帳を、片手《かたて》に鉛筆《えんぴつ》を持ち、望遠鏡《ぼうえんきょう》は手近なところにおいて、成功《せいこう》のよろこびにわくわくしながら、上湖《かみこ》の岸辺《きしべ》の岩の間にうずくまっていた。生まれてはじめて、アビ類《るい》の水にもぐる鳥を見たのだ。ピクト・ハウスで、ほかの三人とわかれると、ディックはまっすぐ上湖《かみこ》へやってきた。そうすれば、帰船の合図がはやすぎる場合でも、船に帰る途中《とちゅう》で、下湖《しもこ》のそばを通ることだけはできるからだった。ドロシアといっしょに、ヘブリデス諸島巡航《しょとうじゅんこう》の旅に仲間《なかま》入りできると知ったとたん、頭に浮《う》かんだ鳥の姿《すがた》を、ディックは湖につくとほとんど同時に見ることができた。ずっとはなれた湖面に長い筋《すじ》が見えるので、一羽《わ》のやや大きな鳥が泳いでいるのはわかったが、それを見る前に、すでに鳴き声はきこえていた。

クック……クック……ク、ク、ク……

ディックは、これに似《に》たような鳴き声すら、今まできいたことがなかった。泳ぐ鳥が水面にえがく筋《すじ》を見れば、どこにいるかはわかった。しかし、さざ波のために、その姿《すがた》はひじょうに見つけにくかった。あそこの水の上には水鳥が動いている。しかし、なんだろう？　風がとてもじゃまだった。ディックが、動きまわる黒い点をとらえて、望遠鏡《ぼうえんきょう》を目にあてようとするたびに、その黒い点はすぐにまた見えなくなった。風は、ディックの後方から湖上を吹《ふ》きわたっていくので、鳥が舞いおりた向こう側《がわ》の水面がいちばん波が立っていた。最初《さいしょ》、ディックは、その鳥がアビ類《るい》かもしれないという期待すら持たなかった。アヒルかなにか、ほかの大型《おおがた》の鳥かもしれなかった。それがなんであろうと、待っていて確《たし》かめるつもりだった。

風がないだ。岸辺《きしべ》から、なめらかな水面が湖全体にひろがっていった。遠くのほうに目をやると、鳥がさざ波の中からなめらかな水面へと泳いでくるのが見えた。見ているうちに、鳥は姿《すがた》を消した。そして、もう一度見えた時には、もっと近くなっていた。それで、この鳥がアビの仲間《なかま》であることがわかった。鳥は、水中ふかく身をしずめて泳いでいた。カイツブリに、とてもよく似《に》ている。水しぶき一つ立てずに水にもぐって、また出てきたにちがいなかった。いや、そうではない。いつも、そういうもぐり方ばかりしてはいなかった。ディックは、その鳥が背《せ》をまるめるようにして体を水面上にもちあげ、ちょっとととびあがると、まるでとびこみをするようにもぐっていくのを見た。一分後、鳥はまた浮《う》かびあがってきたが、なにかをくわえているらしかった。鳥がピョンとあがってきてから、一、二分の間、水がさわいでいた。たぶん、魚を一匹《びき》つかまえたのだろう。鳥は、カイツブリにしては、ちょっと大きかった。ディックは身動きするのもおそれるように、うずくまったままで、めがねをはずして拭《ふ》いたが、すこしもよく見えないのに気がついて、望遠《ぼうえん》鏡《きょう》の接眼《せつがん》レンズをはずし、レンズのくもりをぬぐった。

レンズを望遠鏡《ぼうえんきょう》につけなおして、もう一度見ると、鳥は姿《すがた》を消していた。やがて、またあらわれた時には、さっきよりずっと、ディックに近くなっていた。鳥は、まっすぐディックのほうに泳いできた。もう、なめらかな水の上にいるので、鳥の姿《すがた》はよく見えた。どんなにおさえても、ディックの手はふるえだした。鳥がまたもぐった。水面に出てきた時、水しぶきをあげなかった。ごく小さな魚をつかまえて、なんなくのみこんだのか、それとも、一匹《ぴき》もつかまえられなかったのか。ディックは、もう、その鳥がなんであるか、だいたい確信《かくしん》が持てた。鳥はどんどん近づいてきた。ますます近くなった。

「そうだ。」と、ディックは、ささやき声でいった。「そうに、ちがいない。」

ディックは、望遠鏡《ぼうえんきょう》を岩の上にのせて、ようやくはっきりと鳥の姿《すがた》を見た。背中《せなか》は黒白まだら、頭と首のうしろ側《がわ》が灰色《はいいろ》っぽく、首の両側《りょうがわ》が黒白のしまで、のどには太い黒筋《くろすじ》が一本通っていた。

ぜったいに間違《まちが》いはなかった。「オオハム。」と、ディックは尊敬《そんけい》の気持ちをこめて小声でいうと、望遠鏡《ぼうえんきょう》をおろし、手帳をとりだして、巡航《じゅんこう》ちゅうに見た鳥のリストに、その名前を書きくわえた。

何時間も何時間も、ディックはその場を動かず、鳥が水にもぐっては、浮《う》かびあがり、ふかいところをのぞくように、頭をちょっちょっと水につっこんでから、またもぐるのを観察《かんさつ》していた。本の絵と比較《ひかく》できる程度《ていど》に模様《もよう》がわかる絵も一枚《まいか》描き、つづいてもう一枚《まい》描《か》きたした。しかし、鳥の種類《しゅるい》には確信《かくしん》を持っていた。やがて、水上に長い筋《すじ》が見えはじめた。それで、ついに鳥が上手《かみて》に去っていくことがわかった。また、あの奇妙《きみょう》な「クッ……クッ……ク、ク、ク」という鳴き声がきこえた。いそがしく動くつばさをつけた葉巻《はまき》のようなかっこうで、空をとぶのが見えた。鳥は、ディックの頭上を円をえがいてとぶと、下湖《しもこ》に向かうようにとび去ったが、南に向きを変《か》えるのが見えたきり、姿《すがた》を消してしまった。

ディックは手帳をポケットにしまった。航海《こうかい》は終わりに近いけれど、もう、なんでもない。この目でオオハムを見たのだ。ドロシアに話してやりたい。ほかの人たちには、これがどんなにうれしいことか、ほとんどわからないけどな。

ディックは、ちょっとこわばった体で立ちあがると、めがねをはずしてレンズを拭《ふ》いてからかけなおし、てっぺんの大むかしの住居《じゅうきょ》に三人の探検家《たんけんか》を残《のこ》してきた、小さな丘《おか》を見あげた。今、そこには誰《だれ》もいなかった。そこで、となりの谷に通ずる車道が尾根《おね》をこえる裂《さ》け目《め》を見た。そこにも、誰《だれ》もいなかった。丘陵《きゅうりょう》に通ずる谷の上手《かみて》を見あげると、ヒースを背景《はいけい》に、いくつか、動く点が見えた。さけび声をきいたように思った……たぶんロジャのさけび声だ。そうか、あんなところまでのぼったのなら、まもなくひきかえして、ぼくをさがしにくるだろう。そばでロジャがふざけちらしていたのでは、鳥を観察《かんさつ》するチャンスなど、あまりない。あの鳥は魚とりを終えて、とび去ってしまった。ここでは、もうなにもすることはない。しかし、もう一つの湖を見ておかなくては。たぶん、そこへ行っても、あのオオハムほど見るねうちのあるものはいないだろうが、時間のある間に見ておいたほうがいい。オオハムを見るような幸運は、わずか一日の、それも午後に二度なんかのぞめない。ディックはそれでもかまわなかった。すでに、きょうは、全航海《ぜんこうかい》を通じて、いちばんすばらしい日になったのだから。

オオハムが見られたことを大よろこびしながら、ディックは、ヒースの生えているところをのぼったり、湿地《しっち》をよけたり、ごろごろした石にあやうくころびそうになったりして、湖の岸を歩いていた。岸辺《きしべ》は、のろのろとしか進めなかったが、ようやく、湖がほそい川となって下湖《しもこ》に流れこむ境《さかい》の平地にたどりついた。ディックは、その平地を見て、むかしは、二つの湖が一つになっていたにちがいないと思った。たぶん、古代ピクト人が丘《おか》の上のあの家をたてたころは、谷全体が一つの大きな湖だった、いや、ひょっとしたら入《い》り江《え》だったかもしれないと思った。

ディックは、一羽《わ》のムナジロカワガラスが、流れの石の上で、ワイシャツのような胸《むね》を見せて、さかんにおじぎしているのを見たが、手帳に書こうともしなかった。一群《ひとむ》れのバンのひながパッと散《ち》らばり、母鳥が、ひなに逃《に》げるすきをあたえるために、ディックを自分にひきつけようと、つばさの折《お》れたふりをして、ディックの歩いている土手のすぐそばを、バタッバタッと逃《に》げだした。しかし、それだって、ディックには、もうめずらしくなかった。オオハムを見たような日には、ムナジロカワガラスやバンなどは、いつもほど重《じゅう》要《よう》な鳥ではなくなっていた。まもなくディックは、ひろいアシ床《どこ》のへりを歩いていた。目の前に下湖《しもこ》がひろがっていた。ディックは湖を見渡《みわた》したが、岸からずっとはなれた、まん中あたりの小さな島を見た時、またドキッとした。すでにオオハムを見たけれども、もう一羽《わ》見たって、すこしもさしつかえはない。

湖の下手《しもて》から群《む》れになってとんできた三羽《わ》のアイサが、ディックに気がついて、ふいに高く舞《ま》いあがったが、そのまま、頭上をまっすぐにとんでいった。ディックは、白と黒の光のようにすばやくとび去る三羽《わ》を、見えなくなるまでじっと見送り、自分がたった今、後にした上湖《かみこ》に舞《ま》いおりたにちがいないことを知った。そこで、手帳に「アイサ三羽《わ》」と書きこみ、もう一度観察《かんさつ》するために、上湖《かみこ》にもどろうかと思って、腕時計《うでどけい》を見た。もう、午後の時間はすぎ去っていたが、ディックには、一日がはじまったばかりのように思われた。しかし、今すぐにも、一日が終わったことを知らせるシロクマ号の霧笛《むてき》が、きこえるかもしれなかった。今、上湖《かみこ》にもどるのはばかげている。

アシ床《どこ》をこえると土手が高くなった。ディックは、湖を向いている岩と、うしろの土手が、鳥から身を隠《かく》すにはとてもぐあいがよいことを知っていたので、できるだけ水ぎわを歩きつづけた。大空を背景《はいけい》にした姿《すがた》を鳥に見せることだけは、けっしてしてはならないのだ。ディックは、湖上のあちこちを、それもたいていは、小さな島のほうを見ながら、ひじょうにゆっくりと歩いていた。どんな鳥がいるかしれないが、ああいう島は、鳥をも人間をもひきつけることを、ディックは知っていた。その上この湖にある島は、特別《とくべつ》ぐあいよくできていた。一方の端《はし》にアシがはえ、まん中にはまるい石があり、アシのあるほうと正反対の、今ディックが見ている端《はし》は、平らで岸に草がはえていた。島のほど近くで泳いでるあれはなんだろう？　ディックの胸《むね》はもう一度おどった。なんだかはっきりはわからないが、さっきのオオハムそっくりに見えた。あの鳥が谷間を出て南にとび去ったと思ったのは、たぶん間《ま》違《ちが》いだったのだ。ディックの足もとはもう水で、小さい石ばかりしかなかったが、四、五メートル先には、鳥の観察者《かんさつしゃ》が、楽に観察《かんさつ》するためにあつらえたような、身を隠《かく》すのにちょうどよい岩が見えた。ディックは、這《は》い進《すす》んで、岩のそばに伏《ふ》せると、望遠鏡《ぼうえんきょう》をとりだして、島に焦点《しょうてん》を合わせ、鳥が泳いでいた湖の上をさがした。

運よく、風がやみ、波がなかった。水面はしずかで、太陽も西の丘陵《きゅうりょう》の真上にあったので、光が目にさしこんで来なかった。しかし、鳥はいなかった……と、望遠鏡《ぼうえんきょう》にうつるなめらかなまるい水面の片側《かたがわ》にさざ波が立っているのが見えた。ディックはその波を目で追い、そのまん中で鳥を見つけた。鳥はちょうど水から出てきたところで、水をひと口飲むようにくちばしをちょっと水につけてから、頭をあげた。体をふかく水中にしずめ、首をもちあげて、あちこちを見ながら泳いでいる。間違《まちが》いなくアビ類《るい》だ。アイサを追って上湖《かみこ》にもどらなくてよかった。ディックは、この場にじっとしていようと心をきめた。鳥を観《かん》察《さつ》するのに、これ以上《いじょう》よい場所など、ありそうもなかった。

鳥は島のほうへ泳いでいった。ディックも望遠鏡《ぼうえんきょう》でその姿《すがた》を追った。すると、水ぎわから一メートルばかりあがった、島の平らな突端《とったん》の草むらで、なにか黒っぽいものが動くのが見えた。確《たし》かだ。また動いた。一瞬《いっしゅん》、ディックは、それをなにか動物だと思った。それから、それが鳥で、うまく立てないみたいな変《へん》な歩き方で動いているのがわかった。その鳥は、地面に足をひきずるように歩き、たおれるようにしてやっと水にはいったかと思うと、すぐに泳ぎだした。見れば、最初《さいしょ》の鳥のように、やはりアビ類《るい》だった。ディックは、もう、この鳥も、もう一羽《わ》も、さっき上湖《かみこ》で見たのとおなじオオハムだと確信《かくしん》していた。

「カイツブリにそっくりだ。」と、ディックは、二羽《わ》がいっしょに泳ぐのを見て考えた。「カイツブリに似《に》てる。ただもっと大きい。」

ホー……ホホー……ホー……ホー！

ディックは、ふるえをおびて長く引《ひ》っ張《ぱ》る鳴き声にぎくっとした。それは、荒々《あらあら》しい笑《わら》い声《ごえ》に似《に》ていた。まるで、二羽《わ》の大きな鳥が、とほうもない冗談《じょうだん》をいいあっているように思われた。

ホー……ホー……ホー！

鳴き声は、もう一度きこえて、それきりやんだ。二羽《わ》がいっしょにもぐったのだ。浮《う》かびあがった時には、だいぶはなれていた。

一羽《わ》が島に向かって泳いできた。それがさっき島から水におりた鳥かどうか、ディックには確信《かくしん》が持てなかったが、とにかく水にはいった場所から島にあがった。おなじ鳥かどうかはわからないが、足は、やはりよたよたしていた。つばさの力をかりて、地面を這《は》いずっているように見えた。そして、ディックがはじめに動くのを見た水ぎわの草むらにとまった。

望遠鏡《ぼうえんきょう》をのぞくと、まだらのある長い体が地面にぴったりくっついていた、もう一羽《わ》の鳥は、湖上を泳ぎまわって、だんだん島からはなれていき、ときどき水にもぐると、長い間水中にいて、ディックの予想したところに浮《う》かびあがったり、全然《ぜんぜん》見当ちがいなところに浮《う》かびあがったりしている。島にあがったほうは、ほとんど動かない。

「巣《す》についているとすれば、」とディックは考えた。「たまごは、まだかえっていないはずだ。いや、かえったばかりかもしれない。しかし、遠すぎてそこまでは見えないな。」

ディックは、望遠鏡《ぼうえんきょう》をすわっている鳥に向けたまま、あの鳥がまた動いたら、どんな巣《す》をつくっているかが見られるだろうと思いながら、観察《かんさつ》しつづけていた。巣《す》など、全然《ぜんぜん》ないのかもしれなかった。ツノメドリとツクシガモはウサギの穴《あな》を利用《りよう》してたまごをかえす。ひらけた野原にたまごを産むタゲリや、見分けのつかない小石の間にたまごを産むカモメのように、地面に直接《ちょくせつ》たまごを産む鳥もたくさんいる。ディックは、そんなことを思い出した。そして、こういうアビ類《るい》は、交替《こうたい》でたまごをあたためるのかどうかを知りたいと思った。交替《こうたい》するなら、今泳いでいる鳥が、あまり時間をかけずにあがってきてほしかった。ティティとドロシアと、そうぞうしいロジャが、もう、すぐにでもやってきて、船の博物《はくぶつ》学者《がくしゃ》に帰船をせきたてるかもしれなかった。あの連中《れんちゅう》は、じっと身を伏《ふ》せて、二つの黒い点を望遠鏡《ぼうえんきょう》で観察《かんさつ》するというこの冒険《ぼうけん》が、彼《かれ》らのどんな冒険《ぼうけん》よりおもしろいなどとは、考えてみたこともない。ディックは用心しながらふりかえってみたが、頭上の土手がじゃまをして、ティティたちが谷間をくだってくるかどうかは、見えなかった。そこで、また鳥のほうに目を向けた。

ディックは、キャプテン・フリントの大きな双眼鏡《そうがんきょう》をかりてくればよかったと思った。小さな望遠鏡《ぼうえんきょう》も、役に立つけれど、これだけはなれていると、くわしく見えるほど、ものを拡大《かくだい》してくれなかった。ボートさえあれば、もっと島に近いところまで漕《こ》いでいって、オオハムがどんな巣《す》をつくるかを見ることができるのに……ディックは、シロクマ号のデッキに積《つ》んであるあの折りたたみ式ボートのことを考えた。しかし、船腹《せんぷく》をこすってペンキぬりをしているあの人たちを説《と》き伏《ふ》せて仕事をやめさせ、あのボートを湖まで運びあげてもらうことなど、考えるだけむだだった。それに、とにかく、もう手おくれだった。たしかに、あそこには巣《す》がある。それは間違《まちが》いなかった。ディックは手帳を出して、「下湖《しもこ》にひとつがいのオオハム。巣《す》についている。」と走り書きした。

五分後、ディックは、もう一度手帳を出して、さっき書いたところに疑問符《ぎもんふ》をつけた。湖のマスが岸辺《きしべ》に向かって夕ぐれの移動《いどう》をはじめたので、オオハムも、よりよい漁場《ぎょじょう》をもとめてマスのあとを追うのか、つづけざまに水にもぐって、ディックの隠《かく》れている場所と島の、ちょうど中間あたりまで近づいていた。オオハムが水面に浮《う》かびあがるたびに、その姿《すがた》がますますよく見えるようになった。頭のてっぺんが、とても黒く見え、体全体は、最初《さいしょ》見た時に考えたより、もっと大きく思われた。オオハムはもぐったかと思うと、一分後に魚をくわえて浮《う》かびあがり、あばれる魚をおさえつけてのみこみ、水をすすってから、さらに近づいてきた。ディックは首をひねった。しかし、望遠鏡《ぼうえんきょう》で遠くにあるものを見て、その大きさを判断《はんだん》するのはむずかしい。鳥は、またもぐった。ディックは、鳥のもぐったところをじっとにらんでいたが、鳥はもぐったまま、ディックのほうへまっすぐ泳いできたにちがいない。浮《う》かびあがったところは、ディックから三十メートルとはなれていなかった。ディックは、おどろきのあまり大声でさけびそうになった。そして、「あれはハシグロアビだ。」と、ひとりごとをいい、手帳のリストにその名前を書きくわえたが、すぐに、ハシグロアビはイギリスでは巣《す》をつくらないことを思い出した。

「そんなはずはない。」と、ディックは自分に向かっていった。「でも、あれはオオハムじゃない。」

オオハムの名前を書いた手帳のページは、だいぶごちゃごちゃしてしまった。はじめにオオハムを線で消してハシグロアビと書きこんだが、巣《す》をつくらないことを思い出して、ハシグロアビも消したからだ。そのうえ、疑問符《ぎもんふ》もいくつか書き入れてあった。もう一度鳥がよく見えた時、黒い首に、黒と白のしま模様《もよう》が二か所あるのがはっきりわかった。

「ぜったいに、ハシグロアビだ。」と、ディックはいって、また手帳にその名前を書きこんだが、ここからは黒い点にしか見えない島の上の鳥をもう一度見て、書いた名前を消し、新しいページを出した。

　鳥の本を、ポケットに入れてきさえしたらよかったのだ。行ってとってくる時間はない。できることはただひとつ、あの鳥の頭と首をスケッチして、シロクマ号の船室《キャビン》にもどった時、本の絵とくらべてみることだ。ディックはスケッチした。ティティのように上手には描《か》けなかったが、二か所あるしま模様《もよう》のありさまは、はっきりとわかった。この鳥がなんであろうと、さっき見たオオハムとちがうことは、ぜったいに間違《まちが》いなかった。ディックは、おなじページに、オオハムの頭の絵を小さく描《か》いた。二種類《しゅるい》の鳥は見ちがえようがなかった。そして、この新しい鳥も、たしかにアビやオオハムと同類《どうるい》だった。しかし、アビそのものではない。赤い色など全然《ぜんぜん》ないのだ。するとほかにどんなものが考えられる？

　ディックが、絵を描《か》き終《お》えて、「ハシグロアビ」と書き、それを線で消し、もう一度書いて末尾《まつび》に疑問符《ぎもんふ》をつけ、もう一度鳥を見てからその疑問符《ぎもんふ》を消し、記憶《きおく》のたすけになるようにすこし説明《せつめい》の字を書きくわえたちょうどその時、ロジャのさけび声がきこえた。

「アホイ！　ディック！　アホイ！」

　それから、ドロシアの「クーイー！」という合図がきこえた。

　鳥は、探検家《たんけんか》たちのさけび声をきき、姿《すがた》を見たにちがいなかった。いそいで島に向かって泳ぎ去っていったが、体全部を水中にしずめ、頭だけ出して泳いでいくところは、大きなカイツブリに、ますます似《に》て見えた。

ちえっ！　もう、どうしようもない。ディックは立ちあがり、探検家《たんけんか》たちがのろのろ走ってくるのを見て、手をふった。

ディックの手帳から
オオハムとハシグロアビの絵

「ぐずぐずするなよ！」と、ロジャがさけんだ。

ディックは、あわてて手帳と望遠鏡《ぼうえんきょう》をしまい、岸辺《きしべ》から土手にあがった。

「船にもどるのよ！」と、ティティがさけんだ。「大いそぎ。」

「霧笛《むてき》をきかなかったの？」と、ドロシアが足をとめずにいった。

「うん。」と、ディックがいった。

「もう、ずっと前よ。」と、ティティが息を切らしながらいった。「あなたはもう帰ったと思ってたのよ。もしもってことがあるから、大きな声でよんでみたほうがいいって、ドットがいったの。」

「いそいで、いそいで！」と、ドロシアがいった。「私《わたし》たち追われてきたのよ。敵意《てきい》ある島の人たちに。」

ディックも、いつのまにか、みんなといっしょに走っていた。

「オオハムだよ。」と、ディックはドロシアにいった。「オオハムを見た……それから、はっきりわからない鳥も二羽《わ》見た。」

「私《わたし》たちは、あとをつけられたのよ。」と、ティティがいった。

「あの男、もう見えないよ。」と、ロジャがいった。

ボオーッ！

また、シロクマ号の霧笛《むてき》がきこえた。それをきいたディックは、鳥の観察《かんさつ》で夢中《むちゅう》になっている時にも、その音をきいたように思った。

「あれ、二回目よ。」と、ドロシアがいった。

「二種類《しゅるい》の鳥だよ。」と、ディックがいった。「そうだと思うんだ。」

しかし、ドロシアは、息が苦しくて答えられなかった。

四人は、速度をおとさずかけ足をつづけて、湖のほとりを通り、湖から流れ出る小川の土手を通って、ようやく、川がうず巻《ま》いてあわだちながら海にはいるところへ出た。四人が出発した時、シロクマ号は、潮《しお》のひいた小さな入《い》り江《え》に足を出して立っていたが、今はもう、そこにはいなかった。潮《しお》がさしてきて、水に浮《う》かべて動かしてしまったのだ。船は今、錨《いかり》をおろしてとまっていた。キャプテン・フリントが船室《キャビン》のあかりとりの上に腰《こし》をおろして、タバコをふかしているのが見えた。口から吐《は》きだす青い煙《けむり》が、ゆっくりと流れていくのが見えた。ほかには誰《だれ》も見えなかったが、やがて、シロクマ号のうしろから、ジョンとナンシイが折りたたみ式ボートを漕《こ》いであらわれた。

「これがわかっていたらなあ。」と、ディックがいった。一度折りたたみ式ボートを水に浮《う》かべたのなら、なんとか説《と》き伏《ふ》せて、湖まで運ばせることもできたのにと、考えたのだ。

「おーい！」と、ロジャがさけんだ。

「ちょっと、待って！」と、ナンシイがさけびかえした。「ボートで行くから、折りたたみ式には二人しか乗れないの。」

「あの人たち、追跡《ついせき》をあきらめたわ。」ふりかえって川のほうを見あげたドロシアが、ティティにいった。

「うまくやっつけてやったよ。」と、ロジャがいった。「あとをつけたことが、すっかりむだだったじゃないか。」

ナンシイが折りたたみ式ボートから、ふつうのボートに乗りうつって、岸へ漕《こ》いできた。その間に、ジョンとキャプテン・フリントが折りたたみ式ボートを、デッキにひきあげた。

「ペギイとスーザンはどこにいる？」と、ロジャがたずねた。

「食事のしたく。ずっと前に合図の霧笛《むてき》を鳴らしたのよ。」

「ぼくたちも、うえ死にしそうだよ。」と、ロジャがいった。「べんとう食べてから、千キロ半歩いたもの。」

上陸組《じょうりくぐみ》は、ボートに乗りこんで、船に向かって岸をはなれる間、いっせいにしゃべりたてていた。「野蛮《やばん》なゲール人！」「城《しろ》！」「若《わか》き氏族《しぞく》の頭《かしら》……」「バグパイプ……」「私《わたし》たち、つけられてたの……」「命もあぶないほど、追いまわされた。」

「ディック、」と、ドロシアがいった。「どうしたの？」

「アビ類《るい》が三羽《わ》いたんだ。」と、ディックがいった。「そして、その中の二羽《わ》はハシグロアビそっくりなんだ。しかし、そんなはずがないんだよなあ……」

「ディック、」と、ドロシアがいった。「あのサンドイッチはいつ食べた？」

「ああ、あれ……忘《わす》れちゃった。大事なのは、その二羽《わ》が巣《す》をつくってることなんだ。ところが、本には、巣《す》はつくらないと書いてある。」

「どう、きれいになったでしょ？」と、ナンシイがいって、漕《こ》ぐ手をやすめてシロクマ号を見た。「すっかりきれいにしたのよ。どれいのようにはたらいたわ。潮《しお》がさしてくるまでに、やっと終えたの。」

7　どっちだろう？

探検家《たんけんか》たちの冒険物語《ぼうけんものがたり》は、全然《ぜんぜん》人気をよばなかった。キャプテン・フリントと四人の掃除係《そうじがかり》は、船のことだけを考えていて、充実《じゅうじつ》した仕事をなしとげた。潮《しお》がさしてくる一、二分前までかかってシロクマ号の吃水線《きっすいせん》の下を全部こすってきれいにして、よごれどめのペンキを二重ぬりした。それから、船を水に浮《う》かべて、小さな入り江《いえ》から出し、錨《いかり》と小錨《ケッチ》で、もとのところにつないだ。そんなわけで、りっぱにはたらいた後の夕飯《ゆうはん》を、みちたりた気持ちでさかんに食べている今、野蛮《やばん》なゲール人、どうもうな犬、ふしぎなホイッスルなどという話には、すこしも興味《きょうみ》を持たなかった。そんな話は、なにからでもすぐに空想物語をつくるドロシアとティティとロジャが、三人だけで出かけていけば、きかされるのがあたりまえだった。

「あら、そう。」

と、ペギイがいった。無人《むじん》の谷に、隠《かく》れた見張《みは》りがいるという感じを持ったいきさつを、ティティが話しても、すこしもきいていないような感じだった。

「ふうん。」

犬が突進《とっしん》してきたかと思うと姿《すがた》の見えない主人のホイッスルで、危機《きき》一髪《いっぱつ》の時にぴたりととまったというロジャの話をきいて、ジョンがいった。

「おもしろい。」

と、ナンシイは食事の手を休めずにいった。野蛮《やばん》なゲール人の大男が、ききなれない言葉でどなりながら、逃《に》げる私《わたし》たちを大またで追いかけてきたと、ティティが話した時のことだ。

「でも、この話、全部ほんとうなのよ。」と、ドロシアがいった。「私《わたし》たちは、シカとおなじようにそっとあとをつけられたの。そして、おしまいに、あたり一帯《いったい》にホイッスルが鳴《な》り響《ひび》き、おそろしい原住民《げんじゅうみん》たちが、たたかいのさけびをあげたの。」

「一から十までほんとうなんだよ。」と、ロジャがいった。「そして、それがはじまる前に、ぼくたちは大むかしの家を発見した。デッキからも見えるよ。」

「そう。」と、スーザンがいった。「キャプテン・フリントに、その塩《しお》をあげて。」

「ディックには分別《ふんべつ》がある。」と、ジョンがいった。「ディック、科学的《かがくてき》にいって、野蛮《やばん》なゲール人は何人いた？」

「ぼくは一人も見なかった。」と、ディックがいった。

「そうだと思った。」と、ジョンがいった。

「ディックは、鳥を見ていたの。」と、ドロシアがいった。「ディックが鳥を見ている時は、ほかのものはなんにも見えないってこと、知ってるでしょ。シロクマ号の霧笛《むてき》だって、はじめは、きこえなかったのよ。」

「どんな鳥を見た？」と、キャプテン・フリントがたずねた。

「アビ類《るい》です。」

「どんな種類《しゅるい》のアビかね？」

「そこが、ぼくにもわからないんです。」と、ディックがいった。「本でしらべようとしていて、食事にじゃまされてしまって。」

「この鳥マニアは、恩知《おんし》らずだね。」と、キャプテン・フリントがいった。

「そういう意味じゃないんです。」と、ディックが弁解《べんかい》した。「食事がすむまで本を見ちゃいけないとドロシアにいわれたものだから。」

「そうよ。」と、ドロシアがいった。「サンドイッチを食《た》べ忘《わす》れたでしょ。」

ディックは、ちょっとおずおずした目でスーザンを見ていった。「おなかがすかなかったから、忘《わす》れたんだよ。」

「さあ、さあ、」と、ナンシイがいった。「ほんとになにが起こったの？　あなたたちが、うろつきまわっていて、何人かの原住民《げんじゅうみん》に、無断《むだん》立ち入りをとがめられたってわけね。」

「そんなことじゃない。」と、ロジャがいった。「ぼくらに見えないように体を伏《ふ》せながら、這《は》うように進んできて、準備《じゅんび》がととのってから突進《とっしん》してきた。」

「私《わたし》たちを、そっとつけてきたの。」と、ティティがいった。

「若《わか》い氏族《しぞく》の頭《かしら》がいたわ。」と、ドロシアがいった。「私《わたし》たち、みんなが見たわよ。ディックは見なかったけど。」

「諸刃《もろは》の剣《つるぎ》で武装《ぶそう》していたかい？」と、キャプテン・フリントがいった。

「ええと、それは見なかった。」と、ロジャがいった。「ずっと遠くにいたもんだから。」

「ほんとうに原住民《げんじゅうみん》がいたんだね？」と、キャプテン・フリントがいった。

「たくさんいた。」と、ロジャがいった。

「君たちのことなんか問題にしてやしなかったよ、きっと。」と、ジョンがいった。「ちらばったヒツジかなにかを集めてたんだよ。」

「なんといわれてもかまわないわ。つけられたのは私《わたし》たちなんだから。」と、ティティがいった。

夕飯《ゆうはん》が終わると、テーブルの上を片《かた》づけるため、「総員洗《そういんあら》いもの！」だった。ナンシイは暖房《だんぼう》のためというより、気分を楽しむために、船室《キャビン》のストーブをたいた。まだ外は明るかったが、ペギイが船室《キャビン》のランプをつけた。見たいものは誰《だれ》でも見られるように、大きな海図《チャート》が、テーブルの端《はし》にひろげられた。ジョンとキャプテン・フリントは、潮《しお》の干満《かんまん》をしらべていた。テーブルの向こう端《はし》では、ディックが鳥の本を持ってすわっていた。ティティは寝棚《バンク》に腹這《はらば》いになって、きょう一日の冒険《ぼうけん》を航海日誌《こうかいにっし》に書いていたが、それを、ほかの人が読んだら、じっさいよりはるかに大げさだと思ったことだろう。ドロシアは、いつものように、ノートを持ってマストのそばのすみにおさまり、船室《キャビン》の壁《かべ》の向こうを見るように遠くを見たり、一行か二行、文章を書いたり、書いたところを消して、また書きなおしたりに、余念《よねん》がなかった。

ディックは、鳥の本のアビ類《るい》のページをひろげていた。本のそばの手帳には、さようの午後描《か》いた鳥の絵のページがひらいてあった。自分が見てきたものがわかると、ディックの頭はますます混乱《こんらん》してしまった。本には「外国で巣《す》をつくる。ふつう見られるのは一羽《わ》。」とはっきり書いてある。しかし、ディックが見た鳥は、一羽《わ》ではなかった。二羽《わ》いた。そして、外国ではなく、ここで巣《す》をつくっていた。とすれば、あれはハシグロアビのはずがない。そこで、ディックは、本の絵を見て、自分のスケッチとくらべてみた。スケッチは大まかなものだった。しかし、その頭と首は「ハシグロアビ」と書いてある絵とおなじで、ぜったいにほかの鳥のものではなかった。おなじページにオオハムの説明《せつめい》があった。「学名、コリムブス・アルクティクス。全長約《やく》七十センチ。」ハシグロアビの説明《せつめい》もあった。「学名、コリムブス・イムメル。全長約《やく》七十八センチ。」かりにあの鳥をハシグロアビと考えれば、たしかに、ハシグロアビのほうがオオハムより大きいことには、ディックも気がついていた。オオハムのスケッチも、やはり確実《かくじつ》なものだった。ディックは、自分が一度に二種《しゅ》のアビ類《るい》を見たことを確信《かくしん》した。しかし、待てよ……ディックは、自分のスケッチから、本の絵に目をうつし、二つの絵がおなじ鳥であることを確信《かくしん》した。それから、こんどは絵ではなく説明《せつめい》に目をうつし、「外国で巣《す》をつくる。」という文を読んだ。そして、また、さっぱりわからなくなってしまった。すぐそばで、水夫《すいふ》たちが海図《チャート》を見ながら話しあっていたが、ディックには一言もきこえなかった。

「ここへはいったことが、おじさんはあんまりうれしくないの？」と、ナンシイがいっていた。

「あの霧《きり》の間、ここにはいってたのは、ほんとうによかったよ。」と、キャプテン・フリントがうなずいた。「はいる時も、ふつうよりずっと運がよかったし。」

「そして、船体掃除《せんたいそうじ》もしたわ。」と、ナンシイがいった。「船だって、きたない港に入れられるより、マックがいつも使っているここで掃除《そうじ》してもらうほうを、よろこんだと思うわ。」

「まったくそのとおりさ。」と、キャプテン・フリントがいった。「しかし、そのためにずいぶん時間をくってるんだ。」

「なぜ？　あしたの朝になったら、ここからまっすぐに帰れるじゃない？」

「それだよ。それができないんだ。」と、キャプテン・フリントが海図《チャート》を指さしながらいった。「この海峡《かいきょう》で向かい風を受けたり、なぎをくらったりして、動けなくなるような危《き》険《けん》を、おかしたくないんだ。一日どころか、二日つぶすかもしれないからな。まず、はじめに、港にはいって、ロジャとエンジンのためにガソリンを一缶《かん》か二缶《かん》、買わなくちゃならないね。ここへはいるために、もうほとんど使いつくしたからな。ここじゃなく、港にはいっていれば、きのうの晩《ばん》にも、タンクをいっぱいにできたんだが。」

「朝は何時ごろ出航《しゅっこう》するの?」と、ロジャがたずねた。

「うんと早くだね。」と、キャプテン・フリントがいった。「二時か三時には、できれば出航《しゅっこう》したい。風さえあれば、今にも出航《しゅっこう》したいんだが、風がないし、引《ひ》き潮《しお》を利用《りよう》して、ヘッド岬《みさき》をまわって港へはいりたいからな。それに、タンクのガソリンは、もう一キロ半進むくらいしかないだろう。」

「わかった。」と、ナンシイがいった。「大丈夫《だいじょうぶ》よ。ガソリンをつめるのなんて、十分もかかりゃしないわ。港に突入《とつにゅう》して、缶《かん》にいっぱい買ったら、すぐに本土に向けて帆《ほ》をあげるのよ。全然《ぜんぜん》時間をむだにしなくてすむ。」

「風がなかったらどうする? けさ吹《ふ》いた風はもうすっかりやんじまった。お茶の時から、そよとも吹《ふ》いちゃいない。」

「いつだって、すこしは吹《ふ》きますよ。」と、ジョンがいった。「航海《こうかい》ちゅう、なぎで動けなかったことなんか一度もなかったもの。」

「それは、エンジンがあったからだよ。」と、ロジャがいった。「二度もとまりそうになったんだぜ。一度はターバートから出てくる時、一度はポートレーにはいる時。エンジンがなかったら、二度とも動けなかったよ。」

「ちがう。」と、ナンシイがいった。「港外へ出たらいい風が吹《ふ》いていたし、ポートレーにはいる時だって、風がやんだ時には、ほとんどはいり終わっていた。ボートで引《ひ》っ張《ぱ》ったって入港できたわよ。」

「いや、ロジャが正しい。」と、キャプテン・フリントがいった。「君たちが間違《まちが》ってる。いつエンジンが、それもぜったいに必要《ひつよう》になるか、わからないんだ。もし、今、タンクがいっぱいなら、風のあるなしに関係《かんけい》なく、すぐに出航《しゅっこう》できる。おや！　ディック、どうした？　困《こま》ったことでもできたのか？」

「しゃんとしなさいよ、船の博物学者《はくぶつがくしゃ》さん！」と、ナンシイがいった。

「ディック、おい！」と、ロジャがいった。

ディックは、ぎょっとして、本から顔をあげた。

「どうした、教授《プロフェッサー》？」と、キャプテン・フリントがいった。

「この鳥のことが、わからないんです。」と、ディックがいった。

「どの鳥だね？」

「きょう、ぼくが見た鳥です。」と、ディックがいった。「本には、ここでは巣《す》をつくらない。外国でしかつくらないとあるんです。ところが、ぼくが見た鳥は、巣をつくってるんです。」

「じゃ、種類《しゅるい》がちがうんだ。」と、キャプテン・フリントがいった。

ドロシアが、ノートから顔をあげてたずねた。「それ、アビ類《るい》だっていわなかった？　あなたが見たい見たいっていってた鳥でしょ？」

「うん、そうなんだ。」と、ディックがいった。「一羽《わ》はオオハムなんだよ。わからないのは、ほかの二羽《わ》なんだ。ぼくはハシグロアビだと思ったんだけど、そんなはずがないんだよ。」

「その絵を、ちょっと見せてくれ。」と、キャプテン・フリントがいった。

ディックは鳥の本を渡《わた》し、キャプテン・フリントがオオハムとハシグロアビの絵を見てしまうと、スケッチした鳥の絵のページをひらいたまま、手帳をテーブルの向こう側《がわ》へおしやった。

「このスケッチは、あまり上手には描《か》けてませんけど。」と、ディックがいった。「でも、模《も》様《よう》はだいたい正しく描《か》けていると思います。」

「大きいほうの鳥は、たしかに本のハシグロアビのようだ。」と、キャプテン・フリントがいった。「そして、もう一つは間違《まちが》いなくオオハムだよ。」

「ぼくもそう思いました。」と、ディックがいった。

「この絵を描《か》いた時、本は、持っていたの？」

「いいえ。だから絵を描《か》いたんです。」と、ディックがいった。

「何回か心をきめなおしたようだね。」と、キャプテン・フリントがいった。手帳のページがめくれてしまい、キャプテン・フリントの目に、ほかのページがうつったのだ。そのページには、「下湖《しもこ》にひとつがいのオオハム。」という文があり、そのオオハムが線で消されていて、ハシグロアビという字が書きくわえられ、それが消されて、もう一つ、ハシグロアビとあり、その上、ページいちめんに疑問符《ぎもんふ》が書いてあった。

「私《わたし》には、どれもこれもおなじように見えるわ。」と、ナンシイがいった。

「アビるほどいるアビ。」と、ロジャがいった。「アビきょうかんのアビ。何種類《なんしゅるい》かいるね。アビるほどいるからアビなのか、水アビするからアビなのか？」

「ばかなこというなよ、ロジャ。」と、ジョンがいった。

「ディックをたすけてやろうと、してるんだよ。」

「それでか？」

「それがどうして問題なのか、私《わたし》にはわからないわ。」と、ナンシイがいった。「みんなアビの仲間《なかま》じゃないの、あなたが見たがっていた。はじめの十日間、あなたはそのことばっかりしゃべっていたわ。」

「しかし、大問題なんだ。」と、ディックがいった。「この鳥は巣《す》をつくっているんだよ。しかし、本には、巣《す》をつくらないと書いてある。」

「もちろん、大問題よ。」と、今までじっときいていたドロシアが、きょうだいの応援《おうえん》にやってきていった。「こういうことこそ、ほんとうの大問題なの。」こういう疑問《ぎもん》がディックにはひじょうに大切なことを、ドロシアはよく知っていた。どちらかにきまるまで、ディックの気持ちが落ちつかないこともよく知っていた。探検家《たんけんか》の冒険物語《ぼうけんものがたり》がばかにされても、ドロシアは気にしなかったし、今になってみると、あのゲール人たちは、ほんとうは自分たちの仕事にいそがしくて、探検家《たんけんか》などすこしも気にしていなかったのではないかと思いはじめていた。冒険《ぼうけん》は、それがつづいている間は楽しい。しかし、この問題はちがう。船の博物学者《はくぶつがくしゃ》の仕事をばかにさせてはいけない。ナンシイにだってからかわせてはならないのだ。「もちろん、ディックは確《たし》かめなくちゃならないのよ。おとうさんの発掘《はっくつ》とおなじ。」と、ドロシアはいった。「一度エジプトで掘《ほ》ったお墓《はか》が、第三王朝か第四王朝かわからなかったことがあるの。なんでもそんな疑問《ぎもん》だったわ。その時、うちのおとうさんは、解決《かいけつ》するまで、ほかのことはいっさい考えられなかったの。」

「いつ帰港しますか？」と、ディックがたずねた。

それをきいたみんなは、あきれかえって口もきけなかった。ディックの言葉は、みんなの気持ちをまるでふみにじるようなものだった。みんなも、航海《こうかい》はすでに終わり、あとは本土までシロクマ号を走らせて持ち主にかえすだけだと思っていた。しかし、乗組員《クルー》の一人が、いそいで離船《りせん》したいようなことをいう。みんな、自分の耳が信じられない気持ちだった。

「博物館《はくぶつかん》に、くわしい人が一人いるんだ。」と、ディックは弁解《べんかい》した。「その人なら、すぐにわかる。ほら、この本には全然《ぜんぜん》書いてないけど、鳥は羽《はね》が抜《ぬ》けかわるだろ。だから、いろいろにかわって見えるかもしれないんだよ。季節《きせつ》によって、すっかりちがって見えるかもしれないんだ。」

「航海《こうかい》のはじめに、ディックがその鳥を見なかったのがほんとうに残念《ざんねん》だわ。」と、ドロシアがいった。「そうすれば、あの鳥の船の人にきけたでしょ。」

「まだ、まにあうかもしれない。」と、キャプテン・フリントがいった。「あした、また、会えるかもしれないんだ。きのう、われわれの前をらんぼうに横ぎった時、あの船は、まっすぐヘッド岬《みさき》に向かっていた。だから、またどこかへ行ってしまったのでなければ、あした港で見つかるかもしれない。なんて名前だったっけ、あの船？」

「テロダクティル。」と、みんなが異口同音《いくどうおん》にこたえた。

「ぼく、ききに行けるかな？」と、ディックがいった。

「もちろん、行けるわよ。」と、ナンシイがいった。「それに、いい口実にもなる。あなた、あの船を見たがっていたんだから。」

「おいおい、」と、キャプテン・フリントがいった。「われわれは、必要以上《ひつよういじょう》には一分だって港にはいないんだ。しかし、まあ、君のテロダクティルがあそこにいたら、ジョンと私《わたし》がガソリンを買いに上陸《じょうりく》している間に、あの船に行かせてやる。それでどうだ？」

「ええ、けっこうです。」と、ディックがいった。そして、あの鳥類研究家《ちょうるいけんきゅうか》がこの疑問《ぎもん》をどちらかに決めてくれるだろう、自分も将来《しょうらい》鳥の研究のために、専用《せんよう》の船を持ちたいと思っているが、それとおなじ目的《もくてき》で装備《そうび》されたあの船の中が見られる、などと考えていた。

「もちろん、もう出航《しゅっこう》しちゃってるかもしれないが。」と、キャプテン・フリントがいった。

「あのいやらしいモーターで動いてね。」と、ナンシイがいった。

「とってもいいモーターだよ。」と、ロジャが腰《こし》を浮《う》かしながらいった。

「すぐ出航《しゅっこう》できますか？」と、ディックがいった。

キャプテン・フリントが笑《わら》いながらいった。「まだ、だめだ。しかし、潮《しお》と風のぐあいがよくなったら、すぐにな。」

ディックは本の絵と手帳の絵とを、もう一度見くらべたが、やがて、思いきったように本と手帳をしまいこんだ。ことが順調《じゅんちょう》にいけば、あしたは確《たし》かなことがわかるのだ。


まもなく、スーザンが、キャプテン・フリントに応援《おうえん》してもらいながら、みんなをベッドへかりたてはじめた。いつも、これがはじまると、全員が寝《ね》る前にあたりをもう一目見たり、夜の大気をすったりしに、デッキへ出たがった。もうおそくなっていたが、まだ、暗い岸辺《きしべ》や、絶壁《ぜっぺき》と岩にはさまれた外海への通路を見ることができた。風はまったくなく、シロクマ号は、星の光をうつしてきらめくしずかな水の上に、ほとんど動かずに浮《う》かんでいた。北の夜はけっしてまっ暗になることがないので、万一、ほかの船がこの湾《わん》にはいってきても、シロクマ号を見そこなうおそれはなかった。しかし、ジョンとナンシイは、規《き》則《そく》にしたがって、フォアステーの上に白い停泊灯《ていはくとう》をかかげた。ジョンは前部《フォア》ハッチから船内におりていった。ナンシイがデッキを歩いて船尾《せんび》に行ってみると、ドロシアとティティとロジャが、まだ操舵室《そうだしつ》に残《のこ》っていた。

「消灯《しょうとう》五分前。」船内からスーザンの声がきこえてきた。

「今行くよ。」と、ロジャがいった。そして、ティティとドロシアにいいわけした。「ぼくは眠《ねむ》かないいんだけど、キャプテン・フリントがエンジンを動かせっていうかもしれないから、はやく起きなくちゃいけないだろ。」

「ねえ、ドット。」と、ロジャがいなくなった時、ナンシイがいった。「谷間じゅう追いたてられたって話、あれは、あなたとティティのつくり話なの?」

「もちろん、ちがうわよ。」と、ティティがいった。

「ちがうの。」と、ドロシアもいったが、ふいにナンシイの腕《うで》をつかんだ。「ほらほら、ゲール人の一人が私《わたし》たちを見てる。」船から五十メートルもはなれていない絶壁《ぜっぺき》の下の岸の暗がりで、マッチの光がちらちらしたのを三人とも見た。誰《だれ》かがパイプに火をつけているのだ。小さな光は、ゆれて、消えた。あとはもう、夜空を背景《はいけい》に立つ、大きくまっ黒な絶壁《ぜっぺき》のほか、なにも見えなかった。

「あの男が、なんのためにあそこにいるのよ?」と、ドロシアがいった。

「いたってふしぎはないでしょ?」と、ナンシイがいった。

「敵意《てきい》にみちた原住民《げんじゅうみん》よ、あれ。」と、ティティがいった。「私《わたし》たちがそういったのに、あなたたちが信《しん》じなかったのよ。」

「ふーむ。」と、ナンシイが後悔《こうかい》したようにいった。「でも、まあ、とにかく、あしたの朝は出航《しゅっこう》しちゃうのよ。もう手おくれ。原住民《げんじゅうみん》に対してだってなにもできないわ。しかし、連《れん》中《ちゅう》がほんとに敵意《てきい》にみちてる原住民《げんじゅうみん》なら、二度と会えないなんて、まったく残念《ざんねん》だな。」

「全員、船内にはいれ。」と、足の下から、キャプテン・フリントのどなり声がきこえた。「あしたは朝がはやいんだ。私《わたし》はもう眠《ねむ》い。」

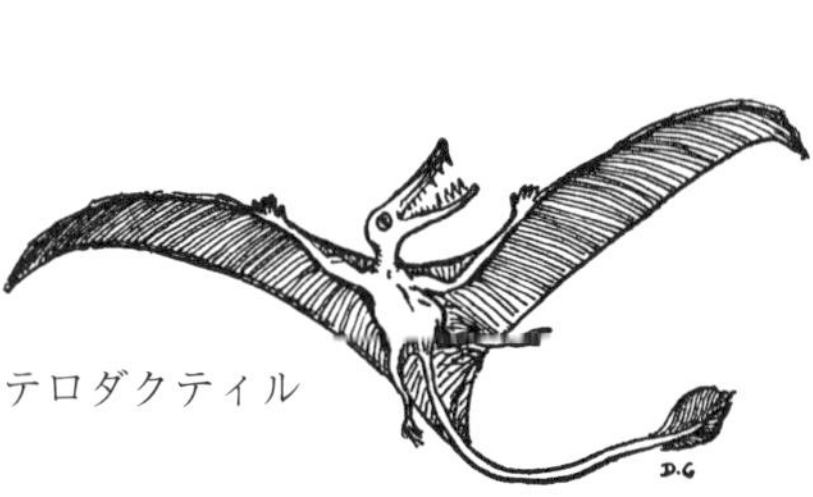

テロダクティル

8　あの船が、まだいる！

ディックは、乗組員《クルー》の誰《だれ》よりも早く、デッキに出た。見ると、もうキャプテン・フリントはあがってきていて、マストのそばに立ち、手の甲《こう》をなめては、それをあちこちにかざして、風の動きをさぐっていた。

「おはよう、ディック。いそいでいるんだな。」

「ええ、ちょっと。」と、ディックがいった。「あそこへつく前に、あの人がいなくなったら、残念《ざんねん》でたまりませんから。」

「誰《だれ》が？　ああ、あの鳥の研究家《けんきゅうか》ね。どうやら、あまりはやくは、あそこまで行けそうもないな。まったく運がわるくてな。ろうそくの焔《ほのお》を動かすほどの風もない。」

「ロジャを、起こしてきましょうか？」

「動力で行きつけるほど、タンクにガソリンがないんだ。」と、キャプテン・フリントがいった。

ディックはあたりを見まわした。早朝の光で見る小さな湾《わん》は、水車小屋の池のようだった。そして、外海には波がなく、のぼる朝日がなげかける きらめく光の筋《すじ》が、おだやかにうねってゆれていた。

「かなり、のぞみうすだよ。」と、キャプテン・フリントがいった。

ディックは新しいことを思いついた。

「出航《しゅっこう》できなかったら、もう一度あの鳥を見にいっても大丈夫《だいじょうぶ》ですか？」

「いや、だめだ。」と、キャプテン・フリントがいった。「そりゃまずい。船が出航《しゅっこう》する日は、上陸許可《じょうりくきょか》はしないんだよ。風が吹《ふ》きだしたら、君を収容《しゅうよう》するために、ほかの乗組員《クルー》を送り出さなくちゃならない。すると、こんどはその連中《れんちゅう》を収容《しゅうよう》するために、残《のこ》り全員を出すはめになるだろうな。……ふむ！」キャプテン・フリントは、もう一度手の甲《こう》をなめて、空中にかざした。「だめだな。上陸《じょうりく》しちゃいけない。ほんのちょっとだが、風の気配がするんだ。大丈夫《だいじょうぶ》、吹《ふ》いてくるよ。それに、出航《しゅっこう》する時には引《ひ》き潮《しお》にのれる。よし。下へいって、機関士《エンジニア》を掘《ほ》りだしてきてくれ。湾外《わんがい》に出れば、たぶん、すこしは風がある。」

ディックは「ロジャ！　エンジン！」と、さけびながら、大いそぎで階段《かいだん》をおりていった。

キャプテン・フリントは、時計を見てから、船尾《せんび》へ行き、「彼《かれ》らも、あとで足りない分は眠《ねむ》れるよ。」と、ひとりごとをいいながら、階段《かいだん》をおりた。

カン……カン……カン……カン……

船の鐘《かね》が鳴った。

「今、行く！」と、ロジャが金切り声をあげた。

「四点鐘《てんしょう》だ。」と、ジョンが目をこすりながらいった。「もっとはやく出航《しゅっこう》するんだと思ったけどな。」

寝棚《バンク》という寝棚《バンク》から、水夫《すいふ》たちがころがり出てきた。

「全員集合！」元気のよいさけび声が、デッキからきこえてきた。みんなが、どっと階《かい》段《だん》へおしかけた。

「でも、風がないじゃないの。」と、デッキへあがってきたナンシイがいった。

「さがしに行くんだ。」と、キャプテン・フリントがいった。「たった今、動きが感じられた。」

ロジャが困《こま》りきった顔で、機関室《エンジンルーム》からあがってきた。「タンクはほとんど空《から》です、船長《キャプテン》。おぼえてるでしょう？」

「あいにくとな。」と、キャプテン・フリントがいった。「しかし、湾外《わんがい》へ出たらすぐとめる。始動させたら、連動装置《れんどうそうち》は切っておいてくれ。」

「アイ・アイ・サー。」と、ロジャがいって、姿《すがた》を消した。

それからの五分間、みんなは船を進めるためのいつもの仕事に没頭《ぼっとう》した。帆結《ほむす》びが帆《ほ》からとりのけられた。

帆《ほ》をあげる用意がすっかりととのえられた。ジョンとナンシイはウィンチを動かしていた。チリン、カチッ、チリン、カチッ……と音を立てながら錨《いかり》の鎖《くさり》があがってきた。ペギイがマストのてっぺんに旗《はた》をあげると、旗《はた》はパタリともせずに、竹の旗竿《はたざお》からだらりとたれた。

「船は垂直《すいちょく》に上下しています、船長《キャプテン》。」と、ジョンが船首《せんしゅ》からのりだして見ながらいった。

最初《さいしょ》のチャッ、チャッという音がエンジンからきこえてきた。

「ディック、」と、ロジャがさけんだ。「排出口《はいしゅつこう》から水が出てるかどうか、見てくれ。」

ディックが身をのりだすと、青い煙《けむり》とほそい水が、うまくほとばしり出ていた。

「出てるよ。」と、ディックが大きな声でいった。

「エンジン準備《じゅんび》、終わりました。」と、ロジャがデッキにあがってきていった。

「アンカー(錨《いかり》)、海底《かいてい》をはなれました。」と、ジョンが大声でいった。

「微速前進《びそくぜんしん》。」と、キャプテン・フリントがいった。「舵《かじ》をたのむ、ナンシイ。舵中央《かじちゅうおう》を保《たも》ってくれ。私《わたし》は錨《いかり》をひきあげてくる。」

エンジンの音が変《か》わった。シロクマ号が動きだした。ドサッと音がして、錨《いかり》がくさびの間におさまった。

メンスルがゆれながらあがっていって、風がないのでだらりとさがった。ステースルも定位置《ていいち》まであがって、メンスルとおなじように、風を待ってたれさがった。

「それでいい。」と、キャプテン・フリントがいった。

「では、船体掃除湾《スクラバーズ・ベイ》よ、さらば。」と、ナンシイがいった。「私《わたし》、ここへ来て、とてもうれしかったわ。」

「おれはうれしくない。」と、キャプテン・フリントがいった。「港で掃除《そうじ》をすれば、同時にガソリンをタンクにつめられたんだ。」

「掃除組《そうじぐみ》は、ここのいちばんいいところを知りそこなったんだよ。」と、機関室《エンジンルーム》のハッチをあけたままにして操舵室《そうだしつ》で待っていたロジャがいった。

「あなたたちのゲール人のことね。」と、ナンシイが笑《わら》った。

「でも、あなただって、一人見たでしょ。」と、ティティがいったが、声の調子を変《か》えて、「今、一人いる。」と、つけくわえた。「一晩《ひとばん》じゅう、私《わたし》たちを見張《みは》ってたのかな。」

彼《かれ》らのほかにも、朝早く起きた人間がいた。シロクマ号がゆっくりと外海に向かって進んで行く時、灰色《はいいろ》のあごひげをたらした、背《せ》の高い男が、絶壁《ぜっぺき》の上に立っているのが見えた。

「あの人が、私《わたし》たちを追いかけてきたのよ。」と、ドロシアがいった。

ロジャがふりかえって、その男を見た。

「もう、つかまえられないよ。」と、ロジャがいった。「手をふってやろうじゃないか。」

シロクマ号の乗組員《クルー》たちは、元気よく手をふった。男はそれにこたえず、長い杖《つえ》に寄《よ》りかかって立ったまま、じっと彼《かれ》らを見ていた。

「なんて、がんこなおやじ。」と、ロジャがいった。

「がんこおやじは、ぴったりね。」と、ナンシイがいった。

「だろ？」と、ロジャがいった。「よかったら、使ってもいいよ。」

岬《みさき》をこえると、波のうねりを受けて、シロクマ号がしずかにもちあがった。これでひとまず、船体掃除湾《スクラバーズ・ベイ》をはなれた探検家《たんけんか》たちは、それっきりゲール人のことを忘《わす》れてしまった。

マストのてっぺんの小さな旗《はた》が、ゆっくりひろがった。メンスルが風をはらんだ。シロクマ号が帆走《はんそう》をはじめたのだ。しかし、風がまったくよわいので、メンシート(1)が引《ひ》き締《し》まらず、たるんで水につかってしまい、シロクマ号が横ゆれすると水をたらしながらあがってきて、ふいにピーンと張《は》りつめ、やがてまたゆるんで、水につかっていた。ジブは船首《せんしゅ》前に張《は》りだしてあり、トプスルもあがっていたが、船を進めているのは、やはりエンジンだった。

「北西の風が吹《ふ》きだしそうね。」と、ナンシイがいった。「岬《みさき》まで追い風だわ。」

「どのくらいでいける?」と、ディックがたずねた。

「もうすこし風が吹《ふ》かなくちゃ、来年の今ごろだね。」と、キャプテン・フリントがいった。「舵《かじ》をとりたい人は? ティティかい? ドロシアかい?」

ディックをのぞいた全員が笑《わら》った。巡航《じゅんこう》ちゅう、ティティは、自分も入れて年少の四人が、なぎの時だけしか、舵《かじ》をとらせてもらえないことに、たびたび不平《ふへい》をいっていたからだ。

「私《わたし》はけっこう。」と、ティティがいった。

「私《わたし》がとるわ。」ドロシアが、ちらっとディックを見ていった。

「サウ・イースト・バイ・イーストだよ。」(2)と、キャプテン・フリントがいった。「しかし、コンパスなんか見てなくていい。ヘッド岬《みさき》が見えるだろ。あれがいつも船首右舷《せんしゅうげん》に見えていれば、ぜったい狂《くる》いはない。エンジンはとめなくちゃならんだろうな。」キャプテン・フリントは機関室《エンジンルーム》のハッチのすぐ中側《なかがわ》にかけてある測量棒《そくりょうぼう》をとると、後部《アフター》デッキの下に隠《かく》れて見えない、ガソリンタンクの注入口のふたをはずし、棒《ぼう》をさしこんだ。

「どのくらい残《のこ》ってますか？」と、ロジャが肩《かた》ごしにふりかえってたずねた。

キャプテン・フリントは測量棒《そくりょうぼう》を見た。先端《せんたん》がほんのちょっとぬれているだけだった。

「エンジン、ニュートラルだ、ロジャ。とめてくれ。ほとんど空《から》っぽだ。残《のこ》りはあとにとっておかなくちゃならない。」

「ちえっ！」と、ロジャがいった。「ぜったい、あそこへは行けないぞ。」

ロジャは、するりと船内へはいっていった。エンジンがとまった。シロクマ号の速力が落ちた。ほとんど動いていない。ドロシアは、まだ舵《かじ》がきく程度《ていど》には船が動いていることを確《たし》かめようと、舵《かじ》をほんのすこし動かしてみた。

「なんでもないわよ。」と、ナンシイがいった。「海に出たんだし、いそいでるわけじゃないもの。」

「いや、いそいでいるんだ。」と、ディックがいった。

「そう、そう。あなたとテロダクティルのことを忘《わす》れてた。」と、ナンシイがいった。

「でも、きのう見た時、あの鳥の研究家《けんきゅうか》は、あそこへもどる途中《とちゅう》じゃなかったかもしれないわよ。」

キャプテン・フリントがパイプに火をつけて、マッチのもえさしを海にすてると、もえさしは、ゆっくり、ごく、ゆっくり、船尾《せんび》へ流れていった。「あそこへはいって掃除《そうじ》したために、一日どころか二日つぶれそうだ。」と、キャプテン・フリントがいった。「ガソリンさえいっぱいあれば、もう半分、道中はすんでるだろうにな。」

「あそこへはいらなかったら、ぼくはハシグロアビが見られなかったな。」と、ディックがいった。「……ほんとうにハシグロアビかどうか、まだわからないけど。」そういいながらも、キャプテン・フリント同様に、ディックも海中のマッチのもえさしに目をやり、つづいて、はるかかなたの海上につき出しているこぶのようなヘッド岬《みさき》に目をうつした。この速度では、あそこまで行くのに、長い時間がかかる。そして、あそこまで行っても、まだ港には遠い。

「とにかく、朝食は食べたほうがいいわね。」と、ペギイがいった。「スーザンはどこにいるの？」

するとと、船内のプライマス・ストーブがふいにゴウゴウ燃《も》えだして、それに答えた。みんなは、船室《キャビン》にはいって、ポリッジと缶詰《かんづめ》のイワシとお茶で朝食をとったが、例《れい》によって缶《かん》から出したコンデンスミルクが、お茶とポリッジを変《へん》な味にした。スーザンが紙切れになにか書きはじめた。

「へーえ。」と、キャプテン・フリントがいった。「君も小説《しょうせつ》を書きだしたのかい？」そして、デッキに残《のこ》ってほとんど動かない船の舵《かじ》をとっているドロシアのことを考えて、階《かい》段《だん》をちらと見あげた。

スーザンが紙切れをキャプテン・フリントに見せた。紙切れには「パン、牛乳《ぎゅうにゅう》」としか書いてなかった。「町へついたら、あなた方がガソリンを買っている間に、私《わたし》たちは新鮮《しんせん》な牛乳《ぎゅうにゅう》とパンが買えるでしょ。あしたの朝ごはんは、ずっとおいしくなります。」

「スーザン。」と、キャプテン・フリントがいった。「何度もくりかえしていうことだが、君は金《きん》みたいなもんだ。君の目方とおなじ重さの金《きん》ほども貴重《きちょう》な人だよ。」

「もう三日も生《なま》の牛乳《ぎゅうにゅう》が切れてますから。」と、スーザンがいった。

ディックは、いそいで食事をすますと、ドロシアとかわって、舵《かじ》をにぎった。手ごたえありと思えるほどの風が吹《ふ》かない間は、ほかの子どもたちは、誰《だれ》も真剣《しんけん》に舵《かじ》をとるとは思えなかった。港にはいっている鳥類研究家《ちょうるいけんきゅうか》が見つかるか、あるいは、どこか観《かん》察《さつ》すべき鳥のいるところめざして、すでに進行ちゅうのテロダクティル号に海上で出あうか――一分一秒の差《さ》でも、すっかり事情《じじょう》がちがってしまうのではないか、とディックは思った。

船首《せんしゅ》が、はじめて波を切るかすかな音を立てはじめた時、ディック以外《いがい》は、まだみんな船室《キャビン》のテーブルを囲《かこ》んでいた。

「帆走《はんそう》がはじまったわ。」と、ティティがいった。

キャプテン・フリントは、ちょうど口までもっていったコーヒーカップをテーブルにおいた。ナンシイは、もう階段《かいだん》をかけあがっていた。キャプテン・フリントもあとにつづいた。その瞬間《しゅんかん》、舵《かじ》とりは真剣《しんけん》な仕事になっていた。ディックは希望《きぼう》にみちて、両手で舵《かじ》をにぎりながら、いっしんにコンパスをにらみ、遠くの岬《みさき》を眺《なが》め、またコンパスをにらんでいた。

キャプテン・フリントが、コンパスをのぞきこんでいった。

「つづけてくれ。うまくやってるじゃないか。」

「どいてくれないか、ナンシイ。」と、ディックがいった。「真正面が見えない。」

「船室《キャビン》へひっこもう。」と、キャプテン・フリントがいった。「ここは教授《プロフェッサー》にまかせよう。われわれよりも、うまく風をとらえてくれてる。」

しかし、その風は、のぞみどおりには強まらなかった。どんどん弱まりつづけたかと思うと、また陸《りく》のほうからそよ風となって吹《ふ》いてきて、船尾《せんび》にさざ波を立て、帆《ほ》をふくらませて、ほんのちょっとの間シロクマ号を進め、みんなに希望《きぼう》をいだかせては、いっぱいくわせるのだった。

そして、もっとわるいことが、待ちうけていた。潮《しお》が変《か》わったのだ。はじめシロクマ号が海に出た時、潮《しお》は南に流れていたので、船足はひじょうにおそかったが、とにかく船をめあての方向に流してくれた。ディックはコンパスと遠くの岬《みさき》だけしか見ていなかったので、しばらくの間は、なにが起こったのか気がつかなかった。ところが突然《とつぜん》、船尾《せんび》をふりかえってみると、内陸《ないりく》の丘陵《きゅうりょう》を背景《はいけい》に、近くのがけが反対方向に動いているのがわかった。

「おーい。」と、ディックは大声でいった。「デッキへあがってきてくれないか。船が後もどりしてるようなんだ。」

そのとおりだった。そして、ディックも、みんなが船内からおどり出てこないうちに、すぐにそのわけを知った。

「ほんとうに後もどりしてるわけじゃない。」と、ディックはいった。「潮《しお》のせいなんだ。向きが変《か》わって、今までと反対に流れだしたにちがいない。」

「風が十分ないからだよ。」と、キャプテン・フリントがいった。「それだけのことさ。」

「ちゃんと動いてるわ。」と、船首《せんしゅ》がたえまなく立てるさざ波を見おろしながら、ティティがいった。

「うん。」と、キャプテン・フリントがいった。「しかし、船を押《お》しもどす潮《しお》の流れのほうがはやい。」

船が帆《ほ》を使って進んでいるのに、陸地《りくち》を見ると、じりじり後もどりしているのがわかる、というのは奇妙《きみょう》な感じだった。

「岸に近づいて、錨《いかり》をおろしたほうがいいんじゃないかな?」と、ナンシイがいった。

キャプテン・フリントはためらったが、それもほんの一瞬《いっしゅん》だった。そして、「いや。」と彼はいった。「ここ以外《いがい》のところなら、そうする。」といった。「しかし、ここはだめだ。がけの真下までふかいんだ。湾《わん》にはいった時の水深測定《すいしんそくてい》をおぼえてるだろ?　十分沖《おき》へ出たんだから、このままでいよう。現在《げんざい》の進路を維持《いじ》してくれ……サウ・イースト・バイ・イースト……潮《しお》があるから、進みはすまいが、たえず潮《しお》をしのぐことはできるだろう。」

「サウ・イースト・バイ・イーストです。」と、ディックがいった。

「うずの中の六時間ね。」と、ティティがいった。

「まあ、それほどひどいことはないがね。」と、キャプテン・フリントがいった。「それに風も強まるかもしれない……いや、だめかな。」船長《キャプテン》はきびしい顔つきであたりを見まわして、そうつけくわえた。

「とてもはやく、後もどりしてるよ。」と、ロジャがいった。

「船から出て、押《お》しなさいよ。」と、ナンシイがいった。「おいそぎでしたら。」

「ディックはそうしたい気持ちよ。」と、ドロシアがいった。「私《わたし》もだわ。」

シロクマ号は、ゆっくりと潮《しお》をのりこえているにもかかわらず、じりじりと後退《こうたい》をつづけていた。内陸《ないりく》の丘陵《きゅうりょう》が、北に動いているように見えた。まもなく、ずっとはなれてはいるが、船体掃除湾《スクラバーズ・ベイ》がのぞきこめるようになった。やがて湾《わん》への入口も見えなくなった。ただ、絶壁《ぜっぺき》のまわりにカモメの群《む》れがとびかっているので、入口のありかはわかった。子どもたちは、今、小さな丘《おか》を見あげていた。一千年かそれ以上《いじょう》も前の大むかしの人が、そのてっぺんにつくった住居《じゅうきょ》の入口から、海を眺《なが》め渡《わた》した丘《おか》だ。

「ぼくのピクト・ハウスのてっぺんに、誰《だれ》かがいる。」と、ロジャがいった。しかし、ほんとうにいたかどうか、その誰《だれ》かは、望遠鏡《ぼうえんきょう》を向けた時には、もう見えなかった。

潮《しお》は、なおも、ゆっくりと、シロクマ号を北に流しつづけた。風がもう一度強くなった時、子どもたちは、ちょうど、ロジャたちが探検《たんけん》した谷間を隠《かく》している長い尾根《おね》の北側《きたがわ》を見あげて、ドロシア命名の〈城《しろ》〉と小屋の群《む》れを眺《なが》めているところだった。

「おかしいわね。」と、ナンシイがいった。「あの家は、みんな尾根《おね》の片側《かたがわ》にあるわ。湾《わん》があるほうの谷は人がいなかったって、あなたたち言ったわね。」

「そうよ。」と、ティティがいった。「あとをつけられるまでは、誰《だれ》もいなかったわ。家は一軒《けん》もなかった。」

「たぶん、シカ猟用《りょうよう》森林だよ。」と、キャプテン・フリントがいった。

「シカをたくさん見たわ。」と、ティティがいった。

「でも、木は一本もなかった。」と、ロジャがいった。

「それでも、やはり、森林といわれてるんだ。」と、キャプテン・フリントがいった。

風が強くなりはじめ、船は、もう一度、ゆっくり南に進みだした。風がまた弱まり、風と潮《しお》にはさまれて、船がじっと動かなくなった。もう一度、風が強まり、また弱まった。

「まったく、仕方がないな。」と、キャプテン・フリントがいった。

「誰《だれ》が、仕方があってほしいのよ？」と、ナンシイがいった。「すてきな日じゃないの。」

「仕方があってほしい人が一人いる。」と、キャプテン・フリントがいって、ディックを見た。

「二人よ。」と、ドロシアがいった。

「三人よ。」と、ナンシイがいって、キャプテン・フリントを見て、にやっと笑《わら》った。

しかし、ガソリンの余裕《よゆう》がないので、さすがのディックにも、たとえ、このためにテロダクティル号に行って、鳥類研究家《ちょうるいけんきゅうか》に疑問《ぎもん》を解《と》いてもらうチャンスをのがすとしても、仕方がないことはわかっていた。

ほとんどの子どもたちは、すこしも気にしていなかった。本土へ渡《わた》るのがあと一日おくれるとすれば、航海《こうかい》が一日のびることになる。彼《かれ》らは海にいる。それだけで満足《まんぞく》だった。風が十分になければ、コロンブスだってなぎに苦しむのだ。六隻《せき》の漁船《ぎょせん》が潮《しお》にのって矢のように北に向かうのを、ちょっとはうらやんだかもしれない。しかし、青海原《あおうなばら》の上で、輝《かがや》く日の光をあびて、操舵室《そうだしつ》にすわったり、前部《フォア》デッキにすわったりしていれば、子どもたちは心から満足《まんぞく》できた。船体掃除湾《スクラバーズ・ベイ》という自然《しぜん》の停泊地《ていはくち》で、二晩《ふたばん》も停泊《ていはく》したことを残念《ざんねん》に思っているかといえば、みんな航海《こうかい》全体を通じて、きのうがいちばんすばらしい日だったと思っていた。ロジャまでが、そう考えていた。もっとも、ロジャは、よりによってきょう、風がないためにエンジンと機関士《エンジニア》が役に立つ、だいじなチャンスがやってきたちょうどその時、ガソリンタンクが空《から》に近くなっているのを残念《ざんねん》がっていた。

午前がすぎた。ロジャが正午の八点鐘《てんしょう》を鳴らした。

「コンビーフ。」と、スーザンがいった。「ちがった、ペミカン(3)よ。あたためないわよ。あつすぎてお料理《りょうり》できないから。」

「くだものの缶詰《かんづめ》も、まだたくさんあるわ。」と、ペギイがいった。

全員が、デッキでおひるだった。……食器《しょっき》を洗《あら》っている間に、風が強くなった。

「もう手おくれだな。」と、キャプテン・フリントがいった。

しかし、二時ごろになると、みんな、船がほんとうに進んでいることを感じはじめ、やがて潮《しお》の流れが今までと逆《ぎゃく》に、船の方向に一致《いっち》すると、誰《だれ》もが舵《かじ》をにぎりたがった。そして、その間にも、はるかかなたにこぶのように青くかすんでいたヘッド岬《みさき》が大きく見えはじめ、島と見えていたのが、あちこちに小さな緑の野原のある灰色《はいいろ》の岩の岬《みさき》に変《か》わった。

「手おくれだよ。」と、キャプテン・フリントがいった。「あそこをまわると、港までずっと向かい風になるんだ。ぎりぎりの瞬間《しゅんかん》までは、ロジャに仕事をさせられないしな。タッキングで入港しなくちゃなるまい。潮《しお》はたすけてくれるが、店がしまる前につけたら、めっけものだよ。大丈夫《だいじょうぶ》だ、スーザン。今晩《こんばん》は本土へは渡《わた》らない。みんなゆっくり眠《ねむ》って、あしたの朝出航《しゅっこう》だ。」

「うまい。」と、ナンシイがいった。

「なにがうまいもんか。」と、キャプテン・フリントがいった。

「とにかく、あの人は、きょう、出港しなかったよ。」と、ディックがいった。「それがわかるところまで、ぼくらが近づく前のことは、わからないけど。」

「すばらしいタッキングで入港できるぞ。」と、ジョンがいった。

ヘッド岬《みさき》に近づいた時がお茶の時間だった。シロクマ号は、まわりの岩をよけるために、岬《みさき》から半キロのところを通過《つうか》すると、帆《ほ》をぐるりとまわして、シート(4)をたぐりこみ、風上に向かった。たちまち、風が今までの二倍ほどに感じられた。きょう一日、シロクマ号はまるで水車小屋の池を進むように、おだやかに航海《こうかい》してきた。それが、今度は傾《かたむ》いた。たいしたことはなかったが、だしぬけで、操舵室《そうだしつ》の床《ゆか》にあったロジャのマグがすべっていき、残《のこ》った一口分のお菓子《かし》を腹《はら》の中にながしこもうと、ロジャがだいじにとっておいた残《のこ》りのお茶が、こぼれるほどに傾《かたむ》いた。マストのてっぺんの小旗《こばた》が、楽しげにはためいた。

シロクマ号の船首《せんしゅ》は、もう、しずかに水を切って進んでいるのではなく、うず巻《ま》くあわをけたてて突進《とっしん》していた。それはまるで、ぎりぎりの瞬間《しゅんかん》になって、シロクマ号が実力をみせたという感じだった。船はせまい水道の中を右に左にタッキングして進んだ。岬《みさき》の突《とっ》端《たん》の灯台《とうだい》が、船尾《せんび》になった。港の外側《そとがわ》の岩にある、もう一つの灯台《とうだい》が近づいてきた。右、左、右、左。もう家々や、桟橋《さんばし》にならぶ漁船《ぎょせん》のマストの林が見えた。

「私《わたし》たちが二度入港するのは、この港だけよ。」と、ティティがいった。

「あの船が、この前のところに停泊《ていはく》してるかどうか。」と、ディックがいった。「ちゃんと入港するまでは、いるかどうかわからないよ。」

シロクマ号は、港の入口のすぐそばまできていた。船首《せんしゅ》が高くて、ずんぐりしたマストと操舵室《そうだしつ》をそなえた一隻《せき》の漁船《ぎょせん》が出てくるところだった。漁船《ぎょせん》はシロクマ号のために、ちょっと進路を変《か》えて、その船尾《せんび》を通過《つうか》した。みんながお礼のしるしに手をふると、漁船《ぎょせん》の操舵室《そうだしつ》のとびらから、大きな手が一つ出てそれにこたえた。

「テロダクティル号より、礼儀《れいぎ》正《ただ》しいわ。」と、ナンシイがいった。

「あの時は、鳥類学者《ちょうるいがくしゃ》が操縦《そうじゅう》してたんじゃないんだよ、きっと。」と、ディックがいった。

それから、また風が弱くなった。ちょうどその時、シロクマ号は、新しく掃除《そうじ》してもらうと、どんな力が出せるかを、みんなに見せて、ほとんど港の入口にはいっていた。

「ロジャ、エンジンを動かしてくれ。」と、キャプテン・フリントがいった。「船がたくさんいるかもしれないし、風は吹《ふ》かなくなってる。降帆用意《こうはんようい》。ここまでくれば、もう残《のこ》ったガソリンではいれる。」

帆《ほ》がおろされ、シロクマ号はエンジンの音を立てながら防波堤《ぼうはてい》の間を進んでいった。ジョンはジブをおろしてから、縄《なわ》ばしごをかけのぼって横木《クロスツリー》まであがった。ディックが心配そうに見ていた。ジョンは操舵室《そうだしつ》を見おろして、うなずいてみせ、デッキからは見えないなにかを指さした。

「あの人がいる。」と、ディックがさけんだ。「ああ、よかった。」そして、アビの絵が描《か》いてある手帳がはいっているポケットに、あわてて片手《かたて》をつっこんだ。

「船尾《せんび》から、汽船。」と、ジョンがさけんだ。

みんながふりかえった。かなたの水平線上に一筋《すじ》の煙《けむり》と黒い点が見えた。

「ちょっとついてるぞ。」と、キャプテン・フリントがいった。「あれは郵便船《ゆうびんせん》だろう。

ちょうど手紙を書くだけの時間がある。あれのほうがわれわれよりずっとはやく本土につく。とにかく途中《とちゅう》の郵便局《ゆうびんきょく》をいくつか抜《ぬ》かすことはできる。さあ、ナンシイとジョンは前部《フォア》デッキへいってくれ。投錨用意《とうびょうようい》。」

シロクマ号は防波堤《ぼうはてい》の突端《とったん》を通過《つうか》して、港にはいった。

「鳥の船、あそこにいるわ。」と、ドロシアがさけび声をあげた。「結局《けっきょく》、まにあったのね。」

「あの近くに船をつけよう。」と、キャプテン・フリントがいった。「埠頭《ふとう》からあまりはなれていないからな。前部《フォア》デッキ、錨《いかり》の用意はいいか?」

「アイ・アイ・サー。」

エンジンの音がとぎれたかと思うと、またきこえ、それからまたとぎれた。

「ほんとに、ぎりぎりしか残《のこ》っていなかったな。」キャプテン・フリントが、びっくりしている機関士《エンジニア》の目を見ながらつぶやいた。「タンクが空《から》になったんだ。運がよかったよ。あと一分はやく動かしてもだめだった。もう、大丈夫《だいじょうぶ》。エンジンをとめてくれ。」

エンジンがせきをしてとまった。シロクマ号は、みんなが〈ディックの船〉とよんでいる白い大型《おおがた》のモーターヨットのほうに、音もなく進んだ。

シロクマ号は、向きを変《か》えて、モーターヨットから四十メートルほどはなれた。

「投錨《とうびょう》！」

バシャッという水しぶきの音がして、鎖《くさり》がガラガラと鳴った。キャプテン・フリントは舵《かじ》をしばって固定《こてい》してから、前部《フォア》デッキへ行った。「さあ、みんな、帆《ほ》をたたみこめ！ここの魚とりたちに、こっちの腕《うで》を見せてやろうじゃないか。大丈夫《だいじょうぶ》だ、ディック。デッキを片《かた》づけて、万事《ばんじ》整理がついたら、すぐに君のためにボートを出してやるよ。」

全員が協力《きょうりょく》してはたらき、誰《だれ》もが自分の仕事を心得《こころえ》ていたので、ほんの数分で、前部《フォア》の帆《ほ》が巻《ま》きおさめられ、メンスルには帆結《ほむす》びがかけられ、ロープも巻《ま》きおさめられて、シロクマ号は入港ちゅうの船のお手本のようになった。ディックは、手帳を手に持って待っていたが、ジョンとナンシイとキャプテン・フリントの三人がボートを水に浮《う》かべていた。ディックは、向こうにいるモーターヨットを見て、ふいに鳥類研究家《ちょうるいけんきゅうか》が船にいないのではないかというおそれにとりつかれた。

「さあ、ディック。」と、キャプテン・フリントがいった。「ジョンに漕《こ》いでいってもらうほうがいい。あまり時間をとらないようにな。私《わたし》は、乗組員《クルー》が一人もおぼれなかったから、またがまんして会ってくれるように知らせる手紙を、君たちのご両親《りょうしん》に書く。へこたれないようにあらかじめ注意しておくのさ。それがすんだら、ジョンといっしょにガソリンを買いに上陸《じょうりく》して、郵便船《ゆうびんせん》に手紙を渡《わた》して、それから、マックに電報《でんぽう》を打って、船がまだ浮《う》かんでいることと、あしたは連《つ》れてかえることを知らせる。」

「船体を掃除《そうじ》したことは、知らせないでね。」と、ペギイがいった。

「ああ。」と、キャプテン・フリントがいった。「それを知ったら、やっこさん、大よろこびするだろうな。きょうなんか、走れるかどうかわからないような風でも、吹《ふ》いていればかならず、魔女《まじょ》のように走っていたじゃないか。」

「これからなにがはじまるんだい?」と、エンジンを寝《ね》かしつけてデッキにあがってきたロジャが、ぼろきれで手を拭《ふ》きながらたずねた。

「ディックが鳥の研究家《けんきゅうか》のところへ、大ウミガラスのことをききにいくのよ。」

「ハシグロアビだよ。」と、ディックは大まじめにいったが、ナンシイがくすくす笑《わら》っているのを見て、びっくりしてしまった。
（1）メンシート――メンスル（主帆《しゅはん》）を制御《せいぎょ》するのに使うロープで、帆《ほ》の下すみについている。
（2）サウ・イースト・バイ・イースト――コンパスの目盛《めも》りの一つ。南東微東《なんとうびとう》。
（3）ペミカン――牛肉をかわかして、果実《かじつ》や脂肪《しぼう》とつきまぜ、パンのように固《かた》めたもの。子どもたちはコンビーフのことをペミカンといっている。
（4）シート――帆《ほ》を制御《せいぎょ》するためのロープ。

9　くいちがう目的《もくてき》

「テロダクティル、アホイ！」

　ジョンは、日光を受けて白く輝《かがや》く、モーターヨットの船腹《せんぷく》のかたわらに、ぴたりとボートをとめた。四メートルばかり前にはしごがあり、はしごの両側《りょうがわ》の船べりにはフェンダー(1)がおいてあった。

　青いメリヤスのセーターの胸《むね》に、「テロダクティル」と赤い文字を入れた一人の水夫《すいふ》が、船べりへやってきて、ボートを見おろした。

「あの人に用事をいえよ。」と、ジョンがいった。

「船主《せんしゅ》にお会いできますか？」と、ディックがたずねた。「鳥のことで話があるんですけど。」

「ニュースを持ってきたのかね？」と、水夫《すいふ》がたずねた。「なんだい？　ノスリかい？　それとも、ほかのタカかい？　会うかどうかきいてみる。」

「ぼくによくわからない鳥のことだけです。」と、ディックがいった。

「ご主人はいそがしいんだ。」と、水夫《すいふ》がいった。「しかし、まあ、うかがってみよう。」

「なんだい、あのノスリとかタカのニュースって？」水夫《すいふ》が甲板室《デッキハウス》に消えた時、ジョンがいった。

「あの人が、何羽《なんわ》か観察《かんさつ》してるんじゃないかな。」と、ディックがいった。「そして、ひながかえったら写真をとろうとして、待ってるんだよ。」

「あがってきていいぞ。」水夫《すいふ》はもどってくると、デッキからボートを見おろしていった。

「しかし、四、五分しかお会いしないそうだよ。」

ジョンが、船腹《せんぷく》にたれさがっているフェンダーのそばまで、ボートをうまく寄《よ》せた。ディックがはしごをのぼった。

「二人とも、来るんじゃないのかい？」と、水夫《すいふ》がたずねた。

「ぼくはここで待ってます。」と、ジョンがいった。モーターで動く船には全然興味《ぜんぜんきょうみ》がなかったし、鳥の仕事は、ディック一人のほうがずっとうまくやれると考えたからだ。

「こっちだ。」と、水夫《すいふ》はいって、ディックを甲板室《デッキハウス》の中に案内《あんない》した。甲板室《デッキハウス》には誰《だれ》もいなかった。「ここをおりるんだ。」と、水夫《すいふ》がいった。ディックは、たった今とりだしてもどしたばかりなのに、もう一度、手帳がすぐに出せるかどうか、ポケットの中をさぐりながら、階段《かいだん》をおりて船室《キャビン》にはいっていった。

船室《キャビン》はまばゆいばかりに明るく、古い水先案内船《みずさきあんないせん》の船室《キャビン》にくらべると、とても大きく思われた。ディックがいちばんはじめに気づいたのは、壁《かべ》という壁《かべ》に、鳥の絵がかけてあることだった。もちろん、それは、将来《しょうらい》ディックが有名な禁猟区域《きんりょうくいき》全部をまわれるような自分の船を持つ時には、ぜひともそなえたいと思っているものだった。つぎに気づいたのは、舷側《げんそく》に一列にあけてあるまるい窓《まど》から日光がさしこんでいるのに、船室《キャビン》の向こう端《はし》にあるテーブルの上のほうに、強力な電灯《でんとう》がつけてあることだった。その電灯《でんとう》に照《て》らされて、一人の男のうすくなった赤っぽい髪《かみ》の毛《け》が見えた。それがほかならない鳥類研究家《ちょうるいけんきゅうか》で、テーブルに向かっていっしんになにかしていた。電灯《でんとう》は頭のすぐ上にあった。うすくなった髪《かみ》の毛《け》の間から、頭の白い皮膚《ひふ》が、ピカピカ光って見えた。研究家《けんきゅうか》は、大きな本になにかを書いていた。ディックはだまって、仕事の終わるのを待った。研究家《けんきゅうか》が顔をあげた。彼《かれ》は、ディックとおなじようなめがねをかけていたが、目にはかしこそうな色がたたえられ、鼻はほそくて長く、くちびるがうすくて、一文字に結《むす》ばれていた。

「君は、誰《だれ》だね?」と、研究家《けんきゅうか》がたずねた。

テロダクティル号の船室で

「ディック・カラムと申します。」

「君は常連《じょうれん》の一人じゃなかったね？」と、研究家《けんきゅうか》がいった。「かまわないよ。はじめるのに早すぎるってことはない。なにを見つけたんだね？」

ディックは、手帳を出そうとした。手帳がポケットの中でつっかえた。

「どうした？」と、研究家《けんきゅうか》がいった。

手帳は、ふいにポケットから抜《ぬ》けでて、床《ゆか》に落ちた。ディックは、それをひろいあげてスケッチした絵を見てもらおうと前に進みでた。ディックのためにいそがしいところをじゃまされた研究家《けんきゅうか》は、ディックを待たずに、また仕事をはじめていた。片手《かたて》にたまごを持ち、片手《かたて》に測微《そくび》キャリパスを持って、たまごの大きさをはかっているのだった。

「おたずねしたいんですが……あなたでしたら、これがなんだか、すぐおわかりになると思いますけど……」ディックは、はっとして話をやめた。研究家《けんきゅうか》がはかっているたまごのかたわらに、長い受け台があって、そこにたくさんのたまごがあるのが、ディックの正面に見えたのだ。たまごは全部おなじ種類《しゅるい》だった。

「あの……あの……あなたはたまごの収集家《しゅうしゅうか》じゃないですよね？」

ディックの言葉が、船主《せんしゅ》をこの上なくよろこばせたことが、すぐにわかった。研究家《けんきゅうか》は、はかっていたたまごを、受け台のたまごといっしょにして、測微《そくび》キャリパスを指でもてあそびながら、ディックに向かってほほえんでみせた。

「君は、ジマリング・コレクションの名をきいたことがあるだろう。」と、彼《かれ》は、まるでセントポール寺院のことでも話すような調子でいった。「うむ、私《わたし》がそのジマリングさ。私《わたし》は、個人《こじん》としてはイギリス最大《さいだい》……いや、たぶん世界最大《さいだい》のコレクションを持っているんだよ。もちろん、イギリスの鳥のたまごにかぎっている。外国の鳥のたまごを、これくらいあつめることは、これは一個人《いちこじん》の一生では手にあまる……」

ディックは、ぽかんと口をあけてしまった。こんなことは、それこそ夢《ゆめ》にも思わなかったことだった。ディックは、オオバンクラブ(2)の友だちと、彼《かれ》らの鳥をまもる長い努力《どりょく》のことを考えた。たまごをとって収集家《しゅうしゅうか》に売っていたジョージ・オードンとのたたかいを思い出した。ああ、この男も、あのジョージ・オードンと変《か》わりなかったのだ。この男のほうがおとなだからもっと悪質《あくしつ》なだけだ。ディックは今までこの男を、正体も知らずに英雄《えいゆう》にしたてていた。鳥類《ちょうるい》の研究家《けんきゅうか》だなんて！　この上ない鳥の敵《てき》じゃないか。

ジマリング氏《し》は声を立てて笑《わら》った。ディックのぞっとしたようすを、感心しきったものとかんちがいして、話しつづけた。

「そうなんだ。私《わたし》はイギリスの島々で巣《す》をつくることが知られているあらゆる鳥と、かつては巣《す》をつくったが、今はつくっていない、いくつかの鳥のたまごをあつめた。」

「ここに？」と、ディックはどもるようにいって、船室《キャビン》の壁《かべ》の絵の下にずらりとならんでいる戸棚《とだな》を見まわした。

ジマリング氏《し》は、また笑《わら》った。「私《わたし》のコレクションくらいになると、こんなところではおさまらないよ。」ジマリング氏《し》はそういって、いすから立ちあがると、ディックの肩《かた》に手をかけ、本箱のところまで連《つ》れていった。

「これを見てごらん。」と、ジマリング氏《し》はいって、濃《こ》い赤色の革《かわ》でとじてある大きなぶあつい本を指さした。本の背表紙《せびょうし》には、金文字で「ジマリング・コレクション　予備《よび》カタログ」と書いてあった。

「予備《よび》というところに注意してくれたまえ。」と、ジマリング氏《し》がいった。

「あのたまごはみんな……」と、ディックは口ごもって、テーブルをふりかえった。

「こんどの航海《こうかい》ちゅうに、私《わたし》が研究しているたまごの、ほんの一部だよ。大きさをはかって、平均《へいきん》と最大最小《さいだいさいしょう》を出す。たまごの大きさは、君なんか考えられないほど、さまざまなものなんだよ。私《わたし》は金ワシのたまごを十八あつめた。これほどのコレクションはほかにはない。そして、そのどれをとっても、ぴったりおなじものはないんだ。」

ディックは、船室《キャビン》からデッキに通じる階段《かいだん》を、ちらりと見あげた。二度とふたたび、このテロダクティル号を、将来《しょうらい》ドットといっしょに持つような船と考えることはできないだろう。ディックは、この船に来てしまったことがくやしいような気持ちだった。目はまたテーブルに、テーブルの上のあの長いたまごの受け台に、そしてツノメドリのものらしいたまごにひきつけられた。すると、きらきらした目とこっけいなくちばしをしたツノメドリの姿《すがた》が頭の中にありありと浮《う》かんできた。考えるだけでもおそろしかった。それに、金ワシのたまごが十八ある。中が空《から》で生命のない、レッテルのついた十八のたまごは、あの高貴《こうき》な鳥十八羽《わ》のかわりなのだ。

「君も、たまごの収集家《しゅうしゅうか》なのかな？」と、ジマリング氏《し》がやさしくたずねた。

「いいえ。」と、ディックがいった。

「それじゃ、私《わたし》に、なにを知らせにきたのかね？」

ディックはためらったが、それもほんの一瞬《いっしゅん》だけだった。ディックは、なによりもまず、科学者だった。知らなければならないのだ。テロダクティル号の船主《せんしゅ》がたまご収集家《しゅうしゅうか》だと思うと、ぞっとする。しかし、船室《キャビン》の壁《かべ》をうずめているあの絵を見ただけで、この船の持ち主があの鳥についての疑問《ぎもん》を解決《かいけつ》できる第一人者であることがわかった。二十四時間、質問《しつもん》しようと待っていたのだ。質問《しつもん》したって、わるいことが起こるとは思えない。あの鳥たちはずっとはなれたところにいるのだし、観察《かんさつ》した場所などいわなくてもよいのだ、手帳の絵を見せさえすればよい。

「これなんです。」と、ディックはいった。「これがぼくの見た鳥です。この名前を確《たし》かめたいんです。これはアビ類《るい》です。それはわかってるんですけど、……これはそのスケッチです……頭部のスケッチです……」ディックは手帳をひらいて、ジマリング氏《し》が見えるようにさしだした。そして、「ずいぶんはなれたところにいました。ぼく、望遠鏡《ぼうえんきょう》で見たんです。」と、つけくわえた。

ジマリング氏《し》はディックの絵を見た。そして、「ハシグロアビだ。」と、すぐにいった。

「ぼくも、そう思いました。」と、ディックがいった。「でも、ぼくの本にある絵は小さいもんですから。」

「私《わたし》は、絵よりももっとよい教え方ができる。」と、ジマリング氏《し》はいって、テーブルの端《はし》の押《お》しボタンを押《お》した。船内のどこかでベルが鳴ったかと思うと、セーターの胸《むね》にテロダクティルと名前を入れている水夫《すいふ》がドアをあけてはいってきた。

「ハシグロアビ。」と、ジマリング氏《し》がいうと、水夫《すいふ》は船首《せんしゅ》のほうへひきかえしていった。

「そうなんだよ。」と、ジマリング氏《し》がいった。「私《わたし》は絵よりももっとよい教え方ができる。ハシグロアビは、この船内に三羽《わ》そろえてあってね。一羽《わ》はじつにりっぱな標本《ひょうほん》だよ。」

さっきの水夫《すいふ》が、また船室《キャビン》にはいってくると、ジマリング氏《し》に、大きな鳥のはく製《せい》を渡《わた》した。それは風船を羽毛《うもう》で覆《おお》って、空気を抜《ぬ》いたもののように見えた。これほど生命の感じられないものはなかった。ディックは、自分の見た生きているハシグロアビが、湖で泳いだり、もぐって魚をとったりしていたのを思い出して、はく製《せい》を見るのがいやだった。ところが、ジマリング氏《し》は、はく製《せい》をテーブルの上に横たえると、ディックに見せるために、その首をまげた。

「君が描《か》いた二か所の白い模様《もよう》がこれだよ。君の絵はよく描《か》けている。思いちがいがないように描《か》けているからね。遠いのかね？　もっと早く知らせてくれれば、よかったんだがなあ。私《わたし》は、あす、グラスゴーに向かって出航《しゅっこう》してしまうんだ。そうとも。これはハシグロアビだよ。間違《まちが》いない。うろうろしているはぐれ鳥がかならずいるものなんだ。このの絵が描《か》けたくらいなら、きっとじっくり観察《かんさつ》できたんだろうな。なぜ疑問《ぎもん》に思ったの？」

「ハシグロアビはアイスランドより南には巣《す》をつくらない、と思ったからです。」と、ディックがいった。「家にある大きな本に、そう書いてあるんです。」

「そのとおりだよ。」と、ジマリング氏《し》がいった。「だから、ここではぜったいにつがいが見られない。渡《わた》りの途中《とちゅう》でまごまごしてる鳥だけしか見られない。」

「でも、ぼくは二羽《わ》見たんです。」と、ディックがいった。「そして、その二羽《わ》は巣《す》をつくっていました。今ちょうど、小さい本しか持っていないんです。そして、それには、『外国で巣《す》をつくる』と書いてあります。だからぼくは、あれがハシグロアビのはずがないと考えたのです。」

「な、なんだって?」と、ジマリング氏《し》がだしぬけにさけんだ。

ジマリング氏《し》の態度《たいど》は、すっかり変《か》わっていた。彼は、今まで、たずねてきた少年に自分のことをひけらかしている、えらい人だった。それがもう、えらい人ではなくなってしまい、ディックをまじまじと見て、いすに腰《こし》をおろし、腰《こし》を浮《う》かしかけて、また腰《こし》かけた。テーブルの上においた片方《かたほう》のてのひらを、ひっきりなしに結《むす》んだりひらいたりしている。

「まさか、私《わたし》のききちがえじゃないだろうね?」と、ジマリング氏《し》はたずねた。「君は、ひとつがいのハシグロアビが巣《す》についているのを見たんだね? もう一度、君の描《か》いた絵を見せてくれたまえ。」

ディックは絵のところをひらいて、手帳をさしだした。

「もう一羽《わ》のほうは、オオハムだね。」と、ジマリング氏《し》がいった。「この絵は、鳥を見て描《か》いたの、それとも、本からうつしたの？」

「ハシグロアビは、見ながら描《か》きました。」と、ディックがいった。

「ハシグロアビのたまごはどうした？」と、ジマリング氏《し》が、ふいにいった。

「じっさいにたまごを見たわけじゃありません。」と、ディックがいった。「距離《きょり》がありすぎて、見えませんでした。でも、巣《す》があることは確《たし》かだと思います。一羽《わ》のほうが、岸《きし》辺《べ》の、水のすぐそばに、うずくまっていましたから。」

「それは、本土上《ほんどじょう》かね、それとも、島かね？」

「島です。」

「海上の島？」

「いいえ。湖の島です。」

「ありえないことだ。しかし……さ、話をつづけてくれたまえ。ハシグロアビが巣《す》についてると、考えたわけは？」

「一羽《わ》が島の岸辺《きしべ》にうずくまっていて、もう一羽《わ》が、魚をとっていましたから。はじめ、魚をとっているほうを見たんです。それから、もう一羽《わ》がすわってたところから動いたので……」

「どんな動き方をした？」

「ぼくは、はじめ、けがをしてるなと思いました。その鳥はよく歩けなかったんです。つばさを使って歩いているみたいに見えたなあ……」

「そうなんだ、そうなんだ。」と、ジマリング氏《し》がいった。「それから？」

「それから、たおれるみたいに水におりました。そして、ちょっとたってから、一羽《わ》がもどってきて、苦労《くろう》して水からあがり、前ときっかりおなじところへすわりました。その鳥が、前にそこにすわってた鳥のほうか、はじめに泳いでるのを見たほうか、そこのところはわかりません。」

「観察《かんさつ》していた時間は？」

「時計を見ませんでした。」と、ディックがいった。

「一時間くらい？」

「いいえ。もっとずっと長かったです。」

「それで、すわっていた鳥は、その間動かなかった？」

「ええ。一度水にはいっただけです。」

「その鳥は、どこにいる？　いっしょに行ってみよう、すぐに……」

「でも……でも……」ディックは、ふいに、質問《しつもん》などしなければよかったという気持ちになった。そこで、手帳をとって、「教えてくださって、どうもありがとうございました。」といった。「ぼくは、今までずっと、ハシグロアビを見たいと思っていたんです。そして、それが見られたんですが、巣《す》についているので、ありえないことだと思ってしまったのです。」

「たしかに、ありえないことだ……しかし私《わたし》には、どうも、ほんとうのように思えるんだ。」ジマリング氏《し》は、目を輝《かがや》かしている。「ありえざることとゆえ、われ信《しん》ず。ありえないことだから、私《わたし》は、君のいうことを信《しん》じる。さあ、一分だっておしい。すぐにそこへ行こうじゃないか。」

「しかし……」ディックは、ますます、テロダクティル号へ来なければよかったと思った。

「君、証明《しょうめい》することが、もっともだいじなんだよ。」と、ジマリング氏《し》がいった。「そして、それは、たまごがなくては、できないんだ。」

「でも、まさか、あのたまごをとってしまうのじゃないでしょうね？」と、ディックは、思わず大きな声をだした。

「はじめて、この国で発見された、ハシグロアビのたまご！　えっ、君、わからないかね？　類《るい》がないんだ。全然類《ぜんぜんるい》がないんだよ。おかげで、今までに書かれた本は、時代おくれになってしまうんだ……ウィザビイ、カワード、モリス、エバンズ……なんてものがみんな、ジマリング・コレクションによって説破《せっぱ》されてしまうんだ……私《わたし》は、たまごを手に入れ、じっさいに巣《す》をつくった場所も正確《せいかく》にうつしとる……鳥そのものも、証人《しょうにん》の目の前で撃《う》ち落《お》とそう。私《わたし》は、君をその証人《しょうにん》にして、歴史上《れきしじょう》に君の名をとどめさせてあげよう。証明《しょうめい》、証明《しょうめい》、証明《しょうめい》。万事《ばんじ》はそれできまる。信《しん》じられないようなことは、疑《うたが》いの余地《よち》がないように証明《しょうめい》しなければならないんだ……」

「しかし、たまごをとって、鳥を殺《ころ》してしまったら、それっきり、この国では、あの鳥が巣《す》をつくらないじゃありませんか。」

「だいじなのは、ハシグロアビが、ここで巣《す》をつくったという新しい科学的《かがくてき》事実なんだ。古いことわざにもあるじゃないか、『あたったものは歴史《れきし》になり、はずれたものはなぞになる』って。一度だけ証明《しょうめい》すれば、それでいいんだよ……ジマリング・コレクションが証《しょう》明《めい》すれば。」

「写真では、証明《しょうめい》できませんか?」と、ディックがいった。

「もちろん、できる。」と、ジマリング氏《し》がいった。「その鳥がたまごをあたためている写真なら、それですっかり、問題は解決《かいけつ》する……そうだ。写真をとって、巣《す》の実物も手に入れて見本にしよう。たまごも鳥も実物を手に入れよう。これから何十年後に、どんなおせっかいが出てきても、疑《ぎ》問《もん》をさしはさむ余《よ》地《ち》がないようにしておこう。」

ディックは立ったまま、体の重みをかける足をかえた。もう疑《ぎ》問《もん》は片《かた》づいた。あとは、できるだけはやく、テロダクティル号から立ち去ることだけを考えなくちゃ。

「ぼく、もうかえらなくちゃなりません。」と、ディックはいった。「ボートを使うので、できるだけはやくもどるように、いわれています。」

「君は、ここに住んでいるのじゃないの?」と、ジマリング氏《し》がたずねた。

「ちがいます。」と、ディックは、話題が変《か》わったのをうれしく思いながらいった。「いま航海《こうかい》ちゅうなんです。あしたは船をかえすために本土へ渡《わた》ります。」

ジマリング氏《し》は舷窓《げんそう》まで行って、港を眺《なが》めまわした。

「あの帆船《はんせん》かね、君の船は？」

「ええ、そうです。」と、ディックがいった。

「前に見たことがある。おととい、海上ですれちがったんだな……それで、君があの鳥を見たのは、いつだった？」

「きのうです。」と、ディックは、ついそういってしまい、あわててつけくわえた。「あの鳥の名前を教えていただいて、どうもありがとうございました。ぼく、もう失礼《しつれい》します。」

しかし、すでに、ディックはしゃべりすぎていた。ジマリング氏《し》は、船室《キャビン》の階段《かいだん》をふさいで立った。

「鳥のところまで、遠いはずはない。」と、ジマリング氏《し》がいった。「私《わたし》の船は十五ノット出る。君がその場所を教えてくれたら、すぐにそこまで行ってもどってこられますよ。それとも、この船に滞在《たいざい》したらどう？　私《わたし》は、あす、グラスゴーまで行くつもりにしていたんだが、こんなすばらしい発見があっては、どんな予定も変更《へんこう》だ。君、テロダクティル号にとまりなさい。そして、仕事が片《かた》づいたら、私《わたし》が、グラスゴーまで連《つ》れていってあげよう。どんな帆船《はんせん》にも負けないほどはやく、あそこまで行けるからね。」

「いいえ、けっこうです。」と、ディックがいった。「あの鳥のことを教えてくださって、どうもありがとうございました。ぼく、もう、失礼《しつれい》します。」

「まあ、まあ、待ちなさい、待ちなさい。」と、ジマリング氏《し》はいって、ポケットの中をさぐりはじめた。ディックは、そのわきをすりぬけて階段《かいだん》に向かった。ジマリング氏《し》が、ディックをつかまえた。「まあ、まあ、あわてなさんな。こういうことに、なんの報酬《ほうしゅう》もあげないってんじゃない。君は、常連《じょうれん》じゃないから知らないんだ。私《わたし》はね、いちばん新しい金ワシのたまごのことを教えてくれた少年に、十シリング(3)渡《わた》した。ほら、君には一ポンド(4)あげよう。」

「いいえ、けっこうです。」と、ディックはみじめな気持ちでいった。「ほんとうにもう失礼《しつれい》します。みんなが待っていますから。」ディックは、階段《かいだん》をかけあがり、甲板室《デッキハウス》からデッキへ出た。

「ジョン！」と、ディックが大声でよんだ。

ジマリング氏《し》がすぐうしろまで追ってきて、船べりから見て、ボートのジョンに気づいた。

「君のにいさん？」と、ジマリング氏《し》はいって、すぐにジョンに向かって、うれしそうに話しかけた。「ボートをつないで、あがっていらっしゃい。ちょっと、君と話したいんですよ。それに、君も、この船の中が見たいでしょ。」

あとでみんなに、ほんとうのことをいったのだが、ジョンも、「あなたのいやらしいモーターつきビスケット缶《かん》なんかには、全然興味《ぜんぜんきょうみ》がないんです。」とまではいえなくて、フエンダーにボートをつないで、はしごをのぼってきた。ディックが道をさえぎるように立っていたので、その顔を一目見たジョンは、なにかまずいことがあったことをすぐにさとった。

「やあ、いらっしゃい。」と、ジマリング氏《し》がいった。「君の弟さんが、ひじょうにおもしろい鳥のことで、やってきてくれてね。これは、弟さんが考えてる以上《いじょう》に興味《きょうみ》ある鳥なんだ。しかし、弟さんの話だと、君たちはあした出航《しゅっこう》するんだってねえ。それで、弟さんは、私《わたし》といっしょに鳥のいるところまで行けないっていうんだよ。弟さんが、あの鳥を見つけた場所はなんていうところでした？」

「名前は、ほんとうにわからないんです。」と、ジョンがいった。「ぼくらの海図《チャート》には名前が書いてなかったので。」

「じゃ、場所なら教えられますね？」と、ジマリング氏《し》がいった。「君たち二人がここでとまれるようにして、すぐに出かけましょう。一刻《いっこく》もむだにはできない。ハシグロアビのたまごが何日たまごのままでいるのか、私《わたし》は知らない。いつ、ひながかえるかわからないからね。君たちには、十分むくいるつもりです。」ジマリング氏《し》は、さっきの一ポンド紙《し》幣《へい》を、まだ手に持っていた。そして、紙入れから、さらに四枚《まい》、別《べつ》の紙幣《しへい》を出すと、五枚《まい》いっしょにジョンのほうにさしだした。

ジョンは、ジマリング氏《し》の熱心《ねっしん》な顔から、ディックの心配そうな顔に目をうつした。

「あの鳥は、ぼくが見つけたんじゃないんです。」と、ジョンはいった。「ディックが見つけたんです。ぼくは、上陸《じょうりく》しませんでしたから。」

「これ、二人でわけなさい。」と、ジマリング氏《し》がいった。「いっしょに来られないなら、甲板室《デッキハウス》にきて、できるだけくわしく教えてくれるだけでいいですよ。私《わたし》の海図《チャート》の縮尺《しゅくしゃく》はとても大きいから。」

「ジョン!」と、ディックはいって、やけを起こしたように、はしごをおりはじめた。

「ぼくには教えられないと思います。」と、ジョンがいった。そして、シロクマ号のデッキで見ている仲間《なかま》のほうに目をやった。「それに、もう行かなくちゃなりません。みんなが待ってますから。」

一瞬《いっしゅん》、ジョンは、ジマリング氏《し》が、自分になぐりかかるのではないかと思った。それから、ジマリング氏《し》が、かんかんに怒《おこ》って、くるりと向きを変《か》えて甲板室《デッキハウス》にはいってしまったので、ジョンは、いそいでディックのあとからボートにおりた。

「あの人に、しゃべっちゃったかい？」と、ディックがいった。

「ううん、しゃべらなかった。」と、ジョンがいった。「しかし、いったい、どうしたんだ？　なんであの人を怒《おこ》らせちまったんだ？」

「いそいでくれよ。」と、ディックがいった。「またもどってきたよ、あの男。」

まっ赤《か》な顔をしたジマリング氏《し》が、テロダクティル号のデッキから、二人をにらみつけていた。ディックは、ボートの船尾《せんび》にうずくまるように腰《こし》かけて、もうふり向かなかった。ジョンのほうは、テロダクティル号の船主《せんしゅ》の怒《おこ》った姿《すがた》を見ながら、一言もいわずに、シロクマ号までボートを漕《こ》いだ。

（1）フェンダー——衝突《しょうとつ》や摩擦《まさつ》で船が傷《いた》まないように出しておく木材《もくざい》やゴム材《ざい》など。

（2）オオバンクラブ——アーサー・ランサムの作品『オオバンクラブ物語』に、たまご収集家《しゅうしゅうか》からたまごをまもる冒険《ぼうけん》のことが書かれている。

（3）シリング――イギリスの貨幣単位《かへいたんい》。一シリングは十二ペンス。
（4）ポンド――イギリスの貨幣単位《かへいたんい》。一ポンドは二十シリング。

10　船上の反乱《はんらん》

シロクマ号の乗組員《クルー》たちは、ジョンとディックが、テロダクティル号までボートを漕《こ》いでいくのを、デッキから見まもっていた。声はきこえなかったが、テロダクティル号の水《すい》夫《ふ》がジョンとディックに話しかけ、姿《すがた》を消して、またもどってくるのが見えた。ディックが船に、あがっていくのが見えた。

「どうして、ジョンもいっしょに、行かないのかな?」と、ロジャがいった。

「行く必要《ひつよう》が、どうしてあるの?」と、スーザンがいった。「質問《しつもん》したいのはディックでしょ。」

ドロシアは、ディックが水夫《すいふ》のあとから甲板室《デッキハウス》へはいっていくのを、じっと見ていた。そして、「きっと鳥類研究家《ちょうるいけんきゅうか》がいるのよ。」と、いった。

それっきり、ドロシア以外《いがい》の子どもたちは、モーターヨットに興味《きょうみ》をなくしてしまった。ティティは、船室《キャビン》のあかりとりの上に腰《こし》かけて、おかあさんあてに、ごく短い手紙を書いていた。スーザンとロジャは、ティティのそばに腰《こし》かけて、書いてもらうことを伝えていた。ナンシイとペギイは、キャプテン・フリントが書くのだろうし、とにかく、あと二日すれば家にかえるのだから、自分たちは手紙など書くだけむだだと考え、はいってくる郵《ゆう》便船《びんせん》を見張《みは》っていた。船室《キャビン》におりているキャプテン・フリントが、郵便船《ゆうびんせん》の煙突《えんとつ》が防波堤《ぼうはてい》の突端《とったん》より上に見えたら、さけんで知らせろと命じていたからだ。子どもたちけみんな、ちょっとしょんぼりしていた。船体掃除湾《スクラバーズ・ベイ》の二晩《ふたばん》のおかげで、航海《こうかい》の終わりがのびたようにみえたが、今晩《こんばん》がヘブリデス諸島最後《しょとうさいご》の夜であることをみんな知っていた。このつぎ錨《いかり》をおろせば、その錨《いかり》をひき上げるのは自分たちではなく、ほかの水夫《すいふ》たちなのだった。航《こう》海《かい》は、ほとんど終わりだった。

ドロシアは、まだテロダクティル号を見ていた。そして、ジョンのかわりに、自分がディックといっしょに行けたらよかったのにと思っていた。ディックは、ドロシアといっしょに、将来《しょうらい》、鳥を観察《かんさつ》しながら世界じゅうを航海《こうかい》する船を持つという夢《ゆめ》を、たびたび話していた。だから、ドロシアも、将来《しょうらい》自分が住むような鳥類研究家《ちょうるいけんきゅうか》の船の中を、ぜひ見ておきたかった。ドロシアは、シロクマ号の屋根のない操舵室《そうだしつ》のふちに腰《こし》をおろして、大きなモーターヨットを眺《なが》めながら、あの白く輝《かがや》く船のどこかで、鳥類研究家《ちょうるいけんきゅうか》と話しあっているディックのことを考えていた。ドロシアは、鳥類研究家《ちょうるいけんきゅうか》のことを、なんとなくディックがおとなになったような人間と思っていた。

ディックは、ずいぶん長い間、話しあっているようだった。そして、ようやく、ディックがデッキにかけあがってきて、すぐそのあとから、鳥類研究家《ちょうるいけんきゅうか》があがってくるのを見た時、ドロシアは、すぐに、なにかまずいことが起きたのを知った。ディックは、まるでパチンコからとびだした石のように、甲板室《デッキハウス》のドアから、とびだしてきたのだ。

ちょうどその時、同じほうを見ていたナンシイがいった。「あら！　あのディック、なにか生意気なことをいった時のロジャみたいよ。」

「ディックは、けっしてそんなこと、いわないと思うわ。」ドロシアは、とても心配そうな顔で、いそいで立ちあがりながらいった。

「いえるはずがないよ。」と、ロジャがいった。「ディックはうまい言葉なんか、全然《ぜんぜん》思いつけないいもの。」

今や、乗組員《クルー》全員が見ていた。すると、こんどは、ジョンがモーターヨットにあがっていき、ディックがあわててはしごをおりて、足をふみはずし、ぶざまにボートの中へ落ちるのが見えた。ジョンは、ディックの鳥類研究家《ちょうるいけんきゅうか》と話していた。鳥類研究家《ちょうるいけんきゅうか》が怒《おこ》って、ジヨンに背《せ》を見せて甲板室《デッキハウス》にはいっていった。ジョンがディックにつづいておりてくると、ボートを押《お》しはなして、漕《こ》ぎもどりはじめた。すると、ちょうどその時、鳥類研究家《ちょうるいけんきゅうか》がまた甲板室《デッキハウス》から出てきて、すでにシロクマ号へともどりはじめている、小さなボートを見おろした。

「あの人、ジョンにも、かんかんになってる。」と、ロジャがいった。

みんなは、ジョンが漕《こ》ぎもどってくるのを、だまって見つめていた。ディックの顔がわかるところまで、ボートが近づいたとたん、誰《だれ》もがみな、なにかひじょうによくないことが起こったことを知った。

「いったい全体、どうしたっていうの？」ナンシイが、ジョンの投げたもやい綱《づな》をつかみながらたずねた。

「ぼくには、わからない。」と、ジョンがいった。「ディックにきいてくれ。」

「ディック、あの人が教えてくれなかったの？」と、ドロシアがたずねた。「それとも、やっぱりあの鳥、ハシグロアビじゃなかったの？」

ディックが、シロクマ号にあがってきた。

「彼《かれ》は、たまご収集家《しゅうしゅうか》。」と、ディックがきびしい口調でいった。その時のディックの気持ちがすぐにわかったのは、ノーフォークの湖沼地方《こしょうちほう》でオオバンクラブの冒険《ぼうけん》にくわわったドロシアだけだった。ドロシアは、ディックが、テロダクティル号の持ち主のことを、自分が理想とする人物と考えていたことを知っていた。そして、ディックがテロダクティル号のような船を持ち、ドロシアと二人で鳥の集合地から集合地へと航海《こうかい》する夢《ゆめ》をいだいていることも知っていた。だから、あの船の持ち主が鳥の観察者兼保護者《かんさつしゃけんほごしゃ》でなく、もっとも危険《きけん》な鳥の敵《てき》であることがわかった時、ディックが受けたにちがいないおそろしいショックもわかった。

「彼《かれ》は、ただ、鳥のたまごをあつめ、鳥を撃《う》ち殺《ころ》すためにここにきているんだ。」と、ディックがいった。「鳥がめずらしければめずらしいほど、あの男は、ますますたまごをほしがるし、鳥も撃《う》ちたくなるんだよ。」

「そういう人のために、湖沼地方《こしょうちほう》のサンカノゴイは、絶滅《ぜつめつ》しかけたのよ。」と、ドロシアが説明《せつめい》した。「また姿《すがた》を見せるようになったのは、人々がたまご収集家《しゅうしゅうか》から、あの鳥を保護《ほご》しはじめてからなの。」

「しかし、あのさわぎは、いったいどうしたわけ？」と、ナンシイがたずねた。「あなた、あの男に意見したの？」

「ちがう。」と、ディックがいった。「あの鳥を見た場所を、教えなかったからなんだ。」

「あれは、ハシグロアビだったの？」と、ドロシアがたずねた。

「うん。」と、ディックがいった。「そのとおりなんだ。あの鳥はね、イギリス諸島《しょとう》で巣《す》をつくったはじめてのハシグロアビだよ。今までわかっているかぎりではね。だから、あの男も、自分のコレクションにそのたまごを入れたいのさ。それに、鳥も手に入れたがってる。『あたったものは歴史《れきし》になり、はずれたものはなぞになる』っていってたな。ぼくが見ただけじゃ、だめ、証明《しょうめい》しなければ、だめだっていうんだ、それは、彼《かれ》のいうとおりなんだよ。ぼくは証明《しょうめい》しなくちゃならない。すぐに、あそこへもどらなくちゃならないよ。」

「でも、あなたは、たまごがほしいんじゃないでしょ。」と、ティティがいった。

「あなた、もう、その鳥を見たじゃないの。」と、スーザンがいった。

「もどらなくちゃならないんだよ。」と、ディックがいった。「わからない？　これは、本という本が全部間違《まちが》って書いてる重要《じゅうよう》なことなんだ。誰《だれ》も知らない重要《じゅうよう》なことなんだ。証明《しょうめい》しなかったら、誰《だれ》も信《しん》じないから、ぼくは、どうしても証明《しょうめい》しなくちゃならないんだ。」

「でも、どうしたら証明《しょうめい》できるの?」と、スーザンがいった。

「写真をとるんだよ。」と、ディックがいった。「あの男は、自分でも写真でまにあうっていっていた。しかし、あの男は、たまごと島まで、ほしがってる。ぼくたち、もどらなくちゃならないよ。折りたたみ式のボートを湖まで運べば、それでぼくは島まで行ける。それに、カメラの中のフィルムも、まだ半分しか使ってない。」

「君、たまごを見たのかい?」と、ジョンがたずねた。

「見ていない。」と、ディックがいった。「だから、なおさら、ぼくは、もどらなくちゃならないのさ。たまごがあることは、確《たし》かなんだ。しかし、この目で見なくちゃならないし、写真もとらなくちゃならない。どうしても、もどらなくちゃ。」ディックは、今まで、ただ話をきくだけで、一言も口をきいていないナンシイを見た。

「キャプテン・フリントは、ぜったい承知《しょうち》しないわね。」と、スーザンがいった。

「承知《しょうち》しないわけにはいかないわよ。」と、ナンシイが、ふいにいった。ディックは、たのもしい味方が一人できたことを知った。「わからない? 私《わたし》たち、もどらなくちゃならないわよ。もちろんよ。ほんとうに、ディックのいうとおりだわ。かりに、コロンブスが、アメリカが見えるところまでいって、その存在《そんざい》を知らせるものをなにも持たずに、おとなしく帰国したと考えてみてよ！　もちろん、ディックは写真をとらなきゃいけない。こりゃ、すごいぞ！　今まで、私《わたし》たちは、ただ航海《こうかい》していた。しかし、これで、発見の航海《こうかい》になる。ディックが発見したのよ。シロクマ号の航海《こうかい》は、歴史《れきし》に書かれるんだわ。教　授《プロフェッサー》が乗っていたというだけで、永久《えいきゅう》に記憶《きおく》されるのよ。でかした、船の博物学者《はくぶつがくしゃ》。これは、ビーグル号の航海《こうかい》みたいなものよ。ディックは、まあ、ダーウィンてところね。」

「そうじゃないけど。」と、ディックがいった。「しかし、確《たし》かめずには立ち去れない。」

「でも、それほどの大問題じゃないと思うわ。」と、スーザンがいった。

「あの男、興奮《こうふん》して狂ったみたいになってたぜ。」と、ジョンがいった。

「すぐに、キャプテン・フリントに伝えたほうがいい。」と、ディックがいった。

「彼は、今、かえる日を知らせる手紙を書いてるわ。」と、ティティがいった。「そんなに早くはかえらないって、書きなおしてもらわなくちゃならないわね。」

「そんなこと、したがらないわよ。」と、スーザンがいった。

「しなくちゃいけないの。」と、ナンシイがいった。「ディック、おりてって、説明《せつめい》しなさいよ。」

「あなたが行ってくれたほうがいいわ。」と、ドロシアがいった。「あなたのおじさんですもの。」

「そうね。」と、ナンシイがいった。「じゃ、そうする。」そして、階段《かいだん》をかけおりて、船室《キャビン》へはいっていった。

「よかったなあ。」と、ロジャがいった。「これで結局《けっきょく》、航海《こうかい》は終わりにならないよ。」

「だまってろ。」と、ジョンがいった。

「出ていけ！」と、手紙書きをじゃまされたキャプテン・フリントのどなり声が船内からきこえてきた。

「耳もかさない。」と、ナンシイが、怒《おこ》って顔をまっ赤《か》にしてあがってきた。

よ。郵便船《ゆうびんせん》がはいってきたかどうかだけを知りたがってる。「夢中《むちゅう》で手紙を書いてる。興味《きょうみ》を示《しめ》さないの
第一級の反乱以外《はんらんいがい》に手はないわよ。全員集合！　結《むす》んだものは、みんなほどいて！　すぐに出帆《しゅっぱん》できるようにしておくの！　そうすれば、私《わたし》たちが本気だってことがわかるから。」

「ちょっと、ちょっと。」と、スーザンがいった。「そんなこと、できないわよ。たった今、停泊《ていはく》のしたくをしたばかりじゃないの。」

「それをやっちゃうの。」と、ナンシイがいった。「ことは、ほんとに重大なのよ。こんな時にがんこなおとなにならないでよ。」

スーザンは、応援《おうえん》を期待してジョンのほうを見た。しかしジョンは、たまご収集家《しゅうしゅうか》を、すぐそばで見てきたばかりだったから、当然《とうぜん》、ディックとナンシイの味方だった。

船のサイレンが短く二回きこえた。みんながぎょっとなった。

「郵便船《ゆうびんせん》だ。」と、ロジャがいった。「入港してくる。」

「たまげた、こまげた!」と、ナンシイがいった。「ぽかんと口をあけて立ってちゃだめよ。結《むす》んだ帆《ほ》はひらいて、あげられるようにして。がんばれ、がんばれ。サイレンがきこえたんだから、船長《キャプテン》もすぐにデッキに出てくる……」

シロクマ号の乗組員《クルー》は、一人残《のこ》らず、港にはいった時に片《かた》づけたものを、またもとにもどす仕事にとびついていった。帆《ほ》の結《むす》びが、すばやくはずされて束《たば》ねられた。メンスルが重たげにひだをつくったまま、あかりとりの上にたれさがって、バタバタした。巻《ま》きあげたステースルの端《はし》を後部《アフター》デッキ上につりあげていたステースルのあげ綱《づな》が、また帆《ほ》のてっぺんの滑車《かっしゃ》を動かしてひきあげられ、帆《ほ》はいつでもあげられるようになった。ジョンは、舵《かじ》をしばっているひもをはずした。ナンシイが、錨《いかり》を巻《ま》きあげるウィンチにハンドルをはめこんでいる時、キャプテン・フリントが、片手《かたて》に手紙の束《たば》をもって、デッキにあらわれた。

「いったいぜんたい、こりゃどうしたんだ?」と、キャプテン・フリントはさけんだ。

「私《わたし》、いったわよ。」と、ナンシイがいった。「でも、おじさんが耳をかさなかったのよ。私《わたし》たち、船体掃除湾《スクラバーズ・ベイ》にもどらなくちゃならないの。」

「しかし、あそこから出てきたばっかりじゃないか。わけのわからん連中《れんちゅう》だな。」

みんなが、いっせいにしゃべりだした。キャプテン・フリントは、そのやかましいおしゃべりをきいて、問題がディックに関係《かんけい》があることを知った。テロダクティル号の名前がきこえたのだ。そこで、キャプテン・フリントは、ディックのほうを見てたずねた。

「なにか、まずいことでもあったのかね? あの有史以前《ゆうしいぜん》の鳥が、君の質問《しつもん》にこたえてくれなかったのかね?」

「全部の鳥が有史以前《ゆうしいぜん》のものでなくても、それはあの男がわるいんじゃないんですけど、」と、ディックがにがにがしくいった。「あの男は、めずらしい鳥のたまごが見つかれば、みんなとってしまうんです。ふつうの鳥のたまごだって見境《みさかい》なし。ツノメドリのたまごだってとってしまいます。いくつも、いくつも、ありました。」

「しかし、そいつは、こっちとは関係《かんけい》ない。」と、キャプテン・フリントがいった。「ところで、君がよくわからなかった鳥のことはどうだった? その名前を教えてくれなかったのかい？」

「あの鳥は、ぼくが考えていたとおりでした。」と、ディックがいった。「ハシグロアビでした。あの男は、殺《ころ》してはく製《せい》にしたハシグロアビを一羽《わ》見せてくれました。そして、こんどは、ぼくの見つけたハシグロアビを殺《ころ》して、たまごをとろうとしています。」

「場所を教えなかったら、それもできないだろう。」

「ええ、教えませんでした。でも、話はそれだけじゃないんです。あの男は、たまごを手に入れなければ、巣《す》をつくっていることは証明《しょうめい》できないというんです。でも、写真でも、ちゃんと証明《しょうめい》できると思います。」

「しかし、誰《だれ》が証明《しょうめい》したがっているのかね？」

「私《わたし》たちみんなよ。」と、ナンシイがいった。「誰《だれ》だって、したがるわ。」

「ハシグロアビがイギリス諸島《しょとう》で巣《す》をつくることは、今まで、誰《だれ》も知りません。」と、ディックがいった。

「ほんとうか？」

ディックは、船室《キャビン》へとびこんでいった。ナンシイと、ジョンと、ティティと、ドロシアが、問題をとりあげて、しゃべりだした。ディックが『鳥のポケットブック』を持ってまたデッキへあがってきてみると、キャプテン・フリントは、両耳を手でふさいでいた。ディックは、本の目当てのページをひらいて、問題の文句《もんく》をキャプテン・フリントに見せた。

「外国で巣《す》をつくる。」

「それが、ここで巣《す》をつくってるんです。」と、ディックがいった。「ぼくは、それを確《たし》かめました。もしあの時、折りたたみ式のボートがあったら、たまごも見られたと思います。泳いでいくには遠すぎました。」

「しかし、君は、たまごがほしくはないんだろう。」

「もちろんよ。」と、ドロシアがいった。

「ほしくありません。」と、ディックがいった。「しかし、証明《しょうめい》はしなくちゃなりません。その点は、あの男のいうとおりです。ぼくは、写真をとらなくちゃならないんです。あの、どうしても、あした帰航《きこう》しなくちゃならないんですか?」

「もちろん。」と、キャプテン・フリントはいった。「もう時間切れなんだ。じっさい、一日おくれているんだよ。」

「それじゃ、ドットとぼくは残《のこ》らなくちゃなりません。なんとかして、あそこへもどらないといけないんです。」

「行かせるわけにはいかないな。」と、キャプテン・フリントはいった。「それに、とにかく、私《わたし》には、それがそれほど重大だとは思えないんだ。」

「おどろき、もものき、さんしょのきだわ！」と、ナンシイがさけんだ。「ねえ、ねえ、おじさん、おじさんが鉱山《こうざん》さがしをやってた時、今まで誰《だれ》も見たことがない場所で、たくさん銀がありそうだって目星《めぼし》がついても、おじさんは、確《たし》かめないで立ち去った？」

「あの鳥が巣《す》をつくっていなければ、重要《じゅうよう》じゃないんです。」と、ディックがいった。「しかし、巣《す》をつくっているから、それを証明《しょうめい》するのは、ぜったいに重要《じゅうよう》この上もないことなんです。とにかく、あのけだものみたいな男だって、そう考えていました。彼《かれ》は、金ワシの巣《す》が見つかる場所を教えてくれる少年には、十シリング支払《しはら》います。ぼくにはハシグロアビを見せてくれといって、一ポンドおしつけました。」

「ぼくには五ポンドおしつけようとした。」と、ジョンがいった。

「狂気《きょうき》のさただ。」と、キャプテン・フリントがいった。「狂《くる》ってるよ。」

「確《たし》かめるねうちがあると考えてるのよ、あの男は。その証拠《しょうこ》だわ、それ。」と、ドロシアが口をはさんだ。

必死《ひっし》のディックは、めがねをはずしてレンズをぬぐい、またかけなおした。

「ぼくは、どうしても、もどらなくちゃなりません。」と、ディックはいった。「わかりませんか？　これは、あらゆる鳥の本が間違《まちが》いをおかしてる重要《じゅうよう》なことなんです。科学的《かがくてき》発見なんです。重要《じゅうよう》なことなんです。今まで誰《だれ》も知らなかった……」

「でも、もう、われわれが知っている。」

「それを証明《しょうめい》しなくちゃいけないんです。」と、ディックがいった。「ぼくは、もう一度あそこへ行かなくちゃなりません。」

「私《わたし》も残《のこ》る。」と、ドロシアがいった。

「私《わたし》たちも、もどる。」と、ナンシイがいった。

「いや、もどらない。」と、キャプテン・フリントがいった。

「あと一日や二日なら、食糧《しょくりょう》は十分あるわ。」と、スーザンがいった。「パンと、たまごをいくつか、ここで買えばいいわ。」

ドロシアが、感謝《かんしゃ》するようにスーザンを見た。

「すぐに行きましょうよ。」と、ペギイがいった。

「潮《しお》も変《か》わるよ。」と、ジョンがいった。「潮《しお》にのっていける。」

「あとは、ガソリンさえ買ってくれればいいんだ。」と、ロジャがいって、階段《かいだん》へすっとんでいった。

「そんなことしなくてもいい、ロジャ。」と、キャプテン・フリントがいった。「君らは、みんなだまれ。いいか、よくきけよ。この船では反乱《はんらん》はゆるさん。私《わたし》はこれからガソリンを買ったり、手紙を出したりするために上陸《じょうりく》する。その間に、帆《ほ》の結《むす》びをはずして船じゅうちらかしたうすらばかどもは、帆《ほ》をまたきちんとたたんでおけ。われわれは、あすの朝、マレイグに向けて出航《しゅっこう》する。マックは船をもどしてもらいたいんだ。君たちのご両親《りょうしん》も、君たちがもどることをねがっていると思う。人間のこのみは、さまざまだ。君たちも、私《わたし》がこの手紙をやぶってしまえばいいとは思わないだろう。この中には、君たちがひじょうにりっぱな乗組員《クルー》だったという、君たちのご両親《りょうしん》あての手紙がはいってる。このかわりに、新しい手紙を書いて、私《わたし》は、反抗的《はんこうてき》なやくざものの一団《いちだん》を、おはらいばこにできるのを、よろこんでいます。もう彼《かれ》らの顔も見たくありませんと書いてやったら、君たちもいやだろう。すこしは分別《ふんべつ》を持てよ。みんな、ばかだぞ。ディックは、アビやオオハムを見たがっていた。どうだ、それが見られたじゃないか。どこかの変人がディックをからかったというだけで、来た道をひきかえすなんて、考えるだけ無理だよ。」

「一日くらい、たいしたことないわ。」と、ナンシイがいった。

「すでに一日おくれているんだ。」

「あの男は、ぼくをからかってるんじゃありません。」と、ディックがいった。自分でも証明《しょうめい》したがっていました。しかし、彼《かれ》は鳥を殺《ころ》して、たまごを手に入れて、証明《しょうめい》したいと思っているんです。ぼくは、写真をとれば証明《しょうめい》できるんです。」

「おとうさんなら、ディックが確《たし》かめることをのぞむわよ。」と、ドロシアがいった。「ファラオのお墓《はか》の発見に似《に》ていることだもの。おとうさんは、前に一つファラオのお墓《はか》を見つけたんだけど、その調査《ちょうさ》だけに二冬《ふたふゆ》つぶしていたわ。本がみんな間違《まちが》っていることをディックが発見したのなら、確《たし》かめもしないで立ち去ることなんて、できっこないわ。」

「たしかに、これはかなり重要《じゅうよう》なことにちがいないよ。」と、ジョンがいった。「そうでなかったら、あの男がぼくらに五ポンドもおしつけるはずがないし、ぼくらが受けとらないからって、かんかんになるはずもない。」

「シロクマ号の持ち主がこのことを知ったら、」と、ティティがいった。「船にだってぜひ見せてやりたいと思うわよ。」

「私《わたし》たち、もどるわよ。」と、ナンシイがいった。

「そう、わいわい、いわないでくれ。」と、キャプテン・フリントがいった。「これについては、もう議論《ぎろん》しないこと。その男は、頭がおかしいのか、ディックをからかっているのか、どちらかだよ。誰《だれ》にとっても、五ポンドもする鳥のたまごなんか、この世にあるものか。もし君たちが、ほんとうにその男の出したお金をつかんで逃《に》げてきたとしたら、今ごろはきっととりもどしに追いかけてきているよ。その話は、これでやめようじゃないか。さあ、ジョン、いそいでくれ。郵便船《ゆうびんせん》が入港してきた。あそこまで手紙をもっていって、ガソリンを缶《かん》につめて、マックに電報《でんぽう》を打って……」

「ほら、見て、見て！」と、ティティが小声でいった。「テロダクティル号がボートをおろしてる。」

本土からの小さな汽船が、港にはいってくるところだった。ふだんなら、それが埠頭《ふとう》につながれるのを、みんながじっと見たと思う。きょうだけは、誰《だれ》も、全然《ぜんぜん》注意をはらわなかった。

テロダクティル号のダビットのボートが、ゆれながら、白い船べりをこえてさがりはじめた。二人の男がつり綱《づな》をもってボートを水面までおろしている。一瞬《いっしゅん》、シロクマ号の反《はん》乱者《らんしゃ》たちも口をつぐんだ。一人の男がするするとボートの中へおりると、つり綱《づな》をはずし、ボートを舷側《げんそく》のはしごにつけた。はしごのところには、テロダクティル号の持ち主が待っていた。

「もし、あの男がたずねに来ても、ぼくがあの鳥を見たところは、教えないでください ね。」と、ディックがいった。

「ああ、教えない。」と、キャプテン・フリントがいった。「しかし、そりゃ、君の思いすごしだよ。あの男は興味《きょうみ》を持っちゃいない。君をちょっとからかっただけで、こんどは上陸《じょうりく》するんだよ。」

ところが、水夫《すいふ》は、テロダクティル号の持ち主を船尾《せんび》に腰《こし》かけさせると、ボートを押《お》し出《だ》し、港を横ぎって、まっすぐにシロクマ号めざして漕《こ》いできた。

「ここへ来るんだ。」と、ディックがいった。

「来たってふしぎはなかろう?」と、キャプテン・フリントがいった。「ただの礼儀《れいぎ》だよ。君の訪問《ほうもん》へのお返しさ。しかし、はやく帰ってくれるといいな。私《わたし》は、手紙を出してしまいたいんだ。」

「あの男には、なんにもいわないでください。」と、ディックがせがむようにいった。

「君たちは、みんな、前部《フォア》デッキへ行ってろよ。」と、キャプテン・フリントがいった。

「船内でもいい。それから、口をとじているんだぞ。あの男がなにをしにくるにしても、われわれが、ぎゃあぎゃあさわぐ烏合《うごう》の衆《しゅう》にすぎないなんて、思われることはないからな。」

11　たまご収集家《しゅうしゅうか》やっつけられる

誰《だれ》も、船内におりなかった。前部《フォア》デッキの反乱者《はんらんしゃ》たちは、港を横ぎって、ディックの敵《てき》を運んでくるテロダクティル号のボートをじっと見つめながら、だまって待機《たいき》していたが、彼《かれ》らの間には、なにか沸《わ》きたつようなものが感じられた。

「海にいるのに、ゴルフズボンよ！」と、ペギイがささやいた。

部下の漕《こ》ぐボートの船尾《せんび》にすわっている、しゃれた服装《ふくそう》のたまご収集家《しゅうしゅうか》と、だぶだぶのフラノのズボンをはき、シャツをきただけで、ブームによりかかって、一生けんめいパイプに火をつけているキャプテン・フリントのがっしりした姿《すがた》とは、たしかにきわだってちがっていた。

たまご収集家《しゅうしゅうか》もそう思ったらしく、それで最初《さいしょ》の間違《まちが》いをした。

「船主《せんしゅ》に、私《わたし》がお会いしたいと知らせてくれないかね？」と、たまご収集家《しゅうしゅうか》がいった。

ペギイが顔を隠《かく》すために、くるりと向きを変《か》え、ナンシイにきつくつねられて、悲鳴をあげそうになった。

「あいつ、どじをふむわよ。」ナンシイが、目をきらきらさせながらささやいた。「しっ、きくの！」

「船主《せんしゅ》は乗船しておりません。」と、キャプテン・フリントがていねいにいった。

「君が責任者《せきにんしゃ》かな？」

「今のところ、船長《キャプテン》です。」と、キャプテン・フリントがいった。

「きいた、あれ？」と、ナンシイがいった。「今のところだって……もし、もどることに賛成《さんせい》しなかったら、くびにしちゃいましょうよ。しっ、しずかに。今、あの男なんていってる？」

「うるさいのは、あなただけよ。」と、ペギイがささやいた。

「大まぬけなことというんじゃないの。しっ！」

いくつかの言葉はききもらしたが、つぎははっきりときこえた……「君にとっては、たいへん有利《ゆうり》な話だと思うのだが……」

たまご収集家《しゅうしゅうか》は、シロクマ号のはしごに手をかけて、のぼってくるところだった。

「あの人、乗船許可《きょか》をもとめなかったわ。」と、ティティがいった。

ジマリング氏が船にあがってくる

キャプテン・フリントは立ちあがっていた。たまご収集家《しゅうしゅうか》がデッキにあがってきた。部下は、ボートをシロクマ号にぴったりつけて、はしごをつかんでいる。

「あの子どもたちは、船主《せんしゅ》の家族かね？」

反乱者《はんらんしゃ》たちは、いっせいに、にこっと笑《わら》ったが、キャプテン・フリントの答えをきいて、ますます笑顔《えがお》がふかくなった。

「いいや。」

「あの、めがねをかけた少年は？」

「そちらの船におじゃましまして、ごめいわくをかけましたかな？　おゆるしください。」

「ジムおじさん、かんかんになってきた。」と、ナンシイがいった。

ディックは、めがねを拭《ふ》いている。

「なんでもないのよ。」と、ドロシアがささやいた。「あなたがめいわくかけなかったこと、キャプテン・フリントは知ってるわよ。」

「いや、とんでもない、とんでもない。しかし、あの少年は、ひじょうに注目すべき話をもってきてねえ。それが、たまたま、私《わたし》の専門領域《せんもんりょういき》にぴったりなんだ。私《わたし》は、ジマリング。そういわれても君には、私《わたし》がどんな人間か、たぶんわからないだろう。この船の持ち主なら、すぐにわかってくれると思うが……」

「でしょうな。」と、キャプテン・フリントがいった。

たまご収集家《しゅうしゅうか》は、前部《フォア》デッキに集まっている子どもたちをちらりと見て、声を落とした。

そのため、子どもたちには、彼《かれ》の話の終わりのところだけがきこえた。「……ほんとうのことをいっていると思うかね？」

「なぜ、ちがうと思われるのです？」と、キャプテン・フリントがたずねた。

こんども、たまご収集家《しゅうしゅうか》の答え全部はききとれなかった。きこえてきた切れぎれの言葉も、ディックだけにしかわからないものだった……「思いちがいをした……スケッチはたしかに正確《せいかく》で……あの少年は、スケッチしたものを見たのだと思われるが……もちろん、むだになる。その資格《しかく》がある目撃者《もくげきしゃ》が確認《かくにん》してくれなくては……私《わたし》なら、よろこんで確認《かくにん》するが……あの少年には、この意味がわかるはずはない……正確《せいかく》な場所も教えられないのだから……ところで……」そこで、また彼《かれ》は声を低《ひく》くしたので、キャプテン・フリントがこたえるまでは、なにもきこえなくなった。

「船をはなれませんでしてな。」と、キャプテン・フリントがいう声がきこえた。「私《わたし》は、その鳥を見ていません。」

「君が口ぞえすれば、きっとあの子も教える。」

「あの子の秘密《ひみつ》です。私《わたし》のではありません。」

「これは、あの子が隠《かく》しておいていいような秘密《ひみつ》ではない。私《わたし》のところへ話をもってきたのは、いちばんよいところへもってきたということなのだ。申したとおり、私《わたし》は、ジマリング。ジマリング・コレクションのジマリング。今までのあらゆる考えを訂正《ていせい》するジマリング……イギリスにすむ鳥類《ちょうるい》のリストに、あらたなものをくわえるのです。」

「そんなことは、私《わたし》には全然《ぜんぜん》、わかりませんな。」と、キャプテン・フリントがいった。

「しかし、あの子どもがあの鳥を見た時、あなたがどこにいたかなどは、教えられるのでは？」

「ほら！　ほら！」と、ティティが小声でいった。「キャプテン・フリントが、手紙をやぶいてる。」

キャプテン・フリントは、立ったまま、たまご収集家《しゅうしゅうか》の話をききながら、さっき船室《キャビン》でいそがしく書いていた手紙を、ゆっくりとこまかくちぎっていた。

「あれ、みんなの家へ出す手紙よ。」と、ドロシアがささやいた。「また、書かなくちゃならないのに。」

「ううん、気を変《か》えたの。」と、ナンシイがささやいた。「うまい。こりゃ、いい！　テロダクティルのやつ、自分で自分をやっつけてる。」

たまご収集家《しゅうしゅうか》も、キャプテン・フリントにたいするはじめの見方が間違《まちが》いだったとさとっていた。そこで、話す態度《たいど》を変《か》えた。

「すてきな小帆船《しょうはんせん》じゃありませんか。賃借りしたんですな。ところで、この休暇で、経費はいかほどかかりました？ あの少年を説得《せっとく》してくださったら、その経費《けいひ》はすっかり私《わたし》が持ちましょう。すぐにでも、小切手を書きますが……五十ポンドでたりますかな？」

「おどろき、もものき！」と、ナンシイが小声でいった。「こんどはなんだって？　雨が降《ふ》るんじゃないかな。」

たまご収集家《しゅうしゅうか》は、ポケットから、ほそ長い小切手帳をとりだした。片手《かたて》に小切手帳を、片手《かたて》に万年筆を持ちながら、キャプテン・フリントの顔を見て、にこにこした。

「いや、失礼。」と、キャプテン・フリントがいって、たまご収集家《しゅうしゅうか》に向かって一歩ふみだした。たまご収集家《しゅうしゅうか》は、一歩さがりながら、笑《わら》いをやめて、いった。

「おわかりでしょうが、この情報《じょうほう》は、ふつうの人にとっては、なんの価値《かち》もないものです。私《わたし》にも、おなじことかもしれません。それでも、私《わたし》はかまいません……五十ポンドといいましたかな？……では、百ポンドの小切手ではいかがかな？……」

「お帰りください。」と、キャプテン・フリントがいった。

たまご収集家《しゅうしゅうか》は、それ以上《いじょう》さがるには、海に落ちるよりしかたがないところまで、ひきさがっていた。

「これは、たいへんな間違《まちが》いですぞ……」

「まことに失礼《しつれい》ですが、」と、キャプテン・フリントは、怒《いか》りに顔を赤くしながらも、ていねいにいった。「私《わたし》はこれから、上陸《じょうりく》します。おひきとりください。」

たまご収集家《しゅうしゅうか》は、ボートにおりた。テロダクティル号の水夫《すいふ》が漕《こ》いで、ボートははなれていった。キャプテン・フリントは、はしごのところに立っていた。そして、やぶいた手紙をさらにこまかくひきちぎり、五、六片《へん》ずつつまんでは、海にすて、それが潮《しお》にのって流れていくのを、じっと見ていた。

前部《フォア》デッキにいた反乱者《はんらんしゃ》たちが、船尾《せんび》へやってきた。

キャプテン・フリントが、くるりとふりかえった。

「海につばをはきなさいよ。」と、ナンシイがいった。「気分がよくなるわ。」

キャプテン・フリントは、まるではじめて会った人間を見るような目で、ディックをしげしげと見ていった。「ごめん、ごめん、ディック。鳥のことについては、私《わたし》よりも船の博物学者《はくぶつがくしゃ》のほうがよく知ってることを、わかってなくちゃいけなかったんだ。ところで、どうする、これから?」

「もちろん、あそこへもどるのよ。」と、ナンシイがいった。「それに、おじさんが決心してくれて、私《わたし》たちとてもうれしいわ。港じゅうからまる見えのところで、おじさんに渡《わた》り板《いた》を歩かせるんじゃ、気《き》の毒《どく》だったものね。」

「私《わたし》が決心したことが、どうしてわかる?」

ナンシイは、海に落ちずにキャプテン・フリントの足もとに落ちた、手紙のひとちぎれを、指さして見せた。

「私《わたし》が間違《まちが》っていた。」と、キャプテン・フリントがいった。「あの男は気が狂《くる》っているのじゃなくて、わるいやつだった。ものすごくわるいやつだ。あいつがほしいのはたまごだけじゃない。あいつは、ディックがほんとうになにかをつかんでいると考えてる。そして、その名誉《めいよ》を自分のものにしたいんだ。君たちのほうが正しい。あいつにそんなことをさせないようにするのは、われわれの義務《ぎむ》だ。この船の義務《ぎむ》だ。マックもわかってくれるだろう。ご両親《りょうしん》たちへの説明《せつめい》は、君たちにまかせる。」

「両親も、わかってくれると思うわ。」と、ドロシアがいった。

「写真でも問題は解決《かいけつ》する、といったっけね?」と、キャプテン・フリントがディックにたずねた。

「ええ。」と、ディックがいった。「でも、まったくの思いちがいかもしれません。ずいぶんはなれていましたから。でも、ぼくは、かなり確信《かくしん》を持っています。」

「それを確《たし》かめるには、どれくらい時間がかかる?」

ディックは考えた。「隠《かく》れ場《ば》所《しょ》をつくって、鳥たちがそれを気にしなくなるようにしなくちゃならないと思います。写真をとるのは、つぎの日です。でも、ぼくの思いちがいなら、折りたたみ式のボートで島へ近づけば、すぐにわかります。」

「君たちが、きのうの晩《ばん》していたつくり話、ほら、野蛮《やばん》なゲール人の話、あれはどうなんだね?」と、キャプテン・フリントがいった。しかし、いいだした本人が、返事もきかずに、その考えをはらいのけた。「ヘブリデス諸島《しょとう》の鳥をすっかり写真にとったって、羊《ひつじ》飼《か》いが気にすることもあるまい。むずかしいのはあいつだな。あいつも、そう急にはあきらめまい。タカのように見張《みは》っていて、われわれがもどれば、ついてくる。行こう、ジョン。とにかく、ガソリンはいっぱいにしておかなくちゃ。それに、あの手紙のかわりに電《でん》報《ぽう》も打っておかなくちゃならない。」

「アイ・アイ・サー。」と、ジョンがいって、もっとたくさんの缶《かん》をとりに、船内におりていった。デッキには、すでに、ロジャが運んできた缶《かん》が二つあった。

「反乱《はんらん》終わり。」と、ナンシイがいった。「おじさん、運がよかったわ。私《わたし》たちもよ。おじさんをくびにして、渡《わた》り板《いた》を歩かせちゃったら、私《わたし》たちだけで船をもどさなきゃならないから、ちょっとたいへんだったと思う。」

「え？　反乱《はんらん》？　なんだい、そりゃ？」キャプテン・フリントは、頭の中で、ほかのことを一生けんめい考えていたのだ。「そこの帆《ほ》は、もう結《むす》ばなくっていい。なにもかも、このままにしておいてくれ。この上もなくぐうたらな水夫《すいふ》、といったふりをしてるんだ。おい、おい！　そんなバケツでなにをしようというんだね？」

ティティが、ちょうどその時、ロープにつけたバケツを、船べりから海におろしたところだった。ティティは、バケツをひきあげた。「デッキを洗《あら》おうと思ったのよ……とにかく、あの男が立ってたところだけでも。」

キャプテン・フリントは笑《わら》っていった。「よし、わかった。洗《あら》っていいよ。まったくなんてやつだ、あの男！」

ジョンは、ボートを船腹《せんぷく》にひき寄《よ》せて、乗りこんだ。ロジャが、ガソリンの缶《かん》を、つぎつぎに手渡《てわた》した。

「私《わたし》が漕《こ》ぐ。」と、キャプテン・フリントがいった。「君は、ヨット帽《ぼう》もかぶってないし、でっかい赤い字で、船の名前が書いてある青いセーターも着ていない。それに、漕《こ》ぎ手《て》としての態度《たいど》も知らないから、漕《こ》がせるわけにはいかないんだ。」

ボートは船腹《せんぷく》をはなれた。しかし、わずか四、五メートル進んだだけで、キャプテン・フリントが漕《こ》ぎもどした。

「おとなのじゃまがいない時、あいつがまたディックをねらうかもしれない。また、あがってこようとしても、あげちゃだめだぞ。」

「あげないよ。」と、ロジャがいった。

「綱《つな》とおし針《ばり》をつき出して、あがってくる敵《てき》は撃退《げきたい》する。」と、ナンシイがいった。「あいつが手すりに指一本でもかけるところを、拝《おが》みたいもんだわ。」

「われわれも、できるだけはやく帰ってくる。」と、キャプテン・フリントがいった。「あいつの船をにらんでばかりいちゃだめだぞ。誰《だれ》が見てものらくらして見えるように、ほんとにのらくらしていてくれ。誰《だれ》も自分には関心《かんしん》を持っていないと、あの男に思わせるんだ。」

ボートが埠頭《ふとう》まで半分ほど行った時、突然《とつぜん》スーザンが思い出していった。「そうそう、パンと牛乳《ぎゅうにゅう》。牛乳《ぎゅうにゅう》の缶《かん》を渡《わた》さなかったわ。」

「もう、よびもどせないわよ。」と、ナンシイがいった。「あと一日くらい、缶詰《かんづめ》のミルクでなんとかやれるわよ。」

「パンを六つ。」と、スーザンがさけぶと、ジョンがふりむいて、うなずくのが見えた。

「そのバケツを向こうへやっといてくれよ。」と、ロジャがしずかにいった。みんながふりかえってみると、ロジャはデッキに大の字に寝《ね》ていた。そして、あくびしていった。

「デッキが水につかってちゃ、うまくのらくらできないよ。」

ティティは、ガソリンの缶《かん》が、全部ボートの中におろされるのを待って、さっきテロダクティル号の船主《せんしゅ》が立って話していたところに、水を流したのだった。しかし、一杯《いっぱい》だけでやめにした。乗組員《クルー》全員がテロダクティル号を見ずに、遠くの埠頭《ふとう》を見るように気をつかいながら、操舵室《そうだしつ》にはいったり、デッキに立ったり、船室《キャビン》のあかりとりのところに腰《こし》かけたりして、やすんでいるふりをした。……しかし、ディックだけは別《べつ》だった。ディックは、わけもわからない不安《ふあん》のようなものにかりたてられて、すばやく船室《キャビン》へおりていき、ハシグロアビのことを書いた鳥の本の短い文章を、くりかえしくりかえし読みなおしたり、本の絵と自分の描《か》いたスケッチを見くらべたりしていた。そして、本を持ったまま、またデッキに出てきて、みんなにいった。「ぜったい思いちがいじゃないよ。あの男だって、ぼくの略図《りゃくず》を見たとたんに、ハシグロアビだってわかったんだから。それに、自分で殺《ころ》したハシグロアビのはく製《せい》も見せてくれたけど、寸分《すんぶん》たがわなかった。そして、ぼくは二羽《わ》見たんだけど、一羽《わ》はいつも島にいた。それも、いつもおなじ場所にすわってた。もっとも一、二分島をはなれたことはあったけど。」

「もちろん、思いちがいじゃない。」と、ナンシイがいった。「そして、あなたは写真をとって証明《しょうめい》できる……でも、なんの証明《しょうめい》だったっけ？」

「ハシグロアビがイギリス諸島《しょとう》で巣《す》をつくることの証明《しょうめい》さ。」と、ディックがいった。「あらゆる本が間違《まちが》っているんだよ。なにしろ、今まで、巣《す》をつくっているのを見た人がいなかったんだから。」

「キャプテン・フリントまで、これがどんなに重要《じゅうよう》か、もうわかったのよ。」と、ドロシアがいった。

「テロダクティルが教えたんだ。」と、ナンシイがいった。「ところで、ねえ、それ、どんな鳥なの？　大きい？」

「ガチョウくらいある。」と、ディックがいった。

「すごい。」と、ナンシイがいった。

「キャプテン・フリントたち、郵便局《ゆうびんきょく》へはいったわ。」と、十分ほどたった時、ティティがいった。ティティは、前部《フォア》デッキに腹這《はらば》いになって望遠鏡《ぼうえんきょう》を手すりにのせ、長い埠頭《ふとう》を見ているところだった。「ずいぶん長いわね……電報《でんぽう》を、四本書くのね……あっ、出てきた、出てきた……キャプテン・フリントが港務《こうむ》部長《ぶちょう》と話してる……ガソリンは、きっともう買ったのね……男の人が缶《かん》を手押《てお》し車《ぐるま》に積《つ》んで押《お》してくるわ。」

「ゆっくり、まわりを見るのよ。」と、ナンシイがいった。「ダクティルのやつが、双眼鏡《そうがんきょう》でこっちをにらんでるから。あいつ、またやってきて、あがろうとしないかなあ。」

「機関室《エンジンルーム》からスパナを持ってきとこうか？」と、ロジャがいった。

ようやく、ジョンとキャプテン・フリントを乗せたボートが、埠頭《ふとう》の石段《いしだん》をはなれた。

ところが、まっすぐ、シロクマ号へもどってこない。

「いったい、なんだってあんなブイを見にいったんだろ？」と、ナンシイがいった。

そのわけは、すぐにわかった。

「ロジャ、エンジンを動かしてくれ。」と、キャプテン・フリントが、船にあがってくると、すぐにいったのだ。「それから、ガソリンを入れるから、じょうごをたのむ。ガソリン一滴《てき》もなしじゃ船は動かないよ。」

「アイ・アイ・サー。」といって、ロジャはにこにこしながら、姿《すがた》を消した。

キャプテン・フリントは後部《アフター》デッキにあるタンクのガソリン注入口をあけて、じょうごをさしこむと、ジョンに手つだわせて、ガソリンを入れはじめた。

「ナンシイ、ウィンチをたのむ。」と、キャプテン・フリントが肩《かた》ごしに声をかけた。

「錨《いかり》を海底《かいてい》からちょっとひきはなしてくれ。」

「今すぐ、出航《しゅっこう》するの？」と、前部《フォア》デッキへいそぎながら、ナンシイがたずねた。

「いいや。」と、キャプテン・フリントがいった。「あの男にマックの湾《わん》へ行く道なんか教えたかないだろ。あのブイまで移動《いどう》するんだよ。あれにロープをかけて、停泊《ていはく》する。ロープなら、大きな音を立てずにはずせるだろ。出航《しゅっこう》する時、錨《いかり》を巻《ま》きあげたら、その音をきいて、あの男は追いかけてくる。ダニのようにくっついてはなれないね。その時がきたら、音一つ立てずに出航《しゅっこう》しなくちゃならない。あの男の目をくらまさなくちゃならないからな。」

12　チャンスを待つ

キャプテン・フリントのいうとおり、シロクマ号は、ちょっとでも動けば、かならず相手に気づかれることがわかった。ロジャがエンジンを動かし、ポンポンいう音とともに船《せん》尾《び》の排出口《はいしゅつこう》から、うす青い煙《けむり》と水が、十二回ほどはき出されたろうか。たちまち、テロダクティル号で、人々がいそがしく動きだすのが見えた。たまご収集家《しゅうしゅうか》が、甲板室《デッキハウス》から出てくると、双眼鏡《そうがんきょう》でシロクマ号を見はじめた。一人の男が、いそいで船首《せんしゅ》へ行って、ウィンチのそばに待機《たいき》した。錨《いかり》あげの命令《めいれい》を待つのだ。

「向こうも出航《しゅっこう》するわ。」と、ペギイがいった。

「こっちの出航《しゅっこう》を見て、いつでも出航《しゅっこう》できるようにしてるんだよ。」と、ジョンがいった。「彼《かれ》にとっちゃ、それしかのぞみがないんだ……ぼくたちがどこへ行くかを見て、ついてくるのさ。」

「ジョン、ボートだ！」

「アイ・アイ・サー。」

「誰《だれ》かをいっしょに連《つ》れてって、ブイのそばで待っていてくれ……君じゃない……君はいてくれ、ナンシイ。ここに残《のこ》っていて、引《ひ》き綱《づな》の端《はし》をジョンに渡《わた》してくれ。」

「スーザン、君、来てくれ。」と、ジョンがいった。

ジョンはスーザンといっしょに、ボートに乗って漕《こ》ぎ出《だ》していき、ブイまで行くと、潮《しお》に押《お》しもどされないように、ときどき一、二回漕《こ》ぎながら、待機《たいき》した。シロクマ号の前部《フォア》デッキで、ナンシイとキャプテン・フリントが、いそがしくはたらいているのが見えた。船首《せんしゅ》に錨《いかり》があがってきて、ポタポタ水をたらしている。キャプテン・フリントが、船尾《せんび》へうつって、舵《かじ》をにぎった。ナンシイが引《ひ》き綱《づな》の端《はし》をもって待機《たいき》している。小さなエンジンの音が変《か》わって、シロクマ号が、ゆっくりと進みはじめた。

シロクマ号が、どんどんブイに近づいてきた。

「減速《げんそく》。」というキャプテン・フリントの声がきこえた。その声は、いつもとなにも変《か》わらなかった。

ジョンは、ボートをシロクマ号の船首《せんしゅ》に寄《よ》せた。

「はい、これ。」と、ナンシイが落ちついた声でいって、スーザンに引《ひ》き綱《づな》の端《はし》を渡《わた》した。

「それを一回輪《わ》に通して、もやい結《むす》びにするの……結《むす》んだ部分を長くする。すくなくとも二尋《ひろ》くらいって話。いざという時、デッキからほどけるから。」

それは、二分間で終わった。ロープがしっかりと結《むす》びつけられ、エンジンがとまった。ジョンとスーザンが、また船にもどった時、ロジャが、あつさにのぼせた顔をうれしそうにひからせながら、階段《かいだん》をあがってきて、向こうのテロダクティル号を見ていった。

「あっちも、エンジンをとめたぜ。」

「ボートがブイに近づいたのを見たとたんに、とめたの。」と、ナンシイがいった。

「こっちがなにしてるのかが、わかったからさ。」と、キャプテン・フリントがいった。「しかたがないよ。それに、われわれが出航《しゅっこう》すれば、向こうもついてくると教えてくれたのは、大いにありがたい。」

「それが、みんな、ディックの鳥のためなのね。」と、ナンシイがいった。「まるっきり信《しん》じられないようなことだわ。すごいぞ、教授《プロフェッサー》！　私《わたし》、その鳥が巣《す》をつくってようとつくってまいと、かまやしないのよ。これは、今までの事件《じけん》の中でいちばんすてきよ。博《はく》物学《ぶつがく》ばんざいだわ。大ウミガラスとウミガラス！　私《わたし》、鳥って、こんなにおもしろいもんだとは、思わなかった。」

「ぼくは、あれが巣《す》についてることを、だいたい確信《かくしん》してるんだ。」と、ディックがいった。

「あの男も、そう考えてる。」と、キャプテン・フリントがいった。「あいつは、君が、ほんとうになにか重要《じゅうよう》なことを知ってると思っている。だから、そうやすやすとは、はなしちゃくれないよ。だから、あいつをだますように、仕事を進めよう。なにしろ、こっちの四倍のスピードだ。こっちの出航《しゅっこう》を見られて、海上でつかまったら、ふり切るチャンスは、ぜったいにない。」

「十五キロくらいひきはなさなくちゃだめだな。」と、ジョンがいった。「濃《こ》い霧《きり》がまいていてもいいだろうな。」

「霧《きり》はだめ。役に立たない。」と、ナンシイがいった。「この間だって、霧《きり》が来る前に私《わたし》が湾《わん》のまん前まで船を持ってったから、どうやら船体掃除湾《スクラバーズ・ベイ》にはいれたのよ。はじめっから霧《きり》にまかれたんじゃ、それもできない。」

「これだけ北にくると、夜はとても明るいんだ。やっかいなのは、そこだな。」と、キャプテン・フリントがいった。

「あいつが上陸《じょうりく》した時、水兵狩《すいへいが》りかなにかをやって、追跡《ついせき》が手おくれになるまで、陸《りく》にしばりつけておくって方法《ほうほう》はどう?」と、ドロシアがいった。

「なにか方法《ほうほう》を見つけよう。」と、キャプテン・フリントがいった。

「これから、なにをするの?」と、ティティがたずねた。

「なんにもしない。」と、キャプテン・フリントがいった。「全然《ぜんぜん》、なんにもしないんだ。あいつを、あれこれ考えっぱなしにさせておく。うんざりするまで、こっちを見張《みは》らせておこう。」

「いらっしゃいよ、ペギイ。」と、スーザンがいった。「私《わたし》たち、動物のえさを心配したほうがいいわ。ジョン、あなたが買ってきてくれたパン、どこへおいた?」

「しまった!」と、ジョンがいった。「パン買うのを、すっかり忘《わす》れてた。とにかく、ぼくは忘《わす》れた。ぼくたち、船をブイまでうつすことを考えていたんだよ。」

「でも、ぼくたち、とっても腹《はら》がへった。」と、ロジャがいった。「誰《だれ》だって、そうだよ。」

「手にはいれば、牛乳《ぎゅうにゅう》もすこしほしいの。それにチョコレートも切らしちゃったし、たまごもないわ。」

「ニワトリのたまごだね。」と、ロジャがいった。「ハシグロアビのじゃないね。」

「ボートは誰《だれ》も使わないわね。」と、スーザンがいった。「店がしまらないうちに、ペギイと二人で行ってくるわ。」

二人のコックは、ボートに乗りこんで漕《こ》ぎ去《さ》っていき、埠《ふ》頭《とう》の下の小さな石段《いしだん》にあがった。

「あっ、」と、ロジャがいった。「ダクティルさんも、腹《はら》がへってるんだよ。」

ジマリング氏《し》が、テロダクティル号の手すりのところに立って、すでにボートに乗りこんでいる水夫《すいふ》に、なにか話していた。水夫《すいふ》が肩《かた》ごしにふりかえって、埠頭《ふとう》をちらりと見た。それから、ボートを押《お》し出《だ》すと、力いっぱい漕《こ》ぎ出《だ》したので、まもなくボートは、ペギイとスーザンのボートとおなじ石段《いしだん》につながれた。水夫《すいふ》は石段《いしだん》をのぼっていき、埠頭《ふとう》をひとあたり見渡《みわた》してから、誰《だれ》かを待つようにボラード(1)の上に腰《こし》をおろすと、パイプにタバコをつめて、火をつけた。

「落ちついたもんだね。」と、ロジャがいった。

「誰《だれ》もが、あなたみたいに、おなかすかしてやしないわよ。」と、ナンシイがいったが、ふいに声の調子を変《か》えて、ぴょんと立ちあがりながらさけんだ。「そうだ。あのけだもの、私《わたし》たちのコックを待《ま》ち伏《ぶ》せさせるために、水夫《すいふ》を上陸《じょうりく》させたんだ。ペギイからだったら、

いろいろきき だせるのよ……ペギイって、きかれれば、なんだって口走っちゃうんだから。泳いでいくには遠すぎるわ。そうそう、折りたたみ式ボートを出しましょうよ。はやく……」

「もう手おくれだよ。」と、キャプテン・フリントがいった。

スーザンとペギイはちょうど今、埠頭《ふとう》にある一軒《けん》の店から出てきたところで、もう一軒《けん》の店のかざり窓《まど》をのぞきこんでいた。テロダクティル号の水夫《すいふ》が、二人に向かって道を横ぎっていた。

「もう、どうしようもないな。」と、ジョンがいった。

「スーザンは、けっしてしゃべらないわよ。」と、ティティがいった。

「おどろき、もものき！」と、ナンシイが大きな声をあげた。「いや、ちがった。タゲリにチドリにツノメドリ……ペギイが、水夫《すいふ》にバスケットを運ばせてる。あの子ったら、いつだって、誰《だれ》とでも、おしゃべりしたくてしょうがないんだから。」

「無垢《むく》な子どもは、あいそよく弁舌《べんぜつ》さわやかな悪漢《あっかん》の好餌《こうじ》であった。」と、ドロシアが小声にいった。そして、心から心配はしていたが、ポケットに手をつっこんで、鉛筆《えんぴつ》をさがした。

「いっしょに店にはいっていくぜ。」と、ロジャがいった。

「ねえ、ペギイは、ほんとうにしゃべっちゃうと思うかい?」と、ディックがいった。

「しゃべったら、水につっこんでやる。」と、ナンシイがいった。

「でも、その時はもう手おくれだよ。」と、ディックがいった。

スーザンとペギイが、バスケットばかりか、こんどはパンまでかかえこんだテロダクティル号の水夫《すいふ》をおともに、店から出てくるのを見て、シロクマ号の乗組員《クルー》たちは、あきれて口もきけなかった。三人いっしょに埠頭《ふとう》を横ぎって石段《いしだん》をおりてくる途中《とちゅう》、水夫《すいふ》が、新しくできた友人二人にさかんに話しかけているのが見えた。シロクマ号のコックたちは、ボートに乗りこんで、水夫《すいふ》からバスケットとパンを受けとった。水夫《すいふ》は、前髪《まえがみ》を引《ひ》っ張《ぱ》ってわかれのあいさつをした。そして、スーザンがシロクマ号めざしてボートを漕《こ》ぎだすと、水夫《すいふ》もスカル(2)でボートを漕《こ》ぎだして、テロダクティル号にもどっていった。シロクマ号の連中《れんちゅう》は、スーザンとペギイが食糧《しょくりょう》を手渡《てわた》して船にあがってくるまで、一言も口をきかなかった。

「あれは、テロダクティル号の水夫《すいふ》だったのよ。」と、ペギイがほがらかにいった。

「あいつになにをしゃべった?」と、ナンシイが、きびしく問いつめた。

ペギイは、にこっと笑《わら》っていった。「私《わたし》たち、あの男がボートで追いかけてくるのを見たの。だから、話しかけてきた時には、準備万端《じゅんびばんたん》ととのってたの。」

「あいつになにをしゃべった？」と、ナンシイがもう一度たずねた。

「『あのべっぴんな小船で、どこへ行くんですか？』ってきいてきたから、持ち主にかえしにもどるんだっていったわ。」

「うまい、うまい。」と、キャプテン・フリントがいった。

「うん、なかなかいい。」と、ナンシイがいった。

「スーザンの思いつきよ。」と、ペギイがいった。

「まあ、船をかえすのは、ほんとうのことでしょ。」と、スーザンがいった。「だから、持ち主はどこにいますかってきかれても、グラスゴーではたらいてるって、いえたのよ。」

「それから、なんていったの？」と、ナンシイがいった。「船体掃除湾《スクラバーズ・ベイ》のことはいわなかったでしょうね？」

「あの男、海で私《わたし》たちに会ったことを、なんとかいってたわ。そこで、スーザンが、そういえば、船首《せんしゅ》をつっきっていったモーターヨットがありましたけど、それがあなたの船でしたかってきいたの。彼《かれ》、ちょっとへこたれちゃったけど、また気をとりなおして、きいてきたわ。『そして、あの時から、今までどこにいたんですか？』って。だから、私《わたし》たち二人はコックなので、よくわからない。海図《チャート》って数字ばっかり書いてあるから、まごつくだけだっていったの。」

「うまいなあ！」と、ロジャがいった。「ぼくもいっしょに行けばよかった。」

「おまえが行ったって、おなじことだったさ。」と、ジョンがいった。「たぶん、へまをやったくらいだ。」

「二人とも、じつにうまくやってくれたよ。」と、キャプテン・フリントがいった。「あの男にはなにもわからなかったし、こっちにはたくさんのことがわかった。私《わたし》は、あの男が、ディックの鳥を見つける決心をするだろうと考えていた。それが今、はっきりそうだとわかった。彼《かれ》がのぞみを持てるのは、われわれのあとをつけることだけだ。こっちがそのチャンスをあたえれば、彼《かれ》はかならずついてくる。だから、彼《かれ》に知られないようにして出航《しゅっこう》しなければならない。簡単《かんたん》なことじゃない。向こうは監視《かんし》してるからね。さあ、みんな中へはいろう。あっちを見てばかりいちゃ、いけない。この船は根っからのぐうたら水《すい》夫《ふ》ばかりそろってるぐうたら船なんだ。誰《だれ》のことも気にかけない……とりわけ、あんなやつなんかは、気にかけない船なんだ。」

「たった一つ、やっておかなくちゃいけないことがある。」と、ジョンがいった。「ステースルの滑車《かっしゃ》がカナリアのように鳴いてしょうがない。」

「ボタンインコのほうが似《に》てるよ。」と、ロジャがいった。

「これだけはなれてても、あの男にきこえる。」と、ジョンがいった。

「よしよし。君、のぼってって、油をさしてきてくれ。」

ジョンは横木《クロスツリー》までのぼっていって、全然《ぜんぜん》音がしなくなるまで、問題の滑車《かっしゃ》に油をさした。おりてきてみると、ほかの子どもたちは船室《キャビン》にひっこみ、ものすごい食事をはじめようとしていた。

「おやつと夕ごはんがいっしょ。」と、スーザンがいった。

「あしたの朝ごはんも兼《か》ねることになりそうだな。」と、ナンシイがいった。「今晩《こんばん》、なにが起こるか、わからないもの。」

そのものすごい食事の間、ときどき、誰《だれ》かがそっと船首部屋《フォクスル》まで行って、舷窓《げんそう》からテロダクティル号を見ていた。長い間、たまご収集家《しゅうしゅうか》は、みずから、デッキチェアに腰《こし》かけて、シロクマ号を監視《かんし》していた。しかし、やがて、手があいているらしい水夫《すいふ》を一人残《のこ》して、姿《すがた》を消した。

食事がすんで、子どもたちが洗《あら》いものをしていると、ふいに、頭の上で、雨のぱらつく音がきこえてきた。

「しまった。」と、ジョンがいった。「帆《ほ》を片《かた》づけてなかった。」

「大丈夫《だいじょうぶ》だよ。」と、キャプテン・フリントがいった。「デッキへ出ちゃいけないよ。われわれにとっちゃ、幸運の手はじめだ。くもった夜空なんか、ねがってもないさいわいだ。」

「あの水夫《すいふ》、雨であわててひっこんだわ。」と、ティティがいった。

「監視《かんし》するのをやめたんだと思う?」と、ディックがいった。

「やめるもんですか。」と、ナンシイがいった。「甲板室《デッキハウス》に誰《だれ》か一人が、かならずいるわよ。そして、こっちが動きだしたら、すぐ動けるように用意できてる。」

「ぼくたち、いつ出航《しゅっこう》するんだい?」と、ロジャがたずねた。

潮汐表《ちょうせきひょう》を見ていたキャプテン・フリントが「引《ひ》き潮《しお》にのることが必要《ひつよう》だな。」と、ひとりごとともなく、人にきかせるともなくいった。「九時まぎわが、満潮《まんちょう》なんだ。引《ひ》き潮《しお》は、午前三時近くまでつづく。だから、うまくやろうと思ったら、三時までに出航《しゅっこう》しなくちゃならない。おっ、そうそう。もう、みんな寝《ね》たほうがいいぞ。できるだけ、眠《ねむ》っておけよ。」

誰《だれ》も、そんなにはやく床《とこ》につきたくなかったので、それから三十分かそこら、みんなそのまま起きていた。四、五分おきに、誰《だれ》かがハッチの階段《かいだん》をあがっていっては、そのたびに、空は灰色《はいいろ》で、霧《きり》とおなじくらいぐあいのよい霧雨《きりさめ》が降《ふ》りつづいているという、うれしいニュースを伝えた。とうとう、スーザンがきっぱりした態度《たいど》で、寝《ね》ておかなくては、真夜中に出航《しゅっこう》する時、あまりはたらけないといって、みんなをうながした。

「ディックは、もう眠《ねむ》っているわ。」と、ドロシアが小声でいって、ディックを指さしてみせた。

ディックは、鳥の本の上に頭をのせて眠《ねむ》っていた。鳥類研究家《ちょうるいけんきゅうか》が友人でなくて、たまご収集家《しゅうしゅうか》とわかったショック、鳥についての心配、キャプテン・フリントが計画を変更《へんこう》せず、ディックとドロシアがあとに残《のこ》ることとさえみとめなかった時の失望《しつぼう》、それから、乗組員《クルー》全員が自分をたすけてくれたばかりか、キャプテン・フリントまでが計画をすてて、自分の希望《きぼう》どおりにすることに賛成《さんせい》してくれた時のよろこび。そんなこんなで、ディックはへとへとにつかれていたのだ。

「分別《ふんべつ》のある子だ。」と、キャプテン・フリントがいった。「いや、そのままにしておけよ。眠《ねむ》らせてやれ。君たちは、みんな寝棚《バンク》にはいれ。時間になったら、私《わたし》が起こすから。」

「着がえしないで寝《ね》るの？」と、ナンシイがたずねた。

「おすきなように。」と、キャプテン・フリントがいった。「スーザン、君の目ざましをかしてくれ。」

「ものすごい音を立てるんですけど。」と、スーザンがいった。

「タオルで包《つつ》むの。」と、ナンシイがいった。「そして、まくらの下につっこんどくといいわ。」

ディックが目をさました時、船室《キャビン》の中はうす暗く、ランプも消えていたが、ほかの子どもたちも、まだ眠《ねむ》りこんではいなかった。ディックは体を動かした。するとすぐにキャプテン・フリントの手が、ひざにふれたのがわかった。

「ランプがなくても寝棚《バンク》にはいれるだろ。」と、キャプテン・フリントの声がきこえた。

「一時間ほど前に消したんだよ。それに、ぐうぐう寝《ね》ているように、あいつに思わせたいんだ。」

「もう、雨はやみましたか？」

「いや、まだだ。しかし、どうやら、やんじまいそうだな。」

サーチライト

「今、出航《しゅっこう》できませんか?」

「まだだめだよ。」と、キャプテン・フリントがいった。「まだ、あいつが目をはなさない……ほら、あれをごらん……」

突然《とつぜん》、船の片側《かたがわ》の舷窓《げんそう》ごしに、強烈《きょうれつ》な光がさしこんだ。あけたままのハッチと、その真上のブームから、くねくねと折《お》れまがってたれている白帆《しらほ》が、ぱっと照《て》らしだされた。

「また、ダクティルのサーチライトだわ。」というナンシイの声がきこえた。

「三十分おきだ。」と、キャプテン・フリントがいった。「あいつが、うんざりしてやめるまで、待たなくちゃならないよ。」

「ぼくたち、ほんとうにもどるんですね?」と、ディックがいった。

「そうとも。寝棚《バンク》にころがりこんで、眠《ねむ》れよ。」

(1) ボラード――船のもやい綱《づな》を結《むす》びつける、デッキや岸壁《がんぺき》にある短い柱。
(2) スカル――一人の漕《こ》ぎ手《て》が左右二本のオールを漕《こ》ぐこと。

13　肩《かた》すかしをくわす

寝棚《バンク》でうつらうつらしていたジョンは、誰《だれ》かの手がひざにふれたのを感じて、目をあけた。船室《キャビン》の中はうす暗く、階段《かいだん》のそばの床《ゆか》の上に、赤と緑の小さな光が見えた。ジョンはそれを見て、一瞬《いっしゅん》とまどった。

「今がチャンスだ。やってみよう。」というキャプテン・フリントのささやき声がきこえた。

「あの男、監視《かんし》をやめたんですか?」と、ジョンがたずねた。

「うん。もう一時間半ばかり、サーチライトがこない。もう、これ以上《いじょう》待てない。潮《しお》にのれなくなるからな。まずいことに雨はやんだよ。しかし風は北西だ。」

「ナンシイを起こしましょうか?」

「生意気、生意気。」という、別《べつ》のささやき声がきこえた。「私《わたし》がいなかったらあなたたなんか、ぐうすか寝《ね》かしとくところだったわ。」

「航海灯《こうかいとう》をけたおさないでくれよ。そいつは、いよいよの時まで出さずにおくつもりだから。」

ジョンは、寝棚《バンク》からそっと抜《ぬ》けだし、靴《くつ》をはいて、あたたかいセーターをもぞもぞと着こむと、赤と緑の航海灯《こうかいとう》の間を、つま先だって歩いて、デッキに出た。

星は一つも見えなかったが、暗くはなかった。しかし、とても寒かった。埠頭《ふとう》には、ランプが一つぼんやり光っていた。その光が、さざ波に映《うつ》って、こまかくくだけている。約《やく》百メートル先に眠《ねむ》るテロダクティル号のデッキを、白い停泊灯《ていはくとう》が、ぼんやり照らしていた。

「風は北西だよ。」と、キャプテン・フリントが、もう一度いった。「ここから出ていくには、この上なしだ。したくはできたか？ よーし。しずかに前へ行って、ステースルをあげてくれ。私《わたし》が船を右へ動かすから、ナンシイは、ブイのロープをそっと引《ひ》っ張《ば》る。メンスルをあげるのは、港外へ出てから……」

ジョンは、船首《せんしゅ》へ歩いていった。ずっと南のほうに、くるくるまわる灯台《とうだい》の光が見えた。一分間に三度、ながく光るのだった。北東の陸上《りくじょう》の夜空に、二度つづけてぼんやりした光がふいにあらわれるのは、長いヘッド岬《みさき》がもりあがって隠《かく》している、その突端《とったん》の灯台《とうだい》の灯《ひ》だった。

「帆《ほ》の結《むす》びは、もう、私《わたし》がはずしておいた。」と、ナンシイがささやくようにいった。「帆《ほ》はあげるばっかりになってる。でも、あがる時、はためかないように気をつけてね。」

ジョンは、ステースルのあげ綱《づな》を見つけた。さっき滑車《かっしゃ》に油をさしてから、自分で巻《ま》きとめておいたのがよかった。あげ綱《づな》はすぐにつかめた。ジョンは、うす暗いマストの上のほうをちょっと見あげた。あの滑車《かっしゃ》がきしるかどうか。

「いいかい？」と、ジョンがたずねた。

「ちょっと待って。まだ結《むす》び目《め》がつかめない。手をかしてちょうだい。ものすごく力がいる。さ、ひいて……」

その時、キャプテン・フリントがだし抜《ぬ》けにそばにやってきて、手をかして引《ひ》っ張《ぱ》ってくれた。「これでいいんだ。ウィンチは使えないからな。」

「ほらほら、ブイが寄《よ》ってきた。」と、ナンシイがいった。「結《むす》び目《め》をつかんだ。さあ、ちょっと待って。うん、もう、いつでもいい……」

「船を、潮《しお》だけにまかせたくない。」と、キャプテン・フリントがいった。「それに大声を出さないほうがいい。ロープをといたらすぐ、『終わり』とだけしずかにいってくれ。引《ひ》き綱《づな》を船尾《せんび》へもっていったほうが、うまくやれたと思うが、まあ、船もうまく向きを変《か》えてくれるだろう。場所がひろいからな。」

「アイ・アイ・サー。」と、ジョンが小声でいった。

「私《わたし》、ロープの端《はし》をといたわ。」と、ナンシイがいった。「もういつでも、はなせるわよ。」

「キャプテン・フリントが、舵《かじ》のところへ行くまで、待ってくれ……よし、いいぞ、ナンシイ。帆《ほ》をあげる。」

ジョンが、ぐいっ、ぐいっとあげ綱《づな》をひくと、大きな帆《ほ》があがりだした。「あの滑車《かっしゃ》は、キイともいわないいな。」と、ジョンはひとりごとをいった。帆《ほ》は、一度はためいたが、それ一回だけだった。ジョンは、左舷《さげん》のシートをつかんで、はためきをとめ、「はやく、はやく。」と、小声でいった。

引《ひ》き綱《づな》が水に落ちた時、ごくかすかに水音がした。

「終わり。」と、ジョンがいった。

ずっとはなれた埠頭《ふとう》のあかりや、白いテロダクティル号や、町の家々や、大空を背景《はいけい》にした黒い丘陵《きゅうりょう》などがまわっていた。埠頭《ふとう》のあかりが、船の真横に見え……ななめうしろになり……まうしろになって……ジョンがデッキにあがった時に見た灯台《とうだい》の灯《ひ》が、今、真正面に見えてきた。シロクマ号は、もう、引《ひ》き潮《しお》にさからわず、潮《しお》といっしょに移動《いどう》していた。

ナンシイは、引《ひ》き綱《づな》を船上にたぐりあげて、ぬれた端《はし》を巻《ま》きおさめてからいった。

「私《わたし》たち、この位置《いち》にいるほうがいいわね。見張《みは》れるから。」

シロクマ号は速度をましていた。引《ひ》き潮《しお》にのり、ステースルに北西の風をいっぱいに受けて、港の入口にある、うす灰色《はいいろ》の防波堤《ぼうはてい》の突端《とったん》めざして進んでいた。

「キャプテン・フリントは、灯台《とうだい》を目標《もくひょう》に舵《かじ》をとってる。」と、ジョンがいった。点だった光が、白い閃光《せんこう》にふくれあがり、夜空をはくように動いて、また小さな点になるのが見えたのだ。

「ジョン！」

ジョンは、そっと歩いて船尾《せんび》までいった。

「航海灯《こうかいとう》を出してくるから、その間、舵《かじ》をとってくれ。もう必要《ひつよう》ないんだが、万一ってこともあるからな。漁船《ぎょせん》がはいってくるかもしれないし、陸《りく》にいるおせっかいが、航海灯《こうかいとう》なしでどうしたんだと、どなるかもしれない。もう、あがりはなんでもない。しかし水の上では、さけび声ってやつは、ずいぶん遠くまで伝わるんだ……ほら、たのむよ。灯台《とうだい》が十分に船首右舷《せんしゅうげん》にくるように、舵《かじ》をとってくれ。」

「十分に船首右舷《せんしゅうげん》です、船長《キャプテン》。」と、ジョンが復唱《ふくしょう》して、船長《キャプテン》の手であたためられた舵《かじ》をにぎった。

すぐに、ランプ二つがデッキに出された。それを見たジョンは、キャプテン・フリントが注意ぶかくことを運んでいるのを知った。キャプテン・フリントは、港の船にいる人間が、ふと舷窓《げんそう》からのぞいても、赤や緑の光がちらりとも見えないように、よく気をくばっていた。そして、一度に一つだけ持って、前のほうへ行って、シュラウズの所定の位置《いち》にすえつけていた。

「もう、あいつをだし抜《ぬ》いた?」と、ナンシイがたずねているのを、ジョンはきいた。

「あれっきり、あのサーチライトを動かしていないよ。」キャプテン・フリントはそういうと船尾《せんび》へもどってきて、今度はジョンにいった。「かなりうす暗い航海灯《こうかいとう》だが、出していないとは誰《だれ》もいえないよ。」

ジョンは舵《かじ》を渡《わた》して、港の中をふりかえって見た。テロダクティル号のフォアステーにぶらさげてある停泊灯《ていはくとう》が、あわい金色の点になって見えた。船はまだあそこにいる。さっきから、なにも変化《へんか》はない。たまご収集家《しゅうしゅうか》と部下たちは、まだ眠《ねむ》っているのだ。

「いいぞ！　ぼくたちがいなくなったのを知ったら、彼《かれ》ら、どんな顔をするだろうなあ！」

「気づかれるまえに、できるだけ進んでいなければならないんだ。」と、キャプテン・フリントがいった。「それに、かろうじて脱出《だっしゅつ》できたにすぎないんだよ。いくらも行かないうちに、夜もあける。」

「メンスルをあげたら、どうです？」

「すっかり港外へ出たら、すぐにあげよう。」

シロクマ号は、音一つ立てず、するりと抜《ぬ》けだした。つかれた乗組員《クルー》たちは、デッキの三人をのぞいて、みんな寝棚《バンク》で眠《ねむ》っていて、船が動いていることなど、夢《ゆめ》の中でしか知らなかった。陸《りく》から吹《ふ》く風を受け、引《ひ》き潮《しお》に運ばれて、大きなステースルだけで走るシロクマ号は、まるで幽霊《ゆうれい》のように港をすべり出た。

三十分後、風をさえぎる海岸をはなれはじめたシロクマ号は、船首《せんしゅ》の波切りの下で、小さなつぶやきをはじめた。そのつぶやきが、だんだん大きくなってきた。船内でその音を最初《さいしょ》にきいたのは、ドロシアだった。「風だわ。」と、ドロシアは考えた。「港にいるのにあんな音がきこえるんだから、そうとうな風ね。」すると、新しい音がきこえてきた。滑車《かっしゃ》のカラカラいう音、どっしりした帆布《ほぬの》のはためき、あがっていく時のガフのきしみ――みんな、メンスルがあがる時の音だ。それをきくと、ドロシアにもわかった。そこで、すぐに寝棚《バンク》から出ると、つま先立ちしながら船首部屋《フォクスル》へ行き、舷窓《げんそう》から外を見た。夜明け前のおぼろな灰色《はいいろ》の光の中で、岩ばかりの海岸がとぶように目の先をすぎていく。

「ディック、」ドロシアは、あわててディックの寝棚《バンク》に首をつっこんでいった。「私《わたし》たち、出航《しゅっこう》したわよ。」

ディックは、手をのばしてめがねをつかむと、寝棚《バンク》からころがるように出て、舷窓《げんそう》のドロシアのところへ行った。

「おはよう。」と、ロジャが起きあがっていったが、すぐに、「あっ！　ぼくらを起こさないで出ちまったぞ。ちくしょう！」とつけくわえ、舷窓《げんそう》からのぞくような手間をかけず、ディックとドロシアをおしのけて、ハッチの階段《かいだん》をかけのぼった。

ドロシアとディックがデッキに出てみると、ジョンが舵《かじ》をとっていた。キャプテン・フリントとナンシイが、あげ綱《づな》をひいていて、メンスルがあがっていくところだった。ふりかえってみると、出てきた港の防波堤《ぼうはてい》の突端《とったん》が、すでにはるかうしろになっている。

「なんで、ぼくを起こさなかったんだい？」と、ロジャがたずねていた。

「船長《キャプテン》にきいてくれ。」

メンスルが固定《こてい》され、つぎに、ジブがあがった。

「その右舷《うげん》のジブシートを、ぐっと引《ひ》っ張《ぱ》ってくれ、ロジャ。もう、ここにいるんだから。」と、ジョンがいった。

「ぼくがいて手つだったら、もっとずっとよくやれたのにな。」ロジャは、ジブシートを引《ひ》っ張《ぱ》りながらいったが、船尾《せんび》にやってきたキャプテン・フリントが手をかそうとするので、「一人でやれる。」とつけくわえた。

「あまりきつくしめるなよ。」

ディックとドロシアは、港を見ていた。あかりが一つ、消えかかるマッチのようにちらちらして消えた。二人は、シロクマ号を追いかけてくる快速《かいそく》モーターヨットが、白くぼんやりとでも見えるかと、さがしているのだった。しかし、動くものは、なにもなかった。

「眠《ねむ》りにひたりきったがため、」と、ドロシアがつぶやいた。「悪漢《あっかん》は、邪悪《じゃあく》なその手からえじきのすり抜《ぬ》けたことを、すこしも知らなかった……」

「しかし、そうかなあ？」と、ディックがいった。

ティティの白い顔が、階段《かいだん》にあらわれた。ティティは一言もいわずに、船尾《せんび》を見てから船首《せんしゅ》に目をうつし、突然《とつぜん》寒さに身ぶるいすると、階段《かいだん》のいちばん上に腰《こし》かけ、念力《ねんりき》をふるって、シロクマ号を前進させた。

「私《わたし》を通してよ。」と、ペギイがいうと、ティティは通れるだけのすきまをあけた。「はい、これ、あなたのセーター。スーザンが渡《わた》してよこしたの。着なくちゃいけないわ。スーザンもすぐ来るわ。途中《とちゅう》で、プライマス・ストーブつけてるだけだから。」

「りっぱなスーザンだ。」と、キャプテン・フリントがいった。「しかし、なんで君たちまぬけどもは、寝《ね》ていないんだ？」

「起きていたいからさ。」と、ロジャがいった。「キャプテン・フリントとナンシイとジョンだけが、自分たちだけで、こそこそ楽しんでるんだもの。」

「君の番だってくるさ。」と、キャプテン・フリントがいった。「ヘッド岬《みさき》をまわったら、あの湾《わん》まで、クロースホールド(1)で航海《こうかい》しなくちゃならない。その時には、エンジンにたすけてもらう。」

「港を出る時だって、エンジンを使ったほうがよかったんだよ。」と、ロジャがいった。

「もう、ガソリンはたっぷりあるんだもの。」

「そして、テロダクティルに、出航《しゅっこう》でございって知らせたほうがよかったんだな。」と、ジョンがいった。

「あっ、ごめん、ごめん。」と、ロジャがいった。「それを忘《わす》れてた。」

「もう、あの男をやっつけたかな？」と、ディックがたずねた。

「まだ、わからないな。」と、キャプテン・フリントがいった。「私《わたし》たちが岬《みさき》のはなをまわるまで、やつが出てこないようなら、かなりチャンスがあると見ていいだろう。しかし、その場合だってぜったい確実《かくじつ》とはいえないよ。あの船は、ものすごいスピードが出せるからな。湾《わん》の奥《おく》ふかくに隠《かく》れてしまうまでは、だし抜《ぬ》いたとはいえない。」

「もし、あの船が出てきて、ぼくらを見つけたら、どうしたらいいんですか？」

「そのまま海に出ちまうのさ。ラス岬《みさき》を見にいこう。とにかく、あいつにおどりをおしえてやろうじゃないか。心配するな。君の鳥のところへ、あいつを連《つ》れてなんか行かないから。」

東の空が明かるみはじめ、シロクマ号は、その光に向かって帆《ほ》という帆《ほ》をいっぱいにふくらまして、ぐんぐん進んでいた。しかし、誰《だれ》かが、たえず港のほうを見返していた。灯《とう》台《だい》は、もう光らなくなっていた。一分ごとに日の出が近づいていていた。岬《みさき》の南側《みなみがわ》の斜面《しゃめん》でヒツジや牝牛《めうし》が動いているのが見えた。

「今、あっちが港から出てきたら、こっちの姿《すがた》は見えちゃうね。」と、ディックがいった。

「まだ、影《かげ》も見えないわよ。」と、ドロシアがいった。

階段《かいだん》から、コーヒーのかおりがただよってきた。

「あのたまごやさん、朝ごはんの時、とってもきげんがわるいだろうなあ。」船室《キャビン》の中をのぞくようにしながら、ロジャがいった。

「もう、腹《はら》がへったのか?」キャプテン・フリントがにやりとしていった。

「ポリッジよ。」スーザンが船内から、みんなをよんだ。

「さあ、みんな食べにいってくれ。」と、キャプテン・フリントがいった。「ヘッド岬《みさき》を出てしまうまでは、デッキじゃ仕事はないからな。」

ロジャはとくに気をくばって、いちばん最後《さいご》まで残《のこ》っていて、船長《キャプテン》以外《いがい》のみんなが下におりてしまうと、ぶらりとコンパスを見にいった。

「行ってこいよ、ロジャ。うんと食ってこい。それから、エンジンの準備《じゅんび》をたのむ。」

「アイ・アイ・サー。」と、ロジャはうれしそうにいって、みんなのあとから階段《かいだん》をかけおりた。

スーザンが、ポリッジのおわんを操舵手《そうだしゅ》にとどけにきた。

「ほんとうは、まだみんな寝《ね》てなくちゃいけないのよ。すくなくとも、ロジャとティティの二人は。」

「どんな規則《きそく》をつくっても、やぶらなくちゃならない時が、かならずあるもんだよ。」と、キャプテン・フリントがいった。

「しかたないわね。」と、スーザンがいった。「でも、きょうは、これからずっと寝《ね》ていられるわよ。」

「あの連中《れんちゅう》がこれから眠《ねむ》っててくれるとは思えないね。」キャプテン・フリントは、心配そうな顔をして、肩《かた》ごしにふりかえりながらいった。

シロクマ号の船室《キャビン》にいる乗組員《クルー》たちの間に、新しい気分が生まれていた。それは、りっぱな港や停泊地《ていはくち》をつぎつぎにめぐっていただけの時には、全然《ぜんぜん》なかったものだった。ただどこかへ行く場合と、かわさなくてはならない敵《てき》がいる場合では、たいへんならがいがある。

「誰《だれ》がなんといおうと、」と、ナンシイがポリッジを食べ終わっていった。「私《わたし》、あのいやらしいたまご収集家《しゅうしゅうか》にとってても感謝《かんしゃ》してる。大丈夫《だいじょうぶ》よ、ディック。あなたの考えてることはわかってる。でも、私《わたし》、感謝《かんしゃ》してる。あの男がしでかしてくれたことを、考えてみて。あの男がいなかったら、私《わたし》たち、今ごろ、帰る途中《とちゅう》だったわよ。ところが、もう、なにがはじまるかわからなくなったじゃないの。私《わたし》たちの誰《だれ》がなにをいったって、ジムおじは決心をひるがえさなかったわよ。テロダクティル号ばんざい！だわ。」

「もう、あの男も、追跡《ついせき》をはじめたかもしれないね。」と、ディックがいった。

「こっちは、うまくかわせるわよ。」と、ナンシイがいった。

「あの人、なにがのぞみなの？」と、スーザンがいった。「あの鳥のことが、どうしてあの人には、そんなに重要《じゅうよう》なのかしら。私《わたし》には、わからない。」

「たまごと鳥がほしいんだ。」と、ディックがいった。

「それだけじゃない。」と、ナンシイがいった。「もっとほしいものがあるんだ。あの男は、この発見がディックのものじゃなく、自分のものだと、みんなが思うようにしたいの。だから、ジムおじがかんかんになって怒《おこ》ったんだわ。」

「私《わたし》は、あの人がお金を出したからだと思っていたわ。」と、スーザンがいった。

「あのお金は、ことの重大さをジムおじにさとらせたにすぎないな。」

「問題なのは、そのことじゃない。」と、ディックがいった。「そのことって、つまり、ハシグロアビがほんとうにイギリス諸島《しょとう》で巣《す》をつくることの証明《しょうめい》さ。これは、誰《だれ》がやったっていいんだよ。ただ、あの男は、写真だけでも証明《しょうめい》できるのに、鳥を殺《ころ》して証明《しょうめい》しようとするんだからね。」

「誰《だれ》が、あの鳥を発見したの？　あなたよ。テロダクティル号の鳥類学者《ちょうるいがくしゃ》ではない。シロクマ号の鳥類学者《ちょうるいがくしゃ》よ。だから、シロクマ号が永久《えいきゅう》に名を残《のこ》すの。あのいやらしいモーターヨットじゃない。」

「鳥を殺《ころ》させるわけにはいかないわよ。」と、ティティがいった。

「殺《ころ》させやしない。」と、ディックがいった。「どんなことがあっても、ぼくらの目的地《もくてきち》を彼《かれ》に知られずに、鳥の写真をとる。それだけさ……いや、もういらない。もうたくさん。ぼく、デッキへ行くよ。」

「ディックったら、朝ごはんを丸のみにしたのよ。」ディックが階段《かいだん》をあがって姿《すがた》を消すと、ドロシアがいった。「でも、なにをいってもだめなの。おとうさんそっくり。」

「テロダクティルばんざい、ディックばんざいよ。」と、ナンシイがいった。「ディックがいなかったら、こういうことは、全然《ぜんぜん》起こらなかったんだから。あなたたちのゲール人も、もう一度見られるな。」

「あの人たちのじゃまをしないようにするわ、私《わたし》たち。」と、ティティがいった。「また、あとをつけられるのはいやだもの。」

「ピクト・ハウスも、見られるんだね。」と、ロジャがいった。

「さ、はやくごはん食べちゃいなさいよ。」と、ナンシイがいった。「ジムおじがエンジンを使うっていったの、きいたわよ。」

「ぼくは、用意できてるよ。」と、ロジャがいった。「まあ、キャプテン・フリントのほうで使うといえば、すぐに動かせる。でも、うえ死にしなくていいのにうえ死にするなんて、ばかげてるだろ。ジョン、そのマーマレードまわしてくれない？」

子どもたちが、ふたたびデッキへ出てみると、港は見えなくなっていた。船がヘッド岬《みさき》をまわっているのだった。内陸《ないりく》の丘陵《きゅうりょう》のてっぺんに、朝日の光がかすかにあたるのが見えた。ディックがキャプテン・フリントの大きな双眼鏡《そうがんきょう》をケースにしまいながらいった。

「テロダクティル号は、まだあらわれていないな。」

「ここまでは、とてもうまくいった。」と、キャプテン・フリントがいった。「しかし、もう、あと一、二分で太陽がのぼる。まもなく、誰《だれ》かが目をさますに決まってる。そしたら、まずいちばんに、われわれのいたブイを見るよ。」

「そして、ブイだけを見るのね。」と、ドロシアがいった。「シロクマ号はあとかたもないんだわ。」

「それから五分後には、宙《ちゅう》をとぶように追いかけてくる。」

「もうおりていって、食事になさったら？」と、スーザンがいった。「用意してありますから。」

「ちょっと待ってくれ。」と、キャプテン・フリントがいった。「ロジャ、来てくれ。エンジンの調子をみて、動かそうじゃないか。おい、ジョン、船はこのまま進めてくれ。」

キャプテン・フリントとロジャは船内に姿《すがた》を消した。太陽がヘッド岬《みさき》のすぐ上に姿《すがた》を見せてきた。東の海上から、金色の輝《かがや》きがひろがりはじめた。

「がんばってよ、シロクマ号さん。」と、ティティがいった。

タタッ……タタッ……タタッ……エンジンが動きだした。キャプテン・フリントとロジャが、もう一度デッキにあらわれた。ロジャが船べりごしに海を見たが、それは、船の現《げん》在《ざい》の速度をみるのではなく、キャプテン・フリントの命令《めいれい》がくだった時、船の速度がどれくらい速まるかをみるためだった。

「全速力！」

まるで、誰《だれ》かが、うしろからふいに船をひと押《お》ししたような感じだった。ポン……ポン……ポン……帆《ほ》をふくらませ、エンジンを全開にした古い水先案内船《みずさきあんないせん》は、水をつっ切るように進みだした。

「すくなくとも、七ノットは出てるよ。」と、ジョンがいった。「今まで、こんなにはやく進んだことはない。」

ディックは、めがねをはずしてレンズを拭《ふ》いてから、船尾《せんび》のほうをふりかえった。

「さあ、おりていって、朝ごはんをすませてください。」と、スーザンが船長《キャプテン》にいった。

「行くよ、行くよ。エンジンを動かした場合、どんな進路でクロースホールドしたらいいかだけしらべたら行く。おい、ナンシイ、メンシートを力いっぱい引《ひ》っ張《ぱ》ってくれ。ジョン、船を風上に向けてくれ。」

手のあいているものは、みんなメンシートを引《ひ》っ張《ぱ》り、ブームを船べりより内側《うちがわ》にひき入れた。ジブシートとステースルシートは、ナンシイとスーザンとペギイとキャプテン・フリントが引《ひ》っ張《ぱ》った。

「これでよし、ジョン。クロースホールドだ。帆《ほ》にいっぱい風を受けるんだ。」

キャプテン・フリントは、ヘッド岬《みさき》の北側《きたがわ》のひろい湾《わん》と、その向こうのきのう出てきた海岸のほうを眺《なが》めた。

「だいたいこの進路で進めばいい。エンジンがなければ、こうはいかないんだ。もうこのまま進むだけでいい。わかった、わかった、スーザン。じゃ、ジョン、船は君にまかせるから。」

キャプテン・フリントが船内にひっこむと、ジョンが舵《かじ》をにぎるシロクマ号は、遠くの絶壁《ぜっぺき》や丘陵《きゅうりょう》めざして、湾《わん》を横ぎってつき進んだ。きょうの航海《こうかい》は、なぎやとるにたらぬ風と悪戦苦闘《あくせんくとう》したきのうの航海《こうかい》とは、まるでちがっていた。六時間も潮《しお》にさからって、手も足もでない状態《じょうたい》ではなく、途中《とちゅう》まで潮《しお》にのれるし、潮《しお》が力をあつめて船に歯向《はむ》かってくる時には、もう航海《こうかい》が終わるのだ。なぎや、風ともいえない風ではなく、たえまなく強い北西の風が吹《ふ》き、それが陸《りく》からくるので、船の進行をとめるような波は立たなかった。ガソリンタンクも、ほとんど空《から》どころか、きょうは弁《べん》をいっぱいにひらいて、エンジンを動かすことができるのだった。逆《ぎゃく》に進めば十時間はかかるところを、シロクマ号は今、二時間ほどで走っていた。テロダクティル号がヘッド岬《みさき》をまわってあらわれて、こっちの白帆《しらほ》を見つける前に、あの湾《わん》の奥《おく》ふかくにはいり、絶壁《ぜっぺき》の中に身を隠《かく》すことで、万事《ばんじ》がきまる。それをシロクマ号までがこころえているようだった。

シロクマ号は、小さな波をけたてて、はるかうしろにまであわだつ白い航跡《こうせき》を残《のこ》しながら、ぐんぐん進みつづけた。今こそ、ロジャの活躍《かつやく》の時だった。ロジャは誰《だれ》とも口をきかず、たえずデッキにあらわれては、船べりごしに下を見て、排出口《はいしゅつこう》からうまく水が噴射《ふんしゃ》されているかどうかを確《たし》かめると、また船内にもどっていって、注油缶《ちゅうゆかん》を使ったり、油でべとべとの手で軸《じく》うけにさわったりしていた。

北のほうに煙《けむり》が二筋《すじ》見えるだけで、朝の海にはまだシロクマ号しかいなかった。その時、キャプテン・フリントがまたデッキにあがってきた。ヘッド岬《みさき》は、もうずっとうしろになっていた。早朝の太陽に照《て》らされて、二度おとずれるなどとは夢《ゆめ》にも思わなかった目的地《もくてきち》が見えてきた。

「あれが、ぼくの見つけたピクト・ハウス丘《おか》だよ。」と、ロジャがいっていた。

「ゲール人のお城《しろ》は、その向こうの尾根《おね》のうら側《がわ》ね。」と、ドロシアがいった。

「この進路では、あの湾《わん》には向かいません。」と、ジョンがいった。

「そのとおり。」と、キャプテン・フリントがいった。「もう、十分近づいたな。帆《ほ》をおろそう。」

「でも、そうすると、速度が落ちるわ。」と、ティティがうめくようにいった。

「ばかね。」と、ナンシイがいった。「タッキングしたくないから、そうするんじゃないの。」

「というよりも、むしろ、」と、キャプテン・フリントがいった。「もうずいぶん近いから、われわれがどこへ行くか、やつにさとられる心配があるのさ。かりに、今、やっこさんがヘッド岬《みさき》をまわったとしたら、白帆《しらほ》が見える。太陽があたってるからな。しかし帆《ほ》をおろしてしまえば、けっして見つからない。さあ、全員帆《ほ》をおろせ。ジョン、君もだ。舵《かじ》はペギイがとってくれ。ペギイは、われわれのほうに気をとられるなよ。帆《ほ》がおりたら、すぐに湾《わん》の入口に向けて舵《かじ》をとってくれ。」

船首《せんしゅ》の帆《ほ》がおり、メンスルがおりた。乗組員《クルー》たちは機敏《きびん》に動いて、帆《ほ》があちこち動かないように結《むす》んだ。シロクマ号は、急速に岸に近づいていた。

「私《わたし》がかわろう、ペギイ。」と、キャプテン・フリントがいった。「座礁《ざしょう》させるとしたら、私《わたし》が舵《かじ》をとってたほうがいいからな。」

シロクマ号は、絶壁《ぜっぺき》の下をすべるように進んでいた。みんなが、もう一度、心配そうに後方をふりかえった。

「あいつをだし抜《ぬ》いたぞ！」と、キャプテン・フリントがいった。「どうだい、ディック？　さあ、こんどは君の鳥だ。舞台《ぶたい》にはもうじゃまがいない。」

「あのゲール人以外《いがい》はね。」と、ティティがいった。

「もどってきたのに、がんこおやじが見ていないわ。」ナンシイが、きのう背《せ》の高いゲール人が立っていた岩を見て、まるでがっかりしたような声を出した。あのゲール人は、子どもたちがほがらかに手をふってもこたえず、船の出航《しゅっこう》をじっと見ていたのだった。

「どうしたの、ドット？」

ドロシアは、大きな双眼鏡《そうがんきょう》を目からはなしながらいった。「ちょっと、なにかが見えたような気がしたの。でも、誰《だれ》も見ないんだったら、そんなはずないわね。きっとくだけ波だったんだわ。とにかく、何キロも向こうなの。」

「心配するなよ。」と、キャプテン・フリントがいった。「もうだし抜《ぬ》いちまったんだ。ロジャ、エンジンをおそくしてくれ。前いたところにとめようじゃないか。」

「あそこが船体掃除《せんたいそうじ》をしたところよ。」と、ペギイがいった。

シロクマ号は、するすると進んだ。ジョンとナンシイは、前部《フォア》デッキでいそがしく錨《いかり》の準備《じゅんび》をしていた。エンジンがせきをしてとまった。錨《いかり》がおろされた。ボートが船べりごしにおろされた。キャプテン・フリントが、ロープをつけた小錨《ケッチ》をのせて、ボートを漕《こ》いでいった。子どもたちがたえず考えていたとおり、ここを出航《しゅっこう》してから二十四時間後に、シロクマ号はまた、前とぴったりおなじところに錨《いかり》をおろした。

潮《しお》が変《か》わり、こんどは入《い》り江《え》の中へ流れこんできた。シロクマ号は、外海に船首《せんしゅ》を向けてとまっていた。

「たった一つ問題がある。」と、ナンシイがいった。「ここだと、誰《だれ》がのぞきこんでも、船は見えちゃう。もし、ダクティルさんが、きょろきょろしながら追いかけてきたら……。」

「ここにいるのを見つけるには、岸のすぐそばまで来なくちゃならない。」と、ジョンがいった。

「敵《てき》は追いはらったよ。」と、キャプテン・フリントがいった。「やっこさん、わりにあわないので、あきらめたと思うな。とにかく、沈《しず》めでもしないかぎり、これ以上《いじょう》うまく隠《かく》せやしないよ。沈《しず》めでもしたら、マックはありがたく思わんだろうな。」

突然《とつぜん》、ロジャが、船体掃除湾《スクラバーズ・ベイ》と南側《みなみがわ》のせまい入《い》り江《え》を区切る岩ばかりの出州《でず》と、北側《きたがわ》の絶壁《ぜっぺき》の間を指さした。はるか前方の外海に、巨大《きょだい》な鳥が舞《ま》いおりて水を切って進むかのように、あわだつ航跡《こうせき》をひきながら、白い水しぶきが突進《とっしん》していた。キャプテン・フリントが双眼鏡《そうがんきょう》をひっつかんでのぞいてからいった。

「私《わたし》は、はやまったことをいったぞ。あの男は、たいして時間をむだにしなかった。」

「この間、ぼくたちに出会ったから、どっちへ行ったらいいか知ってたんだ。」と、ディックが、がっくりしていった。

「もうだめだわ。」と、ティティがいった。

「逃《に》げ場《ば》のないところに追いつめられたのね。」と、ドロシアがいった。

「まだ、こっちを見つけたわけじゃないわ。」と、ペギイがいった。

「でも、見そこなうはずがない。」と、ナンシイがいった。「今にもはいってくる。」

「ばかな。」と、キャプテン・フリントがいった。「あんな遠くにいるんだ。それに、とまろうとしていない。」

「通過《つうか》した。」と、ジョンがいった。白く光る航跡《こうせき》が絶壁《ぜっぺき》に隠《かく》れ、あとには、ただ日をきらきらとうつしている海だけが見えた。

「やっこさんが、狂《くる》ったみたいにいそいでてくれてたすかったな。」と、キャプテン・フリントがいった。

「間一髪《かんいっぱつ》。きわどいとこだったわ。」と、ナンシイがいった。

「まあ、よかった。」と、キャプテン・フリントがいった。「北極《ほっきょく》へでも、どうぞおいでなさいましだ。ガソリンさえつづいたら。」

「つづかなかったら、ますますいいね。」と、ロジャがいった。

「そしたら、永久《えいきゅう》に氷の北極海《ほっきょくかい》をただよいながれるわね。船も人もこおったままで、ついには死体をアホウドリがついばみつくすのよ。」と、ドロシアがいった。

暗い気分は、一瞬《いっしゅん》にして晴れた。

「ぼく、ピクト・ハウスへのぼってみる。」と、ロジャがいった。「あそこへのぼれば、あの船が見えるだろ。あそこは、すばらしい沿岸警備所《えんがんけいびじょ》だよ。この間は、全然利用《ぜんぜんりよう》しなかったんだ。ぼくは、あそこから、あいつが見えなくなるまで見ていて、もどってきたらわかるように、見張《みは》りしてるよ。」

「あんなやつ、つっぱしらせとけよ。」と、キャプテン・フリントがいった。「海に出て、われわれを見つけようなんて考えたら、ずいぶんあちこちさがしまわらなくちゃならないさ。しかし、まあ、行きたかったら、見張《みは》りにいってもいい。なあ、ディック、私《わたし》はたまごあつめじゃないが、君の鳥をちょっと見たいんだがね。この大さわぎのもとを見たいんだ。」

「みんなで行きましょうよ。」と、ナンシイがいった。

「ぼくは行かない。」と、ロジャがいった。「ぼくはピクト・ハウスへ行く。誰《だれ》かが見張《みは》りしなくちゃならないもの。」

（1） クロースホールド――帆船《はんせん》が帆《ほ》を調節《ちょうせつ》して、風上に向かって最大の角度（約四十五度）で船を走らせること。

14 「かくれがをつくらなくては」

奇蹟《きせき》が起こった。探検《たんけん》の指導者《しどうしゃ》が、はじめて、ナンシイでも、ジョンでもなくなった。おとなのキャプテン・フリントですらなかった。鳥のことを知っているのは、ディックだった。子どもたちを船体掃除湾《スクラバーズ・ベイ》へもどしてくれたのも、ディックの発見だった。だからみんなが、めだたない船の博物学者《はくぶつがくしゃ》ディックの指図を待ちのぞんだ。

しかし、ロジャだけは別《べつ》だった。ロジャは丘《おか》にのぼって、たった一人、ピクト・ハウス、つまり沿岸警備所《えんがんけいびじょ》へ行って、海上を見渡《みわた》そうと、大いそぎで出かけたがっていた。「はやくぼくを上陸《じょうりく》させてくれないと、ダクティルさんが見えなくなっちゃうよ。」と、ロジャはいっていた。

「おい、誰《だれ》かこの子を岸にあげてやってくれ。」と、キャプテン・フリントがいった。「ボートは、すぐ漕《こ》ぎもどしてくれよ。なあ、ディック、君は、折りたたみ式ボートが必《ひっ》要《よう》だといってたな?」

「べんとうは?」と、ロジャがいった。

「朝めし、食べたじゃないか。」と、ジョンがいった。

「でも、見張《みは》りをやめて、食事におりてきてもらいたかないだろ。」と、ロジャがいった。

「このひよっこのウにえさやって、おっぱらってよ。」と、ナンシイがいった。「ねえ、ディック、あなた、すぐに写真をとりに行くつもり?」

「ペギイが、ロジャのサンドイッチをつくってるわよ。」と、スーザンがいった。

「はい、これ。」ペギイが紙包《かみづつ》みとレモネードのびんを持って、あがってきていった。

「行きましょう、ロジャ。私《わたし》が陸《りく》まで連《つ》れてってあげる。」

「やれやれ。たすかった。」ボートが、船を掃除《そうじ》した小さな入《い》り江《え》に向かうのを見て、ナンシイがいった。望遠鏡《ぼうえんきょう》とべんとうですっかり身じたくをしたロジャが、ボートの船尾《せんび》から、元気よく手をふってさけんだ。

「ぼくのピクト・ハウスをじっと見ててくれよ。ついたらすぐに信号《しんごう》を送るから。」

誰《だれ》も返事をしなかった。シロクマ号の上では、みんなが手つだって、折りたたみ式ボートを、水に浮《う》かべられるようにひろげていたのだ。

折りたたみ式ボートは、木と帆布《ほぬの》でできていた。使わない時には、帆布《ほぬの》でできた船腹《せんぷく》が、キャプテン・フリントのアコーディオンのように、折りたためるようになっている。それをひろげると、船首《せんしゅ》と船尾《せんび》がとがった、アイルランドで使う小船のような形になり、それに腰《こし》かけ用《よう》の横板をはさむと、そのままひろげておけるのだった。

折りたたみ式ボートをひろげる

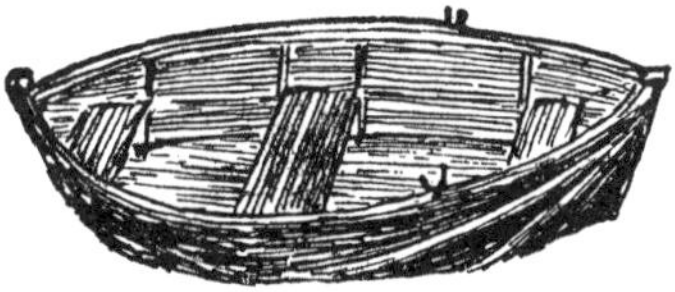

「乗れるのは、一人がせいぜいよ。」と、ナンシイがいった。「危急《ききゅう》の場合でも二人ね。ジョンと二人でためしてみたの。ペギイも乗せてみたら、もうすこしで、しずみそうになったわ。」

「ディックが乗るだけなら、大丈夫《だいじょうぶ》だ。」と、キャプテン・フリントがいった。「ディック、君はお客を乗せていきたくはないだろ？ 一人でも、二人でも？」

「ええ、」と、ディックがいった。「あの鳥に近づく人間は、すくなければすくないほどいいんです。ぼくだって、行かなきゃならないから、行くだけです。」

折りたたみ式ボートを水におろしている最中《さいちゅう》に、ペギイが、ボートを漕《こ》ぎもどしてきた。

「あの子をおっぱらった？」と、ナンシイが楽しそうにいった。

「もう、ほとんど頂上《ちょうじょう》についてるわよ。」と、ペギイがいった。

「もう、ピクト・ハウスのすぐそばにいるわ。」と、ティティがいった。「ほら、あそこ。ちょうどてっぺんにのぼるところだわ。」

「あら！　信号《しんごう》してる。」と、ナンシイがいった。「ずいぶんゆっくりだな。ツバメ号じゃ、ボーイに、もうちょっと訓練《くんれん》させる必要《ひつよう》があるわね。」

てっぺんの小さなまるい丘《おか》の上に、青空を背景《はいけい》にして、ロジャの姿《すがた》がくっきりと見えていた。ロジャは、まずはじめに、シロクマ号の注意をひくために、でたらめに手をふってから、一字一字間合いをとって手旗信号《てばたしんごう》をはじめた。

「ホ」と、ナンシイがいった。「ツ……キ……ヨ……ク……一語終わり。ヘ……一語終わり。ム……カ……ツ……タ……」

ナンシイは、突風《とっぷう》に吹《ふ》かれた風車のように、両腕《りょううで》をぐるぐるまわして、信号《しんごう》を返した。

「ヨ……カ……ツ……タ……」

ロジャが姿《すがた》を消した。

「それじゃあ、大丈夫《だいじょうぶ》だ。」と、キャプテン・フリントがいった。「そうだろうと思っていたよ。しかし、はっきりわかったのはいいことだ。」

「ロジャのお手がらね。」と、ティティがいった。

「はじめて役に立ったわ、あの子。」と、ナンシイがいった。「そりゃそうと、誰《だれ》が折りたたみ式ボートに乗る?」

みんながディックの顔を見た。結局《けっきょく》、湖でボートを使うのはディックなのだ。

「ぼくは乗ったことがない。」と、ディックがいった。

「ディックがこつをおぼえるのが、早ければ早いほどいいんだよ。」と、ジョンがいった。「ふつうの漕《こ》ぎ方《かた》じゃだめだぜ。うんと短く漕《こ》ぐんだ。そうしないと、くるくるまわっちまう。」

「くるくる、くるくるよ。」と、ペギイがいった。

「それから、漕《こ》ぎそこねてひっくりかえったら、ボートもひっくりかえる。」と、ナンシイがいった。

「さあ、乗りこめよ、ディック。そして、漕《こ》げるかどうか、やってみろよ。」と、キャプテン・フリントがいった。「われわれは、もう一隻《せき》のボートですぐそばにいて、君がボートをひっくりかえしたら、すぐひろいあげる。」

「まず、全員ボートにうつって。」と、ナンシイがいった。「誰《だれ》が来る？」

「みんな。」と、ティティがいった。

「じゃ、みんな、ぎゅうぎゅうに乗りこんでよ。そしたら、じゃまにならないところまで漕《こ》いでいって、ディックが三度目の沈没《ちんぼつ》(1)をする前にすくいあげられるように待機《たいき》するの。」

「ほんとうに気をつけてね。」と、ドロシアがディックにいった。

「ちょっと待って。」と、ディックがいって、鳥の本と望遠鏡《ぼうえんきょう》をとりに船内へかけこんでいった。

「あの大きな双眼鏡《そうがんきょう》も持っていってください。」と、ディックがあがってきていった。

「うん、持ったよ。」と、キャプテン・フリントがいった。「私《わたし》も、その鳥が見たいんだ。」

「その双眼鏡《そうがんきょう》を使えば、たまごだって、見えるかもしれないんです。」

立錐《りっすい》の余地《よち》もないほど人が乗りこんだボートは、ナンシイがオールをにぎって、船から四、五メートルのところにとまっていた。折りたたみ式ボートは、空《から》のまま、船腹《せんぷく》のはしごにつないであった。

「このボートには、スーザンとジョンとペギイとティティとドットと私《わたし》とジム・ターナー老《ろう》おじと、みんな乗ってる。」と、ナンシイがうたうような調子でいった。「ロジャも乗ってなくてよかったわね。」

「あそこで、また信号《しんごう》してるわ。」と、ティティがいった。

見あげると、今や沿岸警備《えんがんけいび》所《じょ》になっているピクト・ハウスのてっぺんに、見張《みは》りがいた。

「ティティ、手をふってよ。私《わたし》、立って応答《おうとう》するわけにはいかないから。」と、ナンシイがいった。「こんどはなにを知らせてくるのかな……シ……ヤ……一語終わり。カ……ラ……一語終わり。あとは、消えたね、もちろん。」

ロジャが手旗通信《てばたつうしん》を送り終わるずっと前に、みんなはその内容《ないよう》を知ってしまった。

「彼《かれ》の幸運を祈《いの》るよ。」と、キャプテン・フリントがいった。

「あんまり祈《いの》れないな。」と、ティティがいった。「そんな資格《しかく》ないもの、あの子には。」

ディックは、用心ぶかくはしごをおりると、片足《かたあし》で折りたたみ式ボートをさぐった……まるで浮《う》かんでいるコーヒー皿に乗りこむような感じだった。ディックは、左右の船べりを両手でつかんで、すばやくすわった。「うまい、うまい。」と、ナンシイがいった。「川が流れ出るところに向かって漕《こ》いだほうがいいわ。どれくらいまっすぐ進められるかやってみて。」

ディックは、ロジャの最後《さいご》の通信《つうしん》のおかげで、たまご収集家《しゅうしゅうか》のことはきれいに忘《わす》れることができた。すくなくとも、その心配はしなくていいのだった。今しなくてはならないのは、あの鳥についての自分の考えが正しかったことを、まずはじめに自分で確《たし》かめ、つぎにキャプテン・フリントとほかの子どもたちに証明《しょうめい》してみせ、最後《さいご》に、写真をとって、いつでも博物学者《はくぶつがくしゃ》たちに証明《しょうめい》できるようにすることだった。あの島まで行くには、折りたたみ式ボートを使わねばならない。折りたたみ式ボートを使うには、使い方を知らねばならないのだ。だから、今のところディックは、ボートのことだけを考えていた。そして、小さな短いオールをとりだすと、先端《せんたん》を水中に入れて、ぐいとひいた。

折りたたみ式ボートがコーヒー皿に似《に》ている点は一つだけではないことがわかった。どうしても、まっすぐに進まない。はやく前進させようとすればするほど、ボートは向きを変《か》えたがるようだった。ディックは、ボートを落ちつかせてから、もう一度やってみた。ボートは、また、まわりはじめた。ディックはあわてて一方のオールを漕《こ》いで、ボートをまっすぐにしようとした。そして、つづいて漕《こ》ごうとしたもう一方のオールが水をかきそこなった。ボートはひどく傾《かたむ》き、別《べつ》のボートから、「あっ、気をつけて！」という金切り声があがった。ディックにもその声がきこえ、それがドロシアだとわかったので、なんとかふだんと変《か》わらない落ちつきをみせて、ほほえもうとした。

「うまいじゃないの。」と、ナンシイがいった。「私《わたし》なんか、はじめて乗った時にはひっくりかえりそうになったわよ。」

「マックのやつ、こんな折りたたみ式ボートしか持ってないなんて、恥《は》じるべきだな。」と、キャプテン・フリントがいった。「ほんとに、うまくできてるのだって買えるんだよ。ところが、あいつは、自分でつくらなくちゃ承知《しょうち》できないのさ。あのボートで、トビウオだってつかまえられるといってるんだが、サケ一匹《ぴき》でもつかまえられるものなら、お目にかかりたいよ。」

「サケがんばれ、マックがんばれ。綱《つな》ひきね。」と、ナンシイがいった。「そりゃ、間違《まちが》いなくサケの勝ちね。」

「やり方さえわかればいいんだな。」と、ディックがいった。陸《りく》にいたら、考える間、めがねをはずしてレンズを拭《ふ》いたことだろうが、小さなボートの中にいて、両手にオールをにぎっていては、それもできなかった。そこで、もう一度やってみた。オールをちょっと水中に入れ、ボートがぐるりとまわるだけのすきをあたえないように、ほんとうに短く漕《こ》ぐだけにしてみた。

「できたじゃないか。」と、ジョンがいった。

「私《わたし》たちは先に行って、よい上陸場所《じょうりくばしょ》をさがしましょうよ。」と、ナンシイがいった。

「できるだけ河口《かこう》に近いところに。」

船のボートは、先に進んでいった。ボートがディックの視野《しや》から消えて、落ちたらすくいあげようと待ちかまえている乗組員《クルー》たちの、心配そうな顔が見えなくなったとたん、ディックと折りたたみ式ボートは、今までより仲《なか》よくなった。力をこめずに短く漕《こ》ぎ、ボートにたくらみをする機会《きかい》をあたえないこと、これがこつだった。ディックは、ゆっくりと、しかし、ますます着実に湾《わん》の奥《おく》に向かって進んでいった。湾《わん》の奥《おく》では、上のほうにある二つの湖から出る小川が、石の間をぬって流れこんでいた。

前のボートの子どもたちは、上陸《じょうりく》してボートを引きあげ、錨《いかり》を出した。そして、苦労《くろう》しながらあとを追ってくるディックを見ようと、ふりかえった。

「折りたたみ式ボートは、どうやって湖まで持ちあげるの?」と、ドロシアがたずねた。

「滝《たき》の上《うえ》までいっても、岩ばかりで、漕《こ》ぐだけのひろさはなさそうよ。」

「陸路運搬《りくろうんぱん》ね。」と、ティティがいった。

「みんなでいっしょに持ちあげれば、全然《ぜんぜん》重くないわよ。」と、ペギイがいった。

「ここよ、ディック。ここへ入れて。」

「あまり勢《いきお》いよく入れるなよ。そいつがただの帆布《ほぬの》だってことを忘《わす》れるな。」

ディックは、折りたたみ式ボートを岸に漕《こ》ぎ入《い》れた。まだ朝は早く、太陽もほとんどあたたかく感じられなかったが、ディックは、汗《あせ》が背骨《せぼね》をつたって流れるのを感じた。めがねも、くもっている。

「ごめん。おそくなっちゃって。」と、ディックがいった。

「あわてなければ、もう大丈夫《だいじょうぶ》だ。」と、キャプテン・フリントが片手《かたて》をディックにさしのべながらいった。「さて、こんどはどうするんだね？ こいつは、君の舞台《ぶたい》なんだ、博《はく》物学者君《ぶつがくしゃくん》。われわれみんなが湖まで行ったら、君の鳥をおびえさせちまうと思うかい？」

「ボートはどうします？」

「君は、ボートのことなんか心配しなくていいよ。」と、ジョンがいった。「そっちは、ぼくたちがやる。君は先に行って、鳥がまだいるかどうか、確《たし》かめたほうがいいんじゃないか？」

「君があのボートで進むところを見ようじゃないか。」と、キャプテン・フリントがいった。「そこは、ゆっくりやれ、ナンシイ。引きあげる時、石でひき裂《さ》かないでくれ。」

ディックは、忘《わす》れものがないように、カメラと、望遠鏡《ぼうえんきょう》と、鳥の本を入れてふくらんでいるポケットをさわってみてから、折りたたみ式ボートが陸《りく》あげされるのを見物した。ジョンとナンシイが船首《せんしゅ》を持ち、スーザンとペギイが船尾《せんび》を持った。

「さあ、いいわ。」と、ナンシイがいった。「私《わたし》たち、あなたと同時くらいに湖へついちゃうわよ。」

「では、博物学者君《はくぶつがくしゃくん》。」と、キャプテン・フリントがいった。「君がわれわれをここまでひきもどしたことが、むだでなかったかどうか、確《たし》かめに行こうじゃないか。」

「巣《す》についていれば、まだいるはずです。」と、ディックがいって、小川の岸をのぼりはじめた。

「私《わたし》たちもボート運びを手つだったほうがいい？」と、ティティがいった。

「いや、大丈夫《だいじょうぶ》だ。」と、ジョンがいった。

「いそいで行きなさいよ。」と、ナンシイがいった。

ドロシアは、折りたたみ式ボートを持ってすでに動きだしている四人をちょっと見ただけで、すぐにキャプテン・フリントとディックを追っていそいだ。

陸路運搬《りくろうんぱん》

「ほら、あれ！」滝《たき》のところをのぼっていたディックが、ふいに立ちどまっていった。

ホー……ホー……ホホー……

湖はまだ見えない。しかし、あの、笑《わら》うような気味のわるい声は、間《ま》違《ちが》いなく、きのうきいた声だ。

「鳥は、まだあそこにいる。あの声がそうだ。」ディックは、一刻《いっこく》もはやく湖上の島を見ようと、岩やヒースのやぶをよけていそいだ。ドロシアとティティも、いそいであとを追った。キャプテン・フリントは、折りたたみ式ボートを運搬《うんぱん》している四人がどうしているかと一度ふりかえってから、あまりいそがずに、ドロシアとティティのあとを追った。

ディックは、ボートがやってくるかどうか、ふりかえった。もう、湖水が見えていた。湖の上手《かみて》が見え、島が見えた。湖から川が流れ出るところに、帯状《おびじょう》にアシのはえたところがあった。ジョンとナンシイは、あのアシのすぐ下の川に、ボートをおろせばいい。そうすれば、湖岸をずっと運ばなくてすむ。

一瞬《いっしゅん》、ディックは、ボートを待とうかと思った。しかし、まだ鳥を見ていないので、ずぶずぶ水の出る岸辺《きしべ》をまわっていそいだ。するとようやく、鳥が一羽《わ》だけ見えた。おそらくさっき、気味わるい鳴き声を立てたほうだろう。水面すれすれにとんで、水にふれると、白いしぶきが高くあがり、長い筋《すじ》を引いた。

ディックは、目をこらして島のほうを見たが、ほとんど見えなかった。ドロシアとティティが、アシのはえたところを通って、息をはずませながら追いついてきた時、ディックはふるえる指で、めがねのレンズを拭《ふ》いていた。

「ほら、あれが島。」と、ディックがいった。「それから、鳥も一羽《わ》見た。」

「どうかした？」と、ドロシアがたずねた。

「ううん、どうもしない。」と、ディックがいった。「ただ、鳥がいなくなっていて、なにもかも思いちがいだったとしたら、困《こま》るなあと考えていたんだ。」

「鳥が見えないわ。」と、ティティがいった。

「ずっと向こうにいるよ。」と、ディックがいった。「この前見た時、ぼくはもっとずっと近いところにいた。」

「これを使って見てごらん。」と、キャプテン・フリントの声がした。「確《たし》かめたほうがいい。」

ディックは大きな双眼鏡《そうがんきょう》を受けとって、遠くの島に向けた。うん、間違《まちが》いない。鳥がすわっている。水のすぐ近くだ。そして、ちょっとはなれたところに、もう一羽《わ》が泳いでい

ハシグロアビ

る。

「あの鳥です。」と、ディックがいった。「泳いでいるほうがもぐった……ほら、あそこ。ちょうど今、また浮《う》かびあがった。」

「私《わたし》に見せて。」と、ティティがいった。

「あの黒い点だね。」と、キャプテン・フリントがいった。

「でも、あれ、カモそっくりじゃないの。」と、ティティがいった。

「カモじゃない。」と、ディックがいった。「もっと近くに行くまで待ってごらん。あれがハシグロアビなんだ。」

ディックは、キャプテン・フリントのように大きくて目立つ人を連《つ》れていった場合、鳥をさわがさずにどのくらいまで近づけるかと思《おも》い迷《まよ》う一方、自分の見たものを、ほかの人たちにもぜひ見てもらいたいとも思いながら、先頭に立って岸辺《きしべ》を歩いていた。ほどなく、ディックは立ちどまっていった。

「ほら、ここから見てごらん。でも、ボートが来るまで、これ以上《いじょう》近よっちゃだめだよ。」

「カイツブリに、とってもよく似《に》てるわね。」双眼鏡《そうがんきょう》の番がまわってきた時、ドロシアがいった。

「カイツブリの一種《いっしゅ》なんだ。」と、ディックがいった。

「君の描《か》いたあのスケッチを、見せてくれないか。」と、キャプテン・フリントがいった。

「本のほうを持ってきました。」と、ディックはいって、鳥の本のハシグロアビのページをひらいてさし出した。

「種類《しゅるい》の点じゃ、君のいうとおりだ。」と、キャプテン・フリントがいった。「ぜったいほかの鳥じゃない。」

「そして、こんな南で巣《す》をつくったことがわかったのは、これがはじめてなんです。」と、ディックがいった。

「巣《す》をつくっているとすればね。」と、キャプテン・フリントがいった。

「ボートが来たわよ。」と、ティティがいった。

ペギイとスーザンとナンシイが、岸辺《きしべ》をいそいでやってくるのが見えた。そして、ジョンは、折りたたみ式ボートに乗って、ちょうどアシのうしろから出てくるところだった。

「できるだけ、岸辺《きしべ》にくっついて来るのがのぞましいのだけれど。」と、ディックがやかましいことをいった。

ティティは土手にのぼり、長い尾根《おね》を見あげて、向こうの谷の古代人の砦《とりで》への車道が通っている稜線《りょうせん》の裂《さ》け目《め》を見ていった。

「誰《だれ》も見えないわ。」

「まだ、朝がはやいんだぜ。」と、キャプテン・フリントがいった。「まだ、誰《だれ》も起きだしてないさ。」

「問題は、原住民《げんじゅうみん》じゃないんです。」と、ディックがいった。「しかし、もし、鳥がぼくらの一団《いちだん》とあのボートを見たら……」

ジョンもおなじことを考えたようだった。ジョンは、鳥もおびえさせず、原住民《げんじゅうみん》にも見つかりそうもない、岸からほんの三、四メートルのところを漕《こ》いできた。

「どうなの?」と、ナンシイがいった。「はい、ボートよ。」ジョンが漕《こ》ぎ寄《よ》ってきて上《じょう》陸《りく》できる場所を見つけたところだった。

「鳥はあそこよ。」と、ドロシアがいった。「ディックが正しかったの。」

「もちろん、正しいわよ。」と、ナンシイがいった。「でも、あれ、あの鳥? カモそっくりに見えるじゃないの。たぶん、ちょっと大きいかな。」

「しかし、全然《ぜんぜん》カモとちがうんだ。」と、ディックがいった。「ハシグロアビなんだ。」

「さあ、行っておいで、ディック。」と、キャプテン・フリントがいった。「写真をとっておいで。あと二時間もしたら出航《しゅっこう》しよう。」

「写真はとれないと思います。」と、ディックがいった。

「まあ、やってごらん。」と、キャプテン・フリントがいった。

ディックは、折りたたみ式ボートに乗りこんで、漕《こ》ぎ出《だ》した。これではだめだということが、ディックには出発する前からわかっていた。野鳥のところまでまっすぐに漕《こ》いでいって、まるで木ででもあるかのようにして写真をとることなど、誰《だれ》にもできない。しかし、鳥がほんとうに巣《す》をつくっていることが確《たし》かめられるくらいには、島へ近づけるだろう、とディックは思った。船尾《せんび》のスオート(腰《こし》かけ板《いた》)の上には、カメラとキャプテン・フリントの双眼鏡《そうがんきょう》がのっていた。折りたたみ式ボートも、はじめの時ほどは御《ぎょ》しにくくないのに気がついたが、せっかちにいそごうとすると、なかなかあつかいにくそうだ。そうだ。ゆっくり行けば行くほどいいんだ。

一度、ディックは、陸地組《りくちぐみ》がボートに並行して岸辺《きしべ》を歩こうとしていると思って、ぎょっとした。そこで漕《こ》ぐのをやめて、あわててじっとしているように信号《しんごう》した。みんなはすわりこんだ。よし、これでよし。

ディックは四、五回漕《こ》ぐたびに、あとどれくらい行ったらいいかと、肩《かた》ごしにふりかえりながら、漕《こ》ぎつづけた。それから、用心してボートを一回転させ、島と鳥を見ながら進めるように、逆漕《さかこ》ぎをはじめた。

これ以上《いじょう》近づいたらあぶないとわかった時、ボートは、島からまだずいぶんはなれていた。それでもきのう、岸から見た時よりはずっと近づいていた。

泳いでいた鳥が、もぐって姿《すがた》を消した。もしそれが魚をとっているのなら、ディックも心配はしなかったろう。ところが、島の岸辺《きしべ》にすわっていた鳥が、ふいに、よちよち歩いて水にとびこんだ。そして、つぎの瞬間《しゅんかん》、つばさをバタバタさせて、何度となく水面をたたきながら、ぐんぐん泳いでいくのが見え、ついに水面からはなれると、力づよくはばたきながら、荒々《あらあら》しく悲しげな声をあげた。

ヒィーッ！　ヒィーッ！　ヒィーッ！

ディックは心臓《しんぞう》がとびだすほどびっくりしてしまった。そして、すぐに漕《こ》ぐのをやめた。これ以上《いじょう》、一センチでも近づいたら危険《きけん》だ。そこで双眼鏡《そうがんきょう》をとって、鳥がすわっていたところに向けた。そして、ふいに体を動かしたので、あやうくボートをひっくりかえしそうになった。島の岸には、アシのちぎれで雑《ざつ》にまるくつくったものがあって、そのまん中には、間違《まちが》いなく、たまごがあった。

ディックは、鳥がまたしぶきを立てて水上に舞《ま》いおり、ほどなく巣《す》にもどっていくのを心配そうに見まもりながら、みんなのところへ漕《こ》ぎもどった。

「たまごだよ、間違《まちが》いない。」と、ディックはボートを岸に寄《よ》せながらいった。

「写真はどうだった？」と、キャプテン・フリントがいった。「とれたかい？」

「いいえ。」と、ディックがいった。「あんなやり方じゃだめです。だめなことはわかっていたんです。こっちの姿《すがた》が隠《かく》れるようにしなくちゃ……」

「そうか。そうするには、どれくらい時間がかかる？」

「そんなふうにはいかないんです。」と、ディックがいった。「かくれがをつくって、今《こん》晩《ばん》、島へ持っていかなくちゃなりません。あした写真をとる時までに、鳥がそれに慣《な》れるようにするんです。」

「また、まるまる一日か。」と、キャプテン・フリントがいった。「今がチャンスなんだぜ。たまごやさんは北極《ほっきょく》に向けて何キロもはなれたところを進んでる。誰《だれ》も君をじゃまするやつはいないんだ。」

「鳥がおとなしく写真をうつさせてくれません。」と、ディックがいった。

「じゃ、たまごの写真をとって、それでおしまいにしろよ。」

「鳥もとらなければ、なんにもなりません。」

「正式にやんなさいよ、ディック。」ナンシイがそういって、強硬《きょうこう》な態度《たいど》でおじさんを見た。「ディックは、写真をとらなくちゃならないの。ディックが写真をとってしまうまでは、シロクマ号は出航《しゅっこう》しません。今になって反乱《はんらん》を起こしてもむだよ。」

「私《わたし》にガミガミいうなよ。」と、キャプテン・フリントがいった。「誰《だれ》が反乱者《はんらんしゃ》だというんだ？　ディックは写真をとるさ。ただ、早ければ早いほどいいんだ。」

「ディックは、ちゃんとしたやり方でとらなくちゃいけないの。」と、ナンシイがいった。

「島の上には、ディックが身を隠《かく》せるものなんかないぜ。」と、ジョンがいった。ディックが岸にあがってきたので、双眼鏡《そうがんきょう》で島を見ていたのだ。

「やぶ一つないわね。」と、ドロシアがいった。

「ディックを、木のように変装《へんそう》させたらどうかしら。」と、ペギイがいった。

「カモメにカラスにウミガラス!」と、ナンシイがいった。「三十キロ四方に木が一本もないのに、ディックを木に仕立てて、なんの役に立つの? 自分たちの島に突然《とつぜん》にょっきり木がはえたら、鳥は死ぬほどおびえるわよ。」

「ぼく、一つ方法《ほうほう》を考えたんだよ。」と、ディックがいった。ディックは岸辺《きしべ》を見まわして石をさがし、ちょうどよいのが見つかると、島をあらわすためにざっとまるい円を描《か》いた。

「島には、こんなふうに大きな岩がある。巣《す》はここにある。岩は水ぎわのせまい平らな岸辺《きしべ》から、ちょっとひっこんだところにある。もし岩の上になにかかぶせて、その中に隠《かく》れたら……。」

「帆《ほ》をかぶせたら、どうかしら。」と、ペギイがいった。

「すると、カメラのために、穴《あな》をあけなくちゃならないぜ。」と、ジョンがいった。

「マックの帆《ほ》に穴《あな》をあけちゃならん。」と、キャプテン・フリントがいった。

「網《あみ》がいちばんいいんだよ。」と、ディックがいった。「網《あみ》なら、ぼくのほうからは見えるけれども、ハシグロアビのほうからは見えないから。」

「窓《まど》にかけた新モス織《おり》のカーテンみたいにね。」と、ティティがいった。

「出航《しゅっこう》する前に、マックが三重網《あみ》を持っていっちゃったのが残念《ざんねん》ね。」と、ナンシイがいった。

「それだけが問題なら、ロッカーにはマーリンがうんとあるぜ。」

「マーリンて、よりのあまい細いロープのこと。」と、スーザンがドロシアに説明《せつめい》した。

「でも、それをどうやって網《あみ》にするの?」と、ティティがたずねた。

「それは、ペギイが名人なんだ。」と、ナンシイがいった。「ペギイが教えてくれるわよ。私《わたし》たち、自力でハンモックをつくったの。」

「目は、あまりこまかくなくていいんだ。」と、ディックが希望《きぼう》にもえていった。「もし目の大きい網《あみ》ができれば、今夜おそくそれを島まで持っていって、すぐに岩にかぶせられる。そしてあしたになったら、朝はやく島の反対側《はんたいがわ》から上陸《じょうりく》する。そうすれば、ぼくが写真をとる準備《じゅんび》ができるころには、鳥も網《あみ》のことなんか忘《わす》れてると思うけどな。」

「網《あみ》そのものを、ちょっと変《へん》だと思わないかしら?」と、ティティがいった。

「ただの網《あみ》じゃなくするんだよ。」と、ディックが説明《せつめい》した。「ヒースを結《むす》びつけられるだろ。」

「うまい。」と、ティティがいった。「そうすれば、鳥だって、ヒースが夜のうちにたくさん生えたと思うわね。」

「そりゃ、いい考えね。」と、ペギイがいった。

「鳥ばかりじゃなく、原住民《げんじゅうみん》にたいしてもいい考えよ。」と、ティティがいった。「このあたりならどこに余分《よぶん》なヒースの群《む》れが生えたって、誰《だれ》も気がつきゃしないわよ。」

「よし。」と、キャプテン・フリントがいった。「船にもどろう。いそげ。おしゃべりして時間をむだにするな。」

「網《あみ》すき針《ばり》はどうするの？」と、ペギイがいった。

「君のために、つくらないといけないな。ところで、ボートはどうするんだね？ここにおいていくか？」

「あとで、きのうのゲール人がこのへんに来るかもしれないわよ。」と、ティティがいった。

「念《ねん》のために、アシの中に隠《かく》しておきなさいよ。」と、ナンシイがいった。

ディックとキャプテン・フリントとドロシアは、いっしょに道をいそぎ、いちばんはじめに湾《わん》の奥《おく》の岸辺《きしべ》についた。ふりかえってみると、スーザンとペギイとティティが滝《たき》のところをおりてくるところだった。

「おーい。」と、キャプテン・フリントがいった。「ジョンとナンシイはどうした?」

「探検《たんけん》に行ったわ。」と、ティティがいった。「シカを見たり、あのゲール人がいるかどうかを見たりしに、谷をのぼっていったのよ。」

「このへんに人なんかいるようには見えないがなあ。」

「きのうもそうだったの。」と、ティティがいった。「でも、いたの。それに、ナンシイは、確《たし》かめたほうがいいと思っているの。」

「あまり長くはかからないで帰ると思うわ。」と、スーザンがいった。「食糧《しょくりょう》は全然《ぜんぜん》持っていかなかったし、おなかがすいたらもどるっていってたから。」

「ばかなやつらだ。」と、キャプテン・フリントがいった。「しかし、あの二人がいなくても、網《あみ》のつくり手はたくさんいるからな。」

「かくれがは、島の写真をとる、ほんとうにただ一つの方法《ほうほう》なんです。わかるでしょう。」と、ディックがいった。

「うん。」と、キャプテン・フリントが、シロクマ号に向けてボートを漕《こ》ぎ出《だ》しながらいった。「いい写真をとってもらうように、われわれも全力をつくすよ。」

（1） ディックが三度目の沈没《ちんぼつ》――この物語の前に、ディックは二度、水に落ちている。

訳者　神宮輝夫
青山学院大学名誉教授(児童文学)。1932年，群馬県生まれ。早稲田大学大学院修士課程修了。「ランサム・サーガ(ランサム全集)」(全12巻)をはじめとするイギリス児童文学の訳書多数。絵本ではセンダック『かいじゅうたちのいるところ』など。著書に『世界児童文学案内』『現代イギリスの児童文学』などがある。第12回国際グリム賞受賞。

シロクマ号となぞの鳥 上（全2冊）　岩波少年文庫 192

2016年1月15日　第1刷発行

訳　者　神宮輝夫《じんぐうてるお》

発行者　岡本　厚

発行所　株式会社 岩波書店
〒101-8002 東京都千代田区一ツ橋 2-5-5
電話案内 03-5210-4000
http://www.iwanami.co.jp/

印刷・製本・法令印刷　カバー・半七印刷

ISBN 978-4-00-114192-4　　Printed in Japan
NDC 933　324 p.　18 cm

岩波少年文庫創刊五十年――新版の発足に際して

心躍る辺境の冒険、海賊たちの不気味な唄、垣間みる大人の世界への不安、魔法使いの老婆が棲む深い森、無垢の少年たちの友情と別離……幼少期の読書の記憶の断片は、個個人のその後の人生のさまざまな局面で、あるときは勇気と励ましを与え、またあるときは孤独への慰めともなり、意識の深層に蔵され、原風景として消えることがない。

岩波少年文庫は、今を去る五十年前、敗戦の廃墟からたちあがろうとする子どもたちに海外の児童文学の名作を原作の香り豊かな平明正確な翻訳として提供する目的で創刊された。幸いにして、新しい文化を渇望する若い人びとをはじめ両親や教育者たちの広範な支持を得ることができ、三代にわたって読み継がれ、刊行点数も三百点を超えた。

時は移り、日本の子どもたちをとりまく環境は激変した。自然は荒廃し、物質的な豊かさを追い求めた経済の成長は子どもの精神世界を分断し、学校も家庭も変貌を余儀なくされた。いまや教育の無力さえ声高に叫ばれる風潮であり、多様な新しいメディアの出現も、かえって子どもたちを読書の楽しみから遠ざける要素となっている。

しかし、そのような時代であるからこそ、歳月を経てなおその価値を減ぜず、国境を越えて人びとの生きる糧となってきた書物に若い世代がふれることは、彼らが広い視野を獲得し、新しい時代を拓いてゆくために必須の条件であろう。ここに装いを新たに発足する岩波少年文庫は、創刊以来の方針を堅持しつつ、新しい海外の作品にも目を配るとともに、既存の翻訳を見直し、さらに、美しい現代の日本語で書かれた文学作品や科学物語、ヒューマン・ドキュメントにいたる、読みやすいすぐれた著作も幅広く収録してゆきたいと考えている。

幼いころからの読書体験の蓄積が長じて豊かな精神世界の形成をうながすとはいえ、読書は意識して習得すべき生活技術の一つでもある。岩波少年文庫は、その第一歩を発見するために、子どもとかつて子どもだったすべての人びとにひらかれた書物の宝庫となることをめざしている。

（二〇〇〇年六月）

岩波少年文庫

001 星の王子さま
サン＝テグジュペリ作／内藤 濯訳

002 長い長いお医者さんの話
チャペック作／中野好夫訳

003 ながいながいペンギンの話
いぬい とみこ作

004 グレイ・ラビットのおはなし
079 西風のくれた鍵
119 氷の花たば
アトリー作／石井桃子、中川李枝子訳

005~7 アンデルセン童話集 1~3
大畑末吉訳

008 クマのプーさん
009 プー横丁にたった家
A・A・ミルン作／石井桃子訳

010 注文の多い料理店
—イーハトーヴ童話集
011 風の又三郎
012 銀河鉄道の夜
宮沢賢治作

013 かもとりごんべえ
—ゆかいな昔話50選
稲田和子編

014 長くつ下のピッピ
015 ピッピ船にのる
016 ピッピ 南の島へ
080 ミオよ わたしのミオ
085 はるかな国の兄弟
092 山賊のむすめローニャ
128 やかまし村の子どもたち
129 やかまし村の春・夏・秋・冬
130 やかまし村はいつもにぎやか
リンドグレーン作／大塚勇三訳

105 さすらいの孤児ラスムス
121 名探偵カッレくん
122 カッレくんの冒険
123 名探偵カッレとスパイ団
222 わたしたちの島で
リンドグレーン作／尾崎 義訳

194 おもしろ荘の子どもたち
195 川のほとりのおもしろ荘
210 エーミルはいたずらっ子
211 エーミルとクリスマスのごちそう
212 エーミルの大すきな友だち
リンドグレーン作／石井登志子訳

▷書名の上の番号：001～ 小学生から，501～ 中学生から

岩波少年文庫

017 ゆかいなホーマーくん　マックロスキー作／石井桃子訳
018 エーミールと探偵たち
019 エーミールと三人のふたご
060 点子ちゃんとアントン
138 ふたりのロッテ
141 飛ぶ教室　ケストナー作／池田香代子訳
020 イソップのお話　河野与一編訳

〈ドリトル先生物語・全13冊〉
021 ドリトル先生アフリカゆき
022 ドリトル先生航海記
023 ドリトル先生の郵便局
024 ドリトル先生のサーカス
025 ドリトル先生の動物園
026 ドリトル先生のキャラバン
027 ドリトル先生と月からの使い
028 ドリトル先生月へゆく
029 ドリトル先生月から帰る
030・1 ドリトル先生と秘密の湖 上下
032 ドリトル先生と緑のカナリア
033 ドリトル先生の楽しい家　ロフティング作／井伏鱒二訳

〈ナルニア国ものがたり・全7冊〉
034 ライオンと魔女
035 カスピアン王子のつのぶえ
036 朝びらき丸 東の海へ
037 銀のいす
038 馬と少年
039 魔術師のおい
040 さいごの戦い　C・S・ルイス作／瀬田貞二訳

041 トムは真夜中の庭で　フィリパ・ピアス作／高杉一郎訳
042 真夜中のパーティー　フィリパ・ピアス作／猪熊葉子訳
043 お話を運んだ馬
074 まぬけなワルシャワ旅行　シンガー作／工藤幸雄訳
044 冒険者たち—ガンバと15ひきの仲間
045 グリックの冒険
046 ガンバとカワウソの冒険　斎藤惇夫作／薮内正幸画
047 不思議の国のアリス
048 鏡の国のアリス　ルイス・キャロル作／脇 明子訳

▷書名の上の番号：001～ 小学生から，501～ 中学生から

岩波少年文庫

049 少年の魔法のつのぶえ
—ドイツのわらべうた
ブレンターノ、アルニム編
矢川澄子、池田香代子訳

050 クローディアの秘密
084 魔女ジェニファとわたし
140 ベーグル・チームの作戦
149 ぼくと〈ジョージ〉
カニグズバーグ作／松永ふみ子訳

051 ティーパーティーの謎
056 エリコの丘から
061 800番への旅
カニグズバーグ作
金原瑞人、小島希里訳

052 風にのってきたメアリー・ポピンズ
053 帰ってきたメアリー・ポピンズ

054 とびらをあけるメアリー・ポピンズ
055 公園のメアリー・ポピンズ
トラヴァース作／林 容吉訳

057 わらしべ長者—日本民話選
木下順二作／赤羽末吉画

058・9 ホビットの冒険 上下
トールキン作／瀬田貞二訳

062 床下の小人たち
063 野に出た小人たち
064 川をくだる小人たち
065 空をとぶ小人たち
ノートン作／林 容吉訳

066 小人たちの新しい家
076 空とぶベッドと魔法のほうき
ノートン作／猪熊葉子訳

067 人形の家
ゴッデン作／瀬田貞二訳

068 よりぬきマザーグース
谷川俊太郎訳／鷲津名都江編

069 木はえらい
—イギリス子ども詩集
谷川俊太郎、川崎 洋編訳

070 ぽっぺん先生の日曜日
071 ぽっぺん先生と帰らずの沼
100 ぽっぺん先生と笑うカモメ号
146 雨の動物園—私の博物誌
舟崎克彦作

072 森は生きている
マルシャーク作／湯浅芳子訳

073 ピーター・パン
J・M・バリ作／厨川圭子訳

▷書名の上の番号：001～ 小学生から，501～ 中学生から

岩波少年文庫

- 075 クルミわりとネズミの王さま　ホフマン作／上田真而子訳
- 077 ピノッキオの冒険　コッローディ作／杉浦明平訳
- 078 肥後の石工
- 132 浦上の旅人たち　今西祐行作
- 081 クジラがクジラになったわけ　テッド・ヒューズ作／河野一郎訳
- 082 ムギと王さま—本の小べや1
- 083 天国を出ていく—本の小べや2　ファージョン作／石井桃子訳
- 086 ぼくがぼくであること　山中　恒作
- 087 きゅうりの王さまやっつけろ　ネストリンガー作／若林ひとみ訳
- 088 ほんとうの空色　バラージュ作／徳永康元訳

- 089 ネギをうえた人—朝鮮民話選　金素雲編
- 090・1 アラビアン・ナイト　上下　ディクソン編／中野好夫訳
- 093・4 トム・ソーヤーの冒険　上下　マーク・トウェイン作／石井桃子訳
- 095 マリアンヌの夢　キャサリン・ストー作／猪熊葉子訳
- 096 けものたちのないしょ話—中国民話選　君島久子編訳
- 097 あしながおじさん　ウェブスター作／谷口由美子訳
- 098 ごんぎつね　新美南吉作

- 099 たのしい川べ　ケネス・グレーアム作／石井桃子訳
- 101 みどりのゆび　ドリュオン作／安東次男訳
- 102 少女ポリアンナ
- 103 ポリアンナの青春　エリナー・ポーター作／谷口由美子訳
- 143 ぼく、デイヴィッド　エリナー・ポーター作／中村妙子訳
- 104 月曜日に来たふしぎな子　ジェイムズ・リーブズ作／神宮輝夫訳
- 106・7 ハイジ　上下　シュピリ作／上田真而子訳

▷書名の上の番号：001〜 小学生から，501〜 中学生から

岩波少年文庫

142 まぼろしの白馬
エリザベス・グージ作／石井桃子訳

144 きつねのライネケ
ゲーテ作／上田真而子編訳
小野かおる画

145 風の妖精たち
ド・モーガン作／矢川澄子訳

147・8 グリム童話集 上下
佐々木田鶴子訳／出久根育絵

150 あらしの前
151 あらしのあと
ドラ・ド・ヨング作／吉野源三郎訳

152 北のはてのイービク
フロイゲン作／野村 泫訳

153 美しいハンナ姫
ケンジョジーナ作／マルコーラ絵／
足達和子訳

154 シュトッフェルの飛行船
エーリカ・マン作／若松宣子訳

155 オタバリの少年探偵たち
セシル・デイ＝ルイス作／脇 明子訳

156・7 ふたごの兄弟の物語 上下
214・5 七つのわかれ道の秘密 上下
トンケ・ドラフト作／西村由美訳

158 マルコヴァルドさんの四季
カルヴィーノ作／関口英子訳

159 ふくろ小路一番地
ガーネット作／石井桃子訳

160 指ぬきの夏
201 土曜日はお楽しみ
エンライト作／谷口由美子訳

161 黒ねこの王子カーボネル
バーバラ・スレイ作／山本まつよ訳

164 ふしぎなオルガン
レアンダー作／国松孝二訳

165 りこうすぎた王子
ラング作／福本友美子訳

166 青矢号 おもちゃの夜行列車
200 チポリーノの冒険
213 兵士のハーモニカ
―ロダーリ童話集
ロダーリ作／関口英子訳

〈アーミテージ一家のお話1～3〉
167 おとなりさんは魔女
168 ねむれなければ木にのぼれ
169 ゾウになった赤ちゃん
エイキン作／猪熊葉子訳

▷書名の上の番号：001～ 小学生から，501～ 中学生から

岩波少年文庫

501・2 はてしない物語 上下
エンデ作／上田真而子、佐藤真理子訳

503〜5 モンテ・クリスト伯 上中下
デュマ作／竹村 猛編訳

561・2 三銃士 上下
デュマ作／生島遼一訳

506 ドン・キホーテ
セルバンテス作／牛島信明編訳

507 聊斎志異《りょうさいしい》
蒲松齢作／立間祥介編訳

508 古事記物語
福永武彦作

509 羅生門《らしょうもん》 杜子春《とししゅん》
芥川龍之介作

510 科学と科学者のはなし
—寺田寅彦エッセイ集

555 雪は天からの手紙
—中谷宇吉郎エッセイ集
池内 了編

511 農場にくらして
アトリー作／上條由美子、松野正子訳

512 波紋
リンザー作／上田真而子訳

513・4 ファーブルの昆虫記 上下
大岡 信編訳

〈ローラ物語・全5冊〉

515 長い冬
516 大草原の小さな町
517 この楽しき日々
518 はじめの四年間
519 わが家への道—ローラの旅日記
ワイルダー作／谷口由美子訳

520 あのころはフリードリヒがいた
567 ぼくたちもそこにいた
571 若い兵士のとき
リヒター作／上田真而子訳

521 まだらのひも
シャーロック・ホウムズ

522 最後の事件
シャーロック・ホウムズ

523 空き家の冒険
シャーロック・ホウムズ

524 バスカーヴィル家の犬
シャーロック・ホウムズ
ドイル作／林 克己訳

525 怪盗ルパン
526 ルパン対ホームズ
527 奇岩城
モーリス・ルブラン作／榊原晃三訳

528 宝島
552 ジーキル博士とハイド氏
スティーヴンソン作／海保眞夫訳

529 イワンのばか
トルストイ作／金子幸彦訳

▷書名の上の番号：001〜 小学生から，501〜 中学生から

岩波少年文庫

569 宇治拾遺ものがたり 川端善明
570 太陽の戦士
579 第九軍団のワシ
580 銀 の 枝
586 辺境のオオカミ
594 運命の騎士
595・6 王のしるし 上下 ローズマリ・サトクリフ作／猪熊葉子訳
572・3 海底二万里 上下
603・4 二年間の休暇 上下 ジュール・ヴェルヌ作／私市保彦訳
574・5 王への手紙 上下
577・8 白い盾の少年騎士 上下 トンケ・ドラフト作／西村由美訳
576 おとぎ草子 大岡 信

583・4 ジーンズの少年十字軍 上下 テア・ベックマン作／西村由美訳
585 ぼくたちの船タンバリ プルードラ作／上田真而子訳
588 影との戦い ゲド戦記1
589 こわれた腕環 ゲド戦記2

590 さいはての島へ ゲド戦記3
591 帰還 ゲド戦記4
592 ドラゴンフライ ゲド戦記5 ―アースシーの五つの物語
593 アースシーの風 ゲド戦記6 ル＝グウィン作／清水真砂子訳
597〜601 フランバーズ屋敷の人びと1〜5
1 愛の旅だち
2 雲のはて
3 めぐりくる夏
4・5 愛ふたたび 上下
K・M・ペイトン作／掛川恭子訳

602 八月の暑さのなかで ―ホラー短編集
605 南から来た男 ―ホラー短編集2 金原瑞人編訳
606・7 旧約聖書物語 上下 ウォルター・デ・ラ・メア／阿部知二訳
608 足音がやってくる マーガレット・マーヒー作／青木由紀子訳
609 めざめれば魔女 マーガレット・マーヒー作／清水真砂子訳
610 ホメーロスの イーリアス物語
611・2 ホメーロスの オデュッセイア物語 上下 ピカード作／高杉一郎訳

＊

別冊 なつかしい本の記憶 ―岩波少年文庫の50年 岩波書店編集部編

▷書名の上の番号：001〜 小学生から，501〜 中学生から

岩波少年文庫新刊

2014年10月～2016年1月

188 189 女海賊の島（上）（下） ランサム作 神宮輝夫訳
190 191 スカラブ号の夏休み（上）（下） ランサム作 神宮輝夫訳
192 193 シロクマ号となぞの鳥（上）（下） ランサム作 神宮輝夫訳
224 からたちの花がさいたよ 北原白秋童謡選 与田準一編
225 ジャングル・ブック キプリング作 三辺律子訳
226 大きなたまご バターワース作 松岡享子訳
227 228 北風のうしろの国（上）（下） ジョージ・マクドナルド作 脇明子訳
229 お静かに、父が昼寝しております ユダヤの民話 母袋夏生編訳
613 最初の舞踏会 ホラー短編集3 平岡敦編訳
614 走れ、走って逃げろ オルレブ作 母袋夏生訳

『大きなたまご』より

001～小学生から
501～中学生から